Impressum

Angaben gemäß § 5 TMG

Hagen Thiele
42857 Remscheid

Vertreten durch:
Hagen Thiele

Kontakt:
E-Mail: thurfa10@web.de

Verantwortlich für den Inhalt nach § 55 Abs. 2 RStV:
Hagen Thiele
Humboldtstraße 16
42857 Remscheid

DANKSAGUNG

Besonders danken möchte ich Paul Klaenfoth
für das wundervolle Cover.
Vielen Dank.

Teil 1

Der Albtraum

1. Der Sammler

Die Welt lag im Schlafe, war voller Träume und Gefühle – und der Sammler ging umher. Der Sammler musste keine Angst leiden, dass die Welt ihn bemerken könnte. Er war wie ein graues Loch in der Realität, kaum erblickt, war er auch schon wieder vergessen. Zwar überkam diejenigen, die ihn sahen, ein undeutliches Gefühl von Unwohlsein, doch war der Sammler erst einmal aus ihrem Blickfeld verschwunden, lösten sich das kalte Prickeln auf der Haut, dieses innere Frösteln und die unerklärliche Unruhe rasch auf. Zurück blieb allenfalls ein dumpfer Erinnerungsschmerz, ganz so, als hätte man sich im Schlaf irgendwo gestoßen, wäre aufgewacht und wüsste nicht, woher das unangenehme Gefühl rühren könnte.

So ging der graue Mann an jenem dunklen Tag Anfang Dezember, als die Luft kalt und voller Nässe war, durch die einsamen Straßen der kleinen Stadt, deren Namen er nicht kannte, obwohl seine Angelegenheiten ihn schon öfter dorthin geführt hatten. Er machte sich aus den einfachen Menschen zwar manchmal mehr, als ihm lieb war, aber Konzepte wie Namen, mit denen sie sogar dem Abstrakten etwas Persönliches verleihen wollten, waren ihm immer ein Rätsel geblieben – eines, das er gefühlt seit Äonen zu lösen versuchte und doch immer wieder daran scheiterte.

Hier und da wurde der ruhige, aber doch stete Blick seiner matten Augen langsam und er verharrte, um kurze Szenen hinter den erleuchteten Fenstern zu erhaschen. Er sah Familien und Paare, einsame Wölfe, gefallene Künstler, hoffnungslose Träumer, Schurken, Helden und vor allem einsame Menschen. Diese sehnten sich manchmal genauso sehr nach dem, was einst gewesen war und was dieses Gestern in ihnen auslöste, dass der Sammler glaubte, sie wären ihm sogar recht ähnlich. Doch egal, was die Fensterwelten ihm zeigten, er blieb ruhig. Wenig regte sich dort tief in ihm, wenn er diesen Momenten nachspionierte. Allenfalls ein leichter Hunger manifestierte sich, doch dieser spornte ihn keinesfalls zur Eile an. Stattdessen rückte er den Hut mit der breiten Krempe zurecht, der ihn vor dem leichten Nieselregen bewahrte, und faltete den Kragen seines langen Mantels hoch. Mit einem leichten Lächeln auf seinen dünnen und aschfahlen Lippen setzte er den einsamen Weg fort.

In Momenten wie diesem glich die Wirklichkeit wegen des Zwielichts und des sanften Regens einer Projektionsfläche. Inspiriert von den kurzen Eindrücken, die der graue Mann durch die Fensterwelten hatte sammeln können, gelang es ihm, einige der Erinnerungen an längst vergangene Speisen wieder heraufzubeschwören. Manche von ihnen lagen zwar schon Jahre zurück, doch ihr Gehalt an Glück und Trauer war derart ausgeprägt, dass er sie wohl nie – so hoffte er jedenfalls – vergessen könnte.

Schloss er nun die Augen, war es ihm so, als läge ihm die Süße von Hoffnung und Glück, aber auch die so gegensätzliche Schwere von Bitterkeit auf der Zunge. Er kostete die Eindrücke, suchte nach feinen Nuancen und musste selig seufzen, als er tatsächlich – welch Glück er doch hatte! – einige davon bemerkte und fasziniert und voller Genuss die feinen Unterschiede im Geschmack wahrnahm. Wie zahlreiche Arten zu lieben, zu hoffen, zu bangen, zu trauern und zu hassen der Mensch doch kannte! Allerdings waren diese verblassten Emotionsfetzen allenfalls ein Aperitif. Das festliche Mahl würde leider noch etwas auf sich warten lassen.

Manchmal verstand der graue Mann das Gros der anderen Sammler schlichtweg nicht. Einige von ihnen strebten nicht einmal nach dem besonderen Genuss, selbst wenn er auf dem Präsentierteller vor ihnen lag. Malte er sich hingegen aus, welche Freuden ihm heute noch bevorstanden, dann überkam den grauen Mann inzwischen doch ein erregter Schauer, der seinen schmalen Leib vom Kopf bis zur Sohle überzog.

Allerdings durfte er mit den weniger anspruchsvollen Sammlern nicht so hart ins Gericht gehen. Auch er hatte lange Zeit weniger exquisite Speisen bevorzugt. Aber nachdem er erst einmal auf den Geschmack gekommen war, hatte er ihn nie wieder missen wollen. Wie wunderbar es doch war, reifen Genüssen zu frönen. Denn, so hatte der graue Mann erkannt, erst das Alter bringt den wahren Charakter der Dinge zum Vorschein, überwindet die Flüchtigkeiten der Jugend in ihrer Bedeutungslosigkeit und bringt das Beste aus ihnen, den Emotionen, hervor.

Er liebte es, wenn er an den Erinnerungen der Menschen teilhaben konnte, wenn er Gefühle kosten durfte, die in der Weisheit des Alters in immer hellerem Licht erstrahlten und das – gleichwohl – mit jenem bitteren Beigeschmack, dass es bald zu Ende gehen würde. Erst ein reifer Geist bringt diese auf das Wesentliche reduzierten, nein vielmehr stilisierten und gereiften Gefühle hervor, wenn er an sein Leben zurückdenkt: die erste Liebe, die auch nach Jahrzehnten das Herz noch vor Glück schneller schlagen lässt, all jene Trauerfälle, auf die aber unweigerlich auch immer wieder etwas

Gutes gefolgt ist, die Geburt der Kinder und alles, ja einfach alles, was so ein Menschleben ausmacht. Andere seiner Art stillten ihre Bedürfnisse mit fadem Fraß. Er labte sich hingegen an Feinkost und verspeiste ganze Leben.

Der graue Mann bog um eine Straßenecke. Er hatte inzwischen die noblere Wohngegend erreicht, in der sein Ziel lag. Um ihn herum erhoben sich alte Villen, geschmackvoll mit kleinen baulichen Schnörkeln wie Ziererkern oder Ornamenten geschmückt. *Wer weiß, was sich hier alles an Geschichte zugetragen hat*, dachte er und spürte etwas Wehmut bei der Erkenntnis, dass er diese Frage niemals würde beantworten können. So übte die Zeit zwar keinen direkten Einfluss auf sein Volk aus – ihr Oberster, der Kronos genannt wurde, soll der Sage nach sogar vor der Zeit selbst durch die Lande gestreift sein –, doch indirekt konnten selbst zeitlose Wesen sich nicht der Vergänglichkeit entziehen. Die Menschen unterlagen dem Altern und so betraf das Altern auch den grauen Mann, ob er es nun wollte oder nicht.

Mit großer Freude hatte er über die vergangenen Jahrzehnte wahrgenommen, dass die Menschen dem Tod immer mehr ein Schnippchen schlugen. Je mehr Alte es gab, umso üppiger fiel sein Buffet aus. Vor einiger Zeit hatte der graue Mann sich so manches Mal fürchterlich überfressen und die wunderbare Kost, so lecker und einmalig, in größter Gier heruntergeschlungen, ständig von der Angst verdorben, dass es einmal nicht mehr davon geben könnte. Inzwischen wusste er, dass diese Sorge unbegründet war.

Die Warnung der anderen Sammler war dennoch deutlich: Nie dürften die Menschen von seiner Art erfahren. Doch wer Kindern nicht die Geschichte vom Schwarzen Mann glaubt, der in der Nacht an ihren Betten steht, der verschließt auch die Augen, wenn die Alten in scheinbarer Vergreisung des Geistes abstruse Geschichten erzählen.

Dieser Umstand hatte auch zunächst dafür gesorgt, dass er seinem Werk sehr achtlos nachging. Was kümmerte es ihn, wenn einer dieser Alten glaubte, einen bösen Traum gehabt zu haben? Meistens redeten die erwachsenen Menschen nicht mehr darüber und taten derlei Dinge als Unsinn ab. Sprach doch einmal einer davon, war gar überzeugt, etwas wäre in seinem Zimmer gewesen, schenkte ihm niemand Beachtung – im Alter gehörte ein wirrer Kopf wohl dazu.

Allerdings hatte der Sammler schließlich bemerkt, dass es das eine war, die Erinnerungen und Gefühle zu extrahieren, aber etwas ganz anderes, dass seine Nahrung diesen Vorgang bemerkte. Sie kämpfte dagegen an, indem sie ihm mächtige Gefühle von Trotz und Wut entgegensetzte und nicht selten war ein wunderbarer Jahrgang verdorben, ganz so als hätte man gewöhnliches Essen versalzen oder gar anbrennen lassen. Seitdem zwang sich der graue Mann zu mehr Disziplin, wenn er genießen wollte. So wie an diesem Abend.

Für den einfachen Hunger, den auch er litt, blieben ihm noch immer jüngere Menschen. Sie waren oftmals so sehr mit dem stetigen Pulsieren ihres Lebens beschäftigt, dass sie nicht merkten, wenn sie mit jedem Tag, oder vielmehr jeder Nacht, apathischer und stumpfer wurden und ihnen die Gefühle abhandenkamen, bis nur noch eine leere Körperhülse zurückblieb.

Der Sammler schob seine Überlegungen beiseite, als er am Ende der Straße, umrahmt von zwei Laternen, die Toreinfahrt zu der ehrwürdigen Villa erblickte. Einst musste sie einer reichen Kaufmannsfamilie gehört haben, die womöglich … Er zwang sich, nicht weiter darüber nachzudenken. Es war vergangen.

Jetzt war das Gebäude in den Besitz einer exklusiven Stiftung übergegangen, die es gut situierten Menschen erlaubte, ihre Alten mit einem möglichst geringen Maß an Schuldgefühl in die Obhut professioneller Pflege zu geben. Der graue Mann erinnerte sich an jedes Detail des Zeitungsartikels, den er heute darüber gelesen hatte. In der Villa selbst waren nur der Aufenthaltsraum, ein Speisesaal und eine Cafeteria für Besucher sowie die Verwaltung untergebracht. Die Bewohner hingegen, maximal 60 Personen, wie der Text erklärt hatte, lebten in ihren »geschmackvollen Zimmern« in einem Neubau, der direkt angrenzend über einen Verbindungstunnel erreichbar war. Besagter Neubau war im hinteren Teil der Parkanlage »in nur wenigen Monaten« fertiggestellt worden.

Am deutlichsten erinnerte sich der Sammler jedoch an das vielversprechende Bild des Artikels, das einen Einblick in das Leben der Bewohner geboten hatte. Etwa ein halbes Dutzend von ihnen saß gemeinsam an einem Tisch, um zu essen. Neben einem älteren Herrn, der etwas grimmig in die Kamera lächelte, stand eine junge Frau, die Hand auf seine Schulter gelegt. Die Bildunterschrift verriet die Namen der Personen: Walter Dobrindt (78) und seine Tochter Luisa.

Der graue Mann wusste noch, dass in ihm bereits beim Lesen des kurzen Textes großer Appetit aufgekommen war. Was für ereignisreiche Geschichten sich doch hinter diesen armen Menschenleben verbergen mochten, denen in früheren Tagen ob ihres Reichtums sicherlich die Welt zu Füßen gelegen hatte. Heute waren diese Zeiten vorbei und vergessen. Doch er konnte sie fast schon deutlich vor sich sehen – und würde alle Erinnerungen an diese Zeiten genüsslich sammeln, um sich an den längst vergangenen Gefühlen gütig zu tun.

Die Schritte des grauen Mannes knirschten, als er zielstrebig die mit nassem Kies gesäumte Einfahrt entlangschritt. Von zwei Seiten führte sie in leicht geschwungenen Bögen hinauf zum Eingangsportal, das ebenfalls von dem Widerspruch zwischen Alt und Neu zeugte: Die kunstvollen Türrahmen, die hier vermutlich schon viele Jahrzehnte Besucher hinein- und hinausgelassen hatten, waren noch dieselben. Die Tür war hingegen ausgetauscht und durch ein modernes Äquivalent aus Glas ersetzt worden. Rechts war für Besucher eine Klingel samt Gegensprechanlage angebracht. Der Sammler ignorierte sie und schob die Türe kraftvoll auf. Ein Lächeln zeichnete sich auf seinen dünnen Lippen ab.

Die Eingangshalle eröffnete sich ihm schmuckvoll und gleich mehrere Deckenleuchten sorgten für helles, aber keinesfalls gleißendes Licht. Ein roter Teppich dämpfte die Schritte, an den Wänden hingen rechts und links Bilder, die Naturszenen wie offene Felder, Anhöhen und tiefe Täler zeigten. Geradeaus lag ein prunkvoll geschwungener Treppenaufgang, vor dem eine Rezeption aufgebaut war. Dort blätterte eine ältere kraushaarige Dame in einer Zeitschrift. Hinter ihr versperrte eine zweiflügelige Holztür den Weg. Auf ihr stand: Zutritt nur für Personal.

So viel falscher Glanz und Heuchelei, um zu verbergen, dass sie ihre Alten und Kranken hierherbringen, um sie ungesehen sterben zu lassen, dachte der Sammler, als er mit den Fingerspitzen an seine Hutkrempe griff, um die Kopfbedeckung zu einem altmodischen Gruß zu heben. »Guten Abend!«, sagte er. Seine Stimme durchschnitt den sonst vollkommen stillen Raum und wirkte dabei unangenehm. Als wäre sie aus einem tiefen Tagtraum gerissen worden, ließ die Empfangsdame hektisch und mit einem verlegenen Blick die Zeitschrift auf die Ablage sinken.

»Guten Abend!«, erwiderte sie etwas kleinlaut und schien dann an Fassung zu gewinnen. »Kann ich Ihnen weiterhelfen?« Die Frage klang keinesfalls mehr unsicher. Vielmehr las der graue Mann aus den barschen Worten die Botschaft, dass er sich wieder davonmachen sollte.

»Ich möchte gerne zu Herrn Dobrindt, um ihm einen kleinen Besuch abzustatten. Ich weiß, dass es spät ist, aber leider war es mir nicht möglich, früher anzureisen.«

»Das ist aber wirklich schade, dass es Ihnen nicht möglich war, früher anzureisen, denn unsere Besuchszeiten sind längst vorbei. Und in welchem Verhältnis stehen Sie eigentlich zu Herrn Dobrindt?«

Der Mann lächelte, als er den Hut wieder auf sein kahles Haupt sinken ließ. Er war es inzwischen gewohnt auf Pfleger, Empfangspersonal und Ärzte zu stoßen, die ihm nur aus Faulheit den Zugang verweigerten. Oft stellten diese ein weitaus größeres Hindernis dar als jene, die sich wirklich um ihre Patienten Sorgen machten. »Meine Gute, wir wissen doch beide, dass Herr Dobrindt hier als Bewohner Besuch empfangen darf, wann immer er möchte, und dass er keinesfalls ein Gefangener ist«, sagte der Sammler und dabei klang seine Stimme zuckersüß und von einer warmen Melodie erfüllt. »Was meine Verbindung zu Herrn Dobrindt angeht, so muss ich gestehen, dass sie leider äußerst heikler Natur ist.«

Die Empfangsdame machte ein missmutiges Gesicht und ihre Mundwinkel zogen sich beinahe grotesk nach unten. Dann erhob sich die untersetzte Frau und stemmte die Arme in die Hüften.

»Das wird ja immer besser!«

»Meine gute Frau, ich weiß, dass es alles seltsam klingen mag, aber ich habe eine Erklärung für mein sonderbares Verhalten. Wissen Sie, Herr Dobrindt ist mein Halbruder. Wir haben uns erst als Erwachsene kennengelernt, nachdem unser gemeinsamer Vater schwer erkrankte und kurz vor dem Unvermeidlichen begann, sentimental und reumütig auf sein Leben zurückzublicken. Ich hatte damals nach einem schweren Unfall, der mir meine geliebte Frau genommen hat, niemanden mehr.«

Der graue Mann machte eine Pause und sah mit leicht gesenktem Kopf gen Boden. Nachdem er ein paar genuschelte Worte des Beileids von der Empfangsdame gehört hatte, schaute er wieder zu ihr und setzte ein Lächeln auf, das er einst bei einem anderen Mann im Traum gesehen hatte. Dieser Mann war damals zwischen Trauer und Hoffnung gefangen gewesen. Der Sammler hoffte, es könnte ein passender Gesichtsausdruck sein, um seiner kleinen Geschichte genügend Substanz zu verleihen.

Schließlich fuhr er fort: »Ich war euphorisch, als ich davon erfuhr, einen großen Bruder zu haben. Ich weiß noch, was für ein aufregender Moment es war, als ich aus dem Zug stieg und Walter das erste Mal sah! Obwohl wir mit Anfang beziehungsweise Ende Dreißig beide schon ein halbes Leben verbracht hatten, ohne einander zu kennen, verstanden wir uns auf Anhieb gut und sahen uns fortan öfter. Aber es wäre wohl kaum eine Geschichte, die ich Ihnen erzählen müsste, wenn sie nicht eine tragische Wendung nehmen würde, oder? Wissen Sie, so gut Walter und ich uns auch verstanden, so schlecht stand es um mich und seine Tochter Luisa. Es waren so profane Dinge, die den Anstoß gaben!«

Die Stimme des grauen Mannes war lauter geworden und hatte einen elendigen Klang angenommen. Als hätte sein Gefühlsausbruch ihn stark erschöpft, seufzte er lang und tief. Zufrieden entdeckte er dabei die Regung im Gesicht der Empfangsdame, die erst einmal schlucken musste. *Gefühle machen euch so stark und doch so schwach zur gleichen Zeit*, dachte der graue Mann.

»Als ob es mich interessiert hätte, was Walter mit seinem Erbe macht. Ich stimmte Luisa sogar zu, dass er es ihr und den Enkeln vollständig hinterlassen sollte. Doch Walter meinte, ich gehörte genauso zur Familie und er wollte seinen Nachlass zu gleichen Teilen an uns alle vermachen. Und als hätte er mit all diesen Gedanken an seinen Tod ein böses Omen heraufbeschworen, ging es schon bald mit seiner Gesundheit rasant bergab. An schlechten Tagen erkannte er mich nicht einmal mehr. Luisa, die für solche Situationen eine Patientenverfügung besaß, ließ meinen Bruder schließlich in eine Einrichtung bringen und untersagte mir jeden Kontakt, ja verheimlichte mir sogar, wo sich mein großer Bruder befand. Dann habe ich in der Zeitung vom Ausbau dieses Pflegeheims gelesen und sah, als wäre es ein Wunder, dass mein großer Bruder hier eines der Zimmer bewohnt. In der Bildunterschrift las ich davon. Das Foto zeigte ihn und Luisa sowie andere Bewohner beim gemeinsamen Essen. Ich war so glücklich!«

»Das freut mich für Sie«, sagte die Empfangsdame und beugte sich nach vorne. Im Flüsterton fuhr sie schließlich fort: »Und diese Luisa habe ich noch nie gemocht. Die kommt hier immer mit einem Blick rein, als wäre sie was Besseres!«

»Dann scheint sie sich auch nach all diesen schlimmen Dingen kein bisschen zum Guten geändert zu haben.« Der graue Mann machte eine abfällige Handbewegung. »Wissen Sie, Luisa ist auch der Grund für meine späte Anreise. Ich hatte Angst, sie hier zu treffen und dann wieder einmal den Zugang verwehrt zu bekommen. Sicherlich darf mein lieber Bruder selbst entscheiden, wen er sehen mag. Aber manchmal ist er ja nicht bei sich. Wenn er sich gerade heute nicht an mich erinnert hätte, was hätte ich dann nur tun sollen? Ich kann ihn doch nicht sterben lassen, ohne ihn vorher noch einmal gesehen zu haben!« Die Empfangsdame nickte langsam. Doch entgegen der zustimmenden Geste gingen ihre Worte in eine andere Richtung. »Hören Sie, ich kann Sie trotzdem nicht einfach um diese Uhrzeit zu Herrn Dobrindt gehen lassen. Wir haben hier unsere Vorschriften. Ich versichere Ihnen aber, dass Sie Ihren Bruder morgen zu unseren Besuchszeiten sehen können.«

Wortlos nickte der graue Mann vor sich hin und wandte sich ab, so als wäre er im Begriff, den Heimweg anzutreten. Doch dann verharrte er abrupt in der Bewegung und machte drei lange Schritte vorwärts. Mit tränenvollen Augen ergriff er die Hand der Empfangsdame, die gar nicht wusste, wie ihr geschah. »Bitte, lassen Sie mich zu ihm!«

Im ersten Moment war die Frau, die selbst unter einer sorgenvollen Familiengeschichte litt, verärgert und wollte die kalte Hand einfach nur abstreifen, die sich auf ihre eigene gelegt hatte. Was fiel diesem Kerl nur ein! Doch so schnell dieser Zornesschub über sie gekommen war, so schnell war ihre Wut auch schon wieder verflogen. Stattdessen fühlte die Empfangsdame, wie plötzlich eine große Traurigkeit über sie kam. Was dieser arme Mann doch nur hatte erleben müssen! Erst verlor er seine Frau und nun durfte er nicht einmal seinen Bruder sehen.

Das war nicht richtig.

Es wäre aber auch nicht richtig, ihn zu später Stunde zu Herrn Dobrindt gehen zu lassen. Aber dabei wäre es doch so leicht, dem Fremden kurz den Weg zu weisen. Er musste ja nur den Treppenaufgang nehmen, dann den linken Flur entlang und ganz nach hinten durchgehen, um Zimmer 03 zu erreichen. Sie erschrak, als der Mann den Griff lockerte und seine Hand ruckartig zurückzog. »Bitte, verzeihen Sie, dass ich Sie derart aufgewühlt habe. Es war nicht meine Absicht.«

Erst jetzt bemerkte die Frau, dass ihr eine dicke Träne die Wange hinunterlief. Der Fremde holte aus seiner Manteltasche ein Stofftaschentuch hervor und streckte es ihr entgegen.

»Danke«, sagte die Empfangsdame, als sie es ergriff und sich die Träne wegwischte.

»Ich lasse es Ihnen hier.« Auf dem Gesicht des Sammlers lag ein charmantes Lächeln. Die Frau wollte augenblicklich protestieren. Warum sollte sie das Taschentuch weiterhin benötigen? Als sie aber Widerworte geben wollte, bemerkte sie den dicken Kloß, der ihr im Hals hing. Sie brachte keinen Ton hervor.

Der Fremde hob erneut den Hut, so als hätte ihn ein anderes Jahrhundert hierhin geweht. Dann machte er kehrt und verließ den Eingangsbereich. Nachdem die Türen sich geschlossen hatten, kam der Empfangsdame die Ruhe plötzlich bedrückend vor.

Weitere Tränen flossen träge ihre gepuderten Wangen herab. Sie wischte sie mit dem Taschentuch fort und sah, dass ihre Schminke ganz verlaufen sein musste. Aus der Handtasche kramte sie eilig – und dabei zitterten ihre Hände – einen kleinen Spiegel hervor. Sie sah furchtbar aus. Man könnte beinahe meinen, sie hätte seit Stunden bitterlich geweint.

Hör auf! Eine wütende Stimme erhob sich in ihrem Kopf. Schließlich war sie doch kein junges, naives und weinerliches Mädchen mehr! Sie ging nun stark auf die Fünfzig zu und hatte mit ihren eigenen Problemen mehr als genug zu tun. *Und wegen mir weint garantiert auch niemand!* Gegen diese trotzige Gefühlsregung brandete eine Trauerwelle nach der anderen. *Er wollte doch nur noch einmal zu seinem Bruder!*

»Und ich habe ihn weggeschickt«, flüsterte sie. Ihre Stimme hing schwer in der Stille. »Ich habe ihn weggeschickt!«

Sie erschrak. Warum hatte sie nur so laut gesprochen? Weil es grausam war. Sie hatte ihn weggeschickt, alleine in die finstere Nacht. Und oben lag Herr Dobrindt, der sich sicherlich über den unerwarteten Besuch gefreut hätte. Doch es gab Vorschriften. Egal. Sie hatte ihn weggeschickt. Sie hatte Leid über die beiden gebracht.

Doch wer achtete auf ihr Leid? Niemand. Aber machte es diese ganze traurige Angelegenheit weniger schrecklich, dass sie selbst immerzu schlimme Dinge erlebte? Nein! Sie hatte ihn weggeschickt. Hinaus in die Nacht. Dafür gab es keine Entschuldigung. Sie konnte sich nicht mehr beherrschen und unweigerlich quollen die heißen Tränen hervor.

Ich brauch Luft! Ich brauch Luft! Die Empfangsdame machte einen Satz nach vorne. Ein Wimmern und Schluchzen entfuhr ihr dabei. Durch einen Vorhang aus Tränen bahnte sie sich mit unsicheren Schritten einen Weg zum Treppenaufgang. Oben angelangt ging sie nach rechts. Der Flur führte geradewegs zu den Besucher- und Aufenthaltsräumen. Gegenüber der Cafeteria gab es eine Besuchertoilette. Sie wollte nicht das Personal-WC nutzen und womöglich derart aufgelöst einem Kollegen begegnen.

Während die Empfangsdame noch die letzten Stufen bewältigte, betrat eine unauffällige Erscheinung erneut das Gebäude und nahm ihrerseits den Aufgang, aber schlug dann den linken Weg ein.

2. Walter und Anna

Es musste ein Traum sein. Er spürte ihre Hand in seiner, warm und zart. Ihr Griff war kräftig, so als wollte sie ihn möglichst nie wieder loslassen. Gemeinsam schlenderten sie voran, ließen die anderen Menschen hinter sich. Emsiges Treiben herrschte derweil um sie herum. Familien und Paare eilten hierhin und dorthin, sahen sich um und ließen das malerische Städtchen auf sich wirken. Längst war es dämmrig geworden und in den kleinen Häuschen brannten die ersten Lichter. Eine milde Frühlingsbrise ließ die Blätter der zahlreichen Bäume, die zwischen den Fachwerkhäusern aufragten, leise flüstern. Das umliegende Gebirge war in den roten Schimmer der Abendsonne gehüllt. Die Giganten, die dort stolz in den Himmel ragten und dem Städtchen den Eindruck einer Spielzeugminiatur verliehen, schienen zufrieden zu sein. Majestätisch und gnädig wachten sie über das Dorf.

Die beiden hatten kein Ziel, bogen hier einmal links in eine einladende Gasse ein, dann wieder rechts. Wozu brauchten sie auch ein Ziel? All das Treiben um sie herum, die anderen Urlauber, die einen Platz für das Abendessen oder für einen Umtrunk suchten, waren von keinerlei Belang. Obwohl das Leben überall um sie herum fröhlich pulsierte, waren sie ganz alleine in ihrer eigenen kleinen Welt, einer Welt, die dem Paradies glich. Jeder Schritt war ohne Eile, jeder Moment ein Wunder – und das obwohl eigentlich doch gar nichts geschah. Keine noch so gut bezahlte Stelle, kein teures Automobil, kein schönes Haus mit großem Grundstück hätte die beiden Verliebten jemals mehr mit Glück erfüllen können, als es dieser Moment tat.

Er drehte sachte den Kopf zu ihr, als fürchtete er, er könnte damit die Magie zunichtemachen. Ein sanftes Lächeln lag auf ihren Lippen. Die glatten Wangen waren von einem rosigen Teint gezeichnet. Und wie immer, wenn sie lächelte, kräuselte sich die Stelle über ihrer Nase. Ihre braunen Locken, von der Abendsonne in einen rötlichen Schimmer getaucht, rahmten ihr Gesicht ein. *Wie ein perfektes Kunstwerk*, dachte er und bemerkte – und dies kann mal wohl kaum passender sagen –, wie sein Herz einen Satz machte.

Seit fast zwei Jahren waren sie ein Paar, kannten die Familien des anderen und verbrachten jede freie Minute gemeinsam. Manchmal tauschten sie Geheimnisse aus, Dinge, die sie sonst noch keinem Menschen anvertraut hatten. Auch gemeinsame Pläne hatten sie bereits geschmiedet – manche mit der Absicht, sie wirklich umzusetzen, andere wohl eher aus jugendlicher Albernheit heraus. Und sie lachten viel. Manchmal auch über Ereignisse, die sonst niemand lustig fand. Und obwohl sie sich so gut kannten, wie kein anderer Mensch es je getan hat oder wohl jemals tun wird, fühlte er sich mit einem Mal wieder wie ein schüchterner kleiner Junge, als er mit seiner wunderbaren Frau durch die Straßen ging. Das unbändige Glücksgefühl überwältigte ihn und ein wohliger Schauer kroch seinen Rücken entlang.

Natürlich merkte sie, dass etwas in ihm vorging. Aber sie verstand sich darauf, den Zauber weiter zu nähren. Wortlos drückte sie seine Hand noch fester und schmiegte sich enger an seine Schulter. *Ich werde sie heiraten. Gleich heute Abend werde ich sie fragen. Ich brauche dafür keinen teuren Ring, denn genau jetzt ist der richtige Moment. Ich werde sie heiraten, wir werden gemeinsam Kinder haben und wir werden zusammen alt werden.*

Er konnte nicht anders: Ein beinahe dümmliches Grinsen legte sich auf seine Lippen und er atmete tief durch. Als wäre es nicht genug, dass ihre linke Hand in seiner ruhte, ergriff sie nun mit der rechten seinen Unterarm und schmiegte sich noch einmal enger an ihn. Jeder Schritt war im Gleichgewicht, als sie weiter dahinschlenderten.

Sie kamen an einigen Gaststätten vorbei. Hinter den dicken Fensterscheiben flackerte gemütliches Licht. Inzwischen hatte sich der rötliche Schimmer gelegt und es war dunkel geworden. Die Nacht gehörte ihnen, nur ihnen. Alle Menschen um sie herum, selbst die laut grölenden Trunkenbolde in der Ferne, waren nur bloße Staffage.

Doch dann entdeckte er ihn. Er war wie ein grauer Fleck, der sich als Makel auf ein perfektes Bild gestohlen hatte. Ruhig, ohne jede Regung, spähte er hinter einer Hausecke hervor. Eine Gruppe von Leuten bog um diese herum und schien ihn zu verschlucken. Mit einem Mal war der seltsame Fremde verschwunden. Der Mann reckte den Kopf vor, als müsste er nur die Perspektive ein wenig verändern, um die eigenartige Erscheinung erneut sehen zu können. Dadurch lockerte sich ihr Griff. Sie zog an dem Ärmel seiner Jacke und warf ihm einen vorwurfsvollen Blick zu. Er lächelte milde und drückte sich wieder näher an sie heran. Sollte der Kerl doch so eigenartig sein, wie er wollte! Jetzt zählten nur sie: Walter Dobrindt und Anna Wieland.

Das junge Paar setzte seinen Weg nun wieder unbeschwert fort. Die Frühlingsluft war noch frisch. Vor den Gaststätten saßen die Menschen in Decken gehüllt. Männergruppen und Familien lachten, Paare schauten sich tief in die Augen.

An einem der Wirtshäuser blieben Walter und Anna stehen. Es versprühte den typischen bayrischen Charme, den hier jedes zweite Gebäude besaß. Hoch ragte die Fachwerkfassade auf, dicke Holzbalken flankierten die Tür. Über dem Eingangsportal war ein großzügiger Balkon angebracht. Dutzende rote Geranien schmückten ihn. Direkt an der Hausfront standen einige Tische und Bänke für Gäste bereit. Als hätte sie nur auf Walter und Anna gewartet, war eine Zweiersitzgruppe noch unbesetzt. Das Paar warf sich einen kurzen Blick zu. Mehr als dieses schlichte Zeichen war nicht nötig und schon gingen die beiden im Gleichschritt zu dem freien Tisch hinüber, an dem sie sich einander gegenüber niedersetzten.

Von dort hatten sie immer noch eine wunderbare Sicht auf das Gebirge. Es lag nun nicht mehr im roten Schein, aber ein violetter Schimmer entfaltete dafür eine beinahe mystische Wirkung. Eine Bedienung trat nach draußen und zündete Fackeln an, die links und rechts neben dem Eingang im Boden steckten. Das Licht funkelte in Annas Augen. Weder sie noch Walter sagten ein Wort. Es reichte vollkommen aus, dass beide die Hand des jeweils anderen quer über den Tisch ergriffen hatten. Hinter Anna ragten die Berge stolz auf.

Ich muss sie fragen. Gleich hier und jetzt.

Doch plötzlich frischte der Wind auf und ließ den Fackelschein mit einem lauten Heulen erzittern. Walter, der die Lichtquelle in seinem Rücken hatte, warf einen Blick über seine Schulter. Durch die weit offenstehende Tür erspähte er erneut die verdächtige Gestalt, die er gerade erst an der Hausecke gesehen hatte. Sie saß am anderen Ende des Schankraums, ganz hinten in der Ecke an einem kleinen

Tisch, und doch konnte sie das Paar ganz genau beobachten. Lediglich die Menschentraube an der Bar versperrte ihr zwischenzeitlich die Sicht. Bei der Vorstellung, dass dieser Kerl vielleicht schon längere Zeit hinter Anna und ihm hergeschlichen war, wurde Walter ganz flau im Magen.

»Alles in Ordnung?«, fragte Anna und ließ seine Hand los. Ihre Stimme klang besorgt.

»Mich hat nur etwas abgelenkt«, erwiderte der junge Mann und bemühte sich um einen unbeschwerten Tonfall.

An ihrem kummervollen Gesicht änderte dies jedoch nichts. »Du wirkst nur zwischenzeitlich so abwesend«, sagte Anna und senkte den Blick.

Beide schwiegen einen Moment. Die Stille war nun unangenehm und fühlte sich keinesfalls mehr so natürlich an wie noch vor wenigen Minuten. Walter überlegte fieberhaft, was er sagen sollte oder tun könnte, um die Stimmung nicht kippen zu lassen. Doch seine Gedanken waren wie lose Fadenenden – kaum ergab sich ein Bild, da franste es auch schon aus und der schöne Gedanke war von jetzt auf gleich dahin. Es war seine Schuld, die Schuld dieses eigenartigen Kerls.

»Entschuldige mich bitte«, sagte Walter und strich sanft über Annas Wange, als er sich erhob. Schwungvoll betrat er das Wirtshaus. Im Inneren war es schummrig und stickig. Dichte Rauchschwaden hingen in den hohen Winkeln des Schankraums. An den Tischen rückten größere Gruppen älterer Herren ganz eng zusammen. Sie spielten Karten und zechten dabei ordentlich. Walter ignorierte den Trubel und bahnte sich einen Weg durch das Gedränge vor der Bar. Dabei verlor er den Fremden kurz aus den Augen. Als er einen besonders stämmigen Mann umrundet hatte, sah er endlich den Tisch, an dem eben noch der Beobachter gesessen hatte. Lediglich ein volles Glas stand dort noch auf der ansonsten leeren Tischplatte. Der Kerl konnte sich doch nicht in Luft aufgelöst haben! Rasch drehte Walter sich umher und suchte die Umgebung ab.

Wo war er?

Da! Er sah einen grauen Mantelsaum, der zwischen der Menschenschar verschwand. Walter hechtete los.

»Aus dem Weg!«, raunte er den Männern zu. Wer dem Befehl nicht schnell genug nachkam, den schob Walter nun achtlos beiseite. Der Zorn loderte heiß in ihm auf. Er hatte sich diesen Tag so lange ausgemalt. Kein seltsamer Kerl sollte ihn zunichtemachen!

Er sah gerade noch, wie die Gestalt durch einen Nebenausgang auf der linken Gebäudeseite schlüpfte. Walter zögerte nicht und folgte ihr. Mit einem Ruck drückte er die schwere Holztür auf. Er fand sich selbst in einer schmalen Gasse wieder. Einige Meter entfernt entdeckte er den sonderbaren Kerl.

»Halt, bleiben Sie gefälligst stehen!«, rief Walter ihm hinterher. Doch der Fremde schien ihn gar nicht zu hören. Ohne sich umzusehen, schritt er weiter davon. Er wirkte entschlossen, aber keinesfalls eilig. Was fiel diesem Kerl nur ein? »Bleiben Sie verdammt noch mal stehen!«

Als der Fremde immer noch nicht hörte, reichte es Walter. Wütend rannte er los. Eine heftige Böe fegte durch die Gasse und in der Ferne grollte Donner. Schmetternd brach sich der Schall im Gebirge. *Ich sollte zurück zu Anna*, schoss es Walter durch den Kopf. Aber er müsste doch nur noch zwei große

Schritte machen und schon hätte er den Kerl am Schlafittchen gepackt!

Die Entscheidung war gefallen. Beherzt eilte er voran und griff zu. Nun blieb der Fremde endlich stehen und drehte sich um. Sein Gesicht war blass und ausgemergelt. Aus tiefen Höhlen blickten Walter leere Augen an. Die dünnen Lippen glichen einer feinen waagerechten Linie. »Ach, Walter, wie sehr hätte ich es dir gegönnt, diesen Moment noch einmal zu erleben!«

Walter war geschockt. Zögernd ließ er den Kragen des Fremden los und machte einen Schritt zurück. »Wovon reden Sie da und woher kennen Sie meinen Namen?«

Der bleiche Kerl schüttelte langsam den Kopf. »Die Fragen spielen doch gar keine Rolle. Geh einfach nur wieder zu deiner lieben Anna zurück. Du hattest doch noch etwas vor. Setze deinen Plan um, ehe es zu spät ist!« Der Fremde hob seinen Hut, so als wollte er sich empfehlen und setzte ihn dann gleich darauf wieder auf sein kahles Haupt. Nachdem er die Kopfbedeckung mit geübten Handgriffen geradegerückt hatte, setzte er seinen Weg unbeirrt fort.

Anna, ich muss zu Anna!

Voller Schrecken erkannte Walter, dass er sie bei der Jagd nach dem bleichen Mann beinahe vergessen hatte. Wieder grollte der Donner und es fielen die ersten dicken Tropfen zu Boden. Aus der Dämmerung war schlagartig tiefste Nacht geworden. Der Regen nahm beständig an Stärke zu und ein wahrer Wolkenbruch ging zu Boden. Wieder wehte Walter der Wind entgegen und dessen eisiger Atem ließ seine Haut augenblicklich brennen. Warum war es plötzlich nur so schrecklich kalt?

Walter rannte die Gasse entlang. Bei jedem Schritt spritze das Wasser unter seinen Schuhen davon, da sich bereits tiefe Pfützen in den Senken des groben Kopfsteinpflasters gesammelt hatten. Keuchend stürzte er zwischen den beiden Häuserzeilen hervor und sah zum Vorplatz des Wirtshauses hinüber. Dort sprangen die Gäste hektisch auf und stoben auseinander. Einige suchten den Schutz der Herberge, andere hatten wohl genug von diesem Abend und zogen es vor, den Ort schnellstmöglich zu verlassen. Vor den Bergen flammte ein greller Blitz auf und zerschnitt den Himmel, an dem sich dunkle Wolken auftürmten.

»Anna! Wo bist du?«, rief Walter, aber seine Stimme kam nicht gegen das Donnergrollen an. Sie saß noch dort am Tisch, schaute sich ängstlich um und hatte die Jacke über den Kopf gezogen, um sich wenigstens etwas gegen den Regen schützen zu können. Kaum hatte Walter sie erblickt, da rannte er auch schon auf sie zu.

Doch es wurde mit jedem einzelnen Schritt dunkler. Wo war sie nur? Er musste doch längst den Tisch erreicht haben! Allerdings war es inzwischen zu finster, um auch nur die eigene Hand vor Augen zu erkennen. Zu allem Überfluss lief Walter auch noch das Wasser in die Augen und trübte seine Sicht umso mehr.

Ihm war so schrecklich kalt und er war ganz allein. Voller Furcht rief er nach Anna. Doch es kam keine Antwort. Seine durchnässte Kleidung hing ihm zentnerschwer am Leib. Bitterkalt, ja sogar eisig, schnürte sie ihm die Brust zu und er konnte kaum noch atmen.

Dann grellte wieder ein Blitz auf. Er war so gleißend hell, dass es Walter blendete. Mit einem Mal war es ihm, als spähte er durch einen dichten Nebelvorhang. Nur langsam schälten sich Umrisse aus dem Dunst. Er sah eine schlanke Silhouette vor sich und spürte noch immer diese unnatürliche Kälte auf seiner Brust. Instinktiv streckte er den Arm aus und bekam etwas zu fassen. Es fühlte sich wie ein Handgelenk an.

Walter schrie auf und der Nebel lichtete sich. Er wusste, dass er in seinem Bett lag und – bei Gott! – da stand jemand reglos über ihn gebeugt und hatte die Hand auf seine Brust gelegt. Der alte Mann rief erneut, während sich seine Finger um diese eisige Hand schlossen. Der schlanke Schemen wich zurück. Noch einmal schrie Walter um Hilfe und seine Stimme brach sich in dem kleinen Zimmer.

Die Gestalt riss sich los, packte die Bettdecke und zog sie Walter über den Kopf. Dieser wehrte sich nach Kräften, doch die alten Glieder konnten kaum Gegenwehr leisten. Seine Schreie drangen nun dumpf unter der Decke hervor, während die Gestalt diese immer enger zusammenzog. Panik kam in Walter auf, der um sich schlug und trat, aber nur leere Luft erwischte.

Plötzlich wurde die Decke weggezogen. Das Zimmer war jetzt hell erleuchtet. Die junge Pflegeschülerin sah ihm gemeinsam mit dem grimmigen Kollegen, den Walter nicht leiden konnte, sorgenvoll entgegen. Der Schreck stand dabei zumindest der Frau ins Gesicht geschrieben. Der mittvierzigjährige Mann sah hingegen eher genervt drein und verdrehte die Augen. »Herr Dobrindt, Sie hatten einen Albtraum. Jetzt beruhigen Sie sich doch mal!«

Während der Pfleger auf den alten Mann einredete und seine junge Kollegin in dessen panische Augen schaute, schlich draußen, nur wenige Zentimeter vom Fenster entfernt, eine graue Gestalt unbemerkt über den breiten Sims. Ihr Ziel war die Feuerleiter, die über eine alarmgesicherte Türe vom Flur aus zu erreichen war – oder eben über den Fenstersims. Für den Sammler war dies nun einerlei.

Er hatte einen schweren Fehler begangen.

3. Alexandra

Auch dieser Kasack passte ihr nicht mehr. Wie ein Zelt hing er an ihrem dürren Körper herab. Die Augenringe, das etwas strähnige Haar und die blasse Gesichtsfarbe komplettierten den Eindruck. Sie seufzte. Schlimmer als ihre wirklich miserable Verfassung waren allenfalls noch die sorgenvollen Fragen ihrer Kollegen. Zum Glück waren es nur noch zwei Wochen und dann könnte sie diesen schrecklichen Bau endlich verlassen.

Die Ausbildung hatte in den vergangenen Monaten bereits einige unangenehme Stationen für sie bereitgehalten, aber dieses Heim war bisher die schlimmste von allen. Das lag nicht nur daran, dass es hier sehr langweilig war und die Dienste sich endlos in die Länge zogen, sondern auch an der Trostlosigkeit. Die verschiedenen Stationen im Krankenhaus waren zwar auch für viele Patienten von Hoffnungslosigkeit geprägt, hier aber war jeder Tag nur noch ein Warten auf den Tod.

Alexandra sah in den Spiegel und zückte den Kamm. Vielleicht konnte sie ja doch noch ein wenig dafür tun, dass die Kollegen nicht wieder davon sprächen, wie mitgenommen sie doch aussehe. Während sie dabei war, das widerspenstige blonde Haar zu bändigen, ging ihr eine wichtige Frage durch den Kopf, die sie bis jetzt verdrängt hatte. Mit wem hatte sie heute überhaupt die Nachtschicht?

Sie überlegte und wäre am liebsten gleich wieder gegangen, als ihr einfiel, dass sie bei der Übergabe auf Klaus treffen würde. Sie konnte den Kerl nicht ausstehen. Sicherlich dürfte auch er seine guten Seiten haben, aber für diese interessierte sie sich nicht. Alles, was sie täglich von ihm hatte kennenlernen müssen, regte sie auf und rief ihren Sinn für Gerechtigkeit auf den Plan. Klaus war ein einziges Klischee, so einer, bei dem sie sich nicht wundern würde, wenn er den Bewohnern heimlich den Pudding entwendete. Oft genug hatte Alexandra mitbekommen, wie er sich deutlich hörbar und im Beisein der Betroffenen über die Bewohner lustig gemacht hatte. Das Gemüse, wie er sie nannte, merke das seiner Meinung nach sowieso nicht mehr.

Dass Klaus überhaupt in diesem Heim arbeiten durfte, nachdem andere Einrichtungen ihn reihenweise entlassen hatten, lag einzig an seinem Verwandtschaftsverhältnis zu einem der Vorsitzenden, der in der Heimstiftung saß. Alexandra war es unverständlich, wie etwas Derartiges tatsächlich geschehen konnte, aber es spielte auch keine Rolle. Es war so, wie es war – und daran konnte sie als kleine Schwesternschülerin auf der Durchreise in den wenigen Wochen schon gar nichts ändern.

Ihre Haare saßen immer noch nicht. Sei es drum, sie musste los. Schallend knallte Alexandra den Spind zu und verschloss ihre Straßenkleidung samt Uhr, Handtasche und Smartphone. Sie nahm ihren Beruf ernst und war manchmal geschockt, wie viele ihrer Kollegen mehr auf ihre Handys starrten, als wirklich vor Ort zu sein. Aber so war es wohl in einem Pflegeheim – man wusch die Bewohner, brachte ihnen Essen, zog Kompressionsstrümpfe an und wartete darauf, dass sie starben.

Alexandra verließ die enge Damenumkleide und betrat den Hauptkorridor. Die Wandvertäfelung sah für manche Betrachter sicherlich äußerst edel aus. Für sie war das dunkle

Holz eher bedrückend. Es verlieh diesem scheinbar endlosen Flur einen bedrohlichen Unterton. Vor allem in der Nachtschicht, wenn die Verwaltungsräume leer standen, kam ihr der Altbau regelrecht gespenstisch vor. Sie hatte sich selbst die Erklärung für ihre mitunter überbordende Fantasie geben können: Müdigkeit. Insbesondere am Ende ihrer Schichten hatte sie schon oft mehr in die Schatten um sie herum hineininterpretiert, als gut für sie gewesen wäre.

Sie verwarf die Überlegungen und ging mit langen Schritten den Flur entlang. Dabei lugte sie kurz in den Aufenthaltsraum des Personals, der am rückwärtigen Ende des Korridors lag. Mara saß dort und trank einen Kaffee. Die massige Frau hob kurz die Hand zum Gruß. Alexandra nickte lediglich. Genug der Nettigkeiten.

Eigentlich hatte die Schülerin gehofft, dass sie Jörg sehen würde. Der ältere Pfleger war einer der wenigen Kollegen, den die junge Frau sympathisch fand. Zumindest hatte er nicht diesen mitleidigen Gesichtsausdruck aufgesetzt, nachdem Alexandra erzählt hatte, warum sie sich mit Ende Zwanzig in die Pflege begeben und dort ihre Ausbildung begonnen hatte.

Sollte Jörg gerade eine kurze Pause machen, würde er sich vermutlich im Innenhof aufhalten. Dort befand sich ein wunderschöner Platz mit einer großen Linde, die – so hatte man Alexandra bei der ersten Rundführung stolz erzählt – im Sommer angenehmen Schatten spendete, während der Wind sanft durch die Blätter strich. Jetzt, da es Winter war, blieb von diesem idyllischen Eindruck allerdings nicht viel übrig, wie Alexandra schnell festgestellt hatte. Dennoch war der Innenhof auch bei schlechtem Wetter für den Teil des

Personals ein willkommener Rückzugsort, der – ohne stempeln zu müssen – eine Zigarette rauchen und dabei ein kurzes Schwätzchen halten wollte.

Alexandra wünschte sich sehr, dass sie sich irrte und Jörg irgendwo in den Fluren des Neubaus bei den Bewohnern unterwegs war. Die Aussicht, bei der Übergabe direkt auf Klaus zu treffen, missfiel ihr. Sie wusste nicht, wie lange sie sich noch beherrschen könnte, ohne ihn anzufauchen. Oft waren die Menschen überrascht, ja viele sogar richtig schockiert, wenn die zierliche und meist zurückhaltende Frau plötzlich aus ihrer Haut fuhr und nur verbrannte Erde hinterließ. Alexandra wusste, dass ihr Temperament leider einen erheblichen Teil dazu beigetragen hatte, dass sie im Studium so oft angeeckt war. Statt all die ungerechten Dinge schweigend hinzunehmen und nach den geltenden Regeln zu spielen, rebellierte sie – und das zur Not selbst auf verlorenem Posten. Diese ungleichen Kämpfe und dieses Gefühl, immer zu verlieren, hatten Spuren hinterlassen.

Klaus hin, Klaus her, sie musste nun ihre Schicht beginnen. Am Ende des Korridors lag das Treppenhaus, über das sie in den ersten Stock gelangen konnte. Von dort führte der Verbindungstunnel in den Neubau, in dem die Zimmer der Bewohner untergebracht waren. Nachdem sie ihre Personalkarte gegen den elektronischen Zeitmesser gehalten hatte, wurde die Tür entriegelt und sie konnte passieren.

Das Treppenhaus hatte wenig mit dem modernen Design im Neubau gemein. So bestand der Verbindungstunnel zwischen Alt- und Neubau beispielsweise vollständig aus Glas und auch die Zimmer der Bewohner wiesen eher futuristische Züge auf, die gar nicht so recht zu der ehrwürdigen Villa im vorderen Bereich des Anwesens passen wollten. Das Treppenhaus war jedoch weder modern noch alt. Es war schlichtweg karg. Der nackte Beton erinnerte Alexandra immer an ein heruntergekommenes Bahnhofsgebäude. Und oft genug bildete sie sich ein, dass es dort auch fast so roch. Manchmal hatte sie den Verdacht, dass es an der hauseigenen Wäscherei lag, die im Keller einquartiert war. Diese war aber nur tageweise besetzt, sodass selbst stark verunreinigte Laken dort häufig liegen blieben. Die Geruchsentwicklung war dementsprechend streng.

Alexandra verließ das Treppenhaus und steuerte geradeaus auf den Verbindungstunnel zu. Dieser war in ein mattes Licht gehüllt – eine weitere optische Spielerei, um den schönen Schein zu wahren. Wie sich die Schülerin doch wieder auf das Krankenhaus freute! Dort blätterte zwar schon die Farbe von so mancher Wand, aber wenigstens half man den Menschen, so gut es ging, und gab das wenige Geld nicht für unnötigen Firlefanz aus. Stattdessen investierte man es, um die Qualität der Pflege zu erhalten, oder zumindest versuchte man es.

Alexandra schüttelte unwillkürlich den Kopf.

»Da freut sich jemand ja wirklich auf seine Schicht«, sagte Klaus, der gerade am Ende des Verbindungstunnels auftauchte. Er lachte laut. Es klang in der Stille unangenehm.

»Hallo, Klaus«, entgegnete Alexandra brüsk und versuchte, sich ihren Ärger über diese Spitze nicht anmerken zu lassen. »Wie ist die Lage?«

»Wie soll die Lage schon sein? Es ist ruhig, die meisten Bewohner schlafen endlich. Es ist wie das Drehbuch zum Däumchen drehen. Ein paar der alten Säcke waren aber auch etwas sentimental. Das ist eine der Sachen, die in der Vorweihnachtszeit immer besonders nervt: Die Verwandten marschieren etwas öfter als gewöhnlich ein und schrecken unsere Fossilien schön auf, sodass die sogar noch mehr herumjammern als sonst.«

»Könntest du nicht wenigstens so lange anders über die Bewohner reden, wie ich hier bin? Du kannst gleich im Feierabend alles sagen, was du möchtest. Jetzt würde ich mich einfach freuen, wenn wir die Übergabe kurz und sachlich hinter uns bringen.«

Alexandra war bewusst um einen freundlichen und dabei bestimmten Ton bemüht. Doch das beeindruckte Klaus keinesfalls. Dieser sah die Schwesternschülerin nur nachdenklich an und rieb sich über das schlecht rasierte Kinn.

»Sag mal, dir ist schon klar, dass die alten Säcke das zum einen nicht gehört haben? Und zum anderen wäre das vollkommen egal. Kaum einer von denen weiß doch noch den eigenen Namen. Als ob es die stört, wie wir hier reden!« Er stemmte die Fäuste in die etwas zu breiten Hüften und funkelte Alexandra herausfordernd an.

»Mich stört es aber!«, zischte diese und ging an Klaus vorbei zum Stationszimmer. Klaus grummelte einige unverständliche Worte und folgte ihr.

»Wo wir aber schon dabei sind, wie die Lage ist, noch ein Hinweis: Deine geliebten Bewohner neigen vor Weihnachten, wenn die liebe Verwandtschaft ordentlich Schokolade herankarrt, so richtig schön zu Verstopfungen. Der olle Grimmel und auch die alte Schaminski waren schon länger nicht mehr auf dem Pott und haben was zum Abführen bekommen. Viel Spaß dabei, ich gönne …«

Weiter kam Klaus nicht. Ein lauter Schrei schallte durch die Flure. Beide Pflegekräfte blieben wie vom Blitz getroffen stehen. »Wo kam das her?«, fragte Alexandra. Klaus murmelte ein paar Worte und sah sich verwirrt um. Die Schülerin konzentrierte sich. Der Schrei konnte nicht aus einem der naheliegenden Zimmer gekommen sein. Das hätten beide sofort erkannt. Intuitiv machte sie sich auf den Weg hinüber zur anderen Seite der Station. Dann drang auch schon der nächste panische Schrei durch den Korridor. »Es kommt eindeutig von ganz dahinten!«, rief Alexandra und rannte los. Klaus folgte mit ein paar Metern Abstand.

Aus Zimmer 03 war Stimmengewirr zu hören. Dann klirrte Glas. Die Schülerin zögerte nicht und riss die Türe auf. Sie sah, wie eine Gestalt unter der Bettdecke lag und wütend um sich schlug. Dabei fluchte sie lautstark vor sich hin. Alexandra stürzte vor, derweil erreichte Klaus das Zimmer und schaltete das Licht ein.

Außer dem Bewohner, der immer noch gegen die Decke kämpfte, war keine Menschenseele in dem kleinen Raum zu sehen. Er schloss zu Alexandra auf, die gerade einem Schlag auswich und dann nach der Decke griff. Mit einem Ruck zog sie diese zurück und erblickte Herrn Dobrindt, dessen grauer Haarkranz vom Schweiß durchnässt an seiner massigen Stirn klebte. Klaus sprach auf den Bewohner ein, aber Alexandra hörte gar nicht recht hin. Die panischen Augen des alten Mannes schienen sie zu durchbohren, als dieser mit zittriger Stimme sagte: »Ein Monster war in meinem Zimmer. Es muss noch hier sein. Ich habe es gesehen.«

Herr Dobrindts Augen wanderten rastlos umher, so als erwartete er tatsächlich, dass aus einer der Zimmerecken eine

Kreatur hervorstürzen könnte. Zwischendurch stammelte er mehrmals einige unzusammenhängende Worte, bevor er halbwegs seine Fassung zurückerlangte und laut rief: »Es hat mich angefasst! Mein Gott, es war so kalt! Mir kam es vor, als würde ein Eisklumpen auf mir liegen. Dann hat das Monster versucht, mich zu ersticken!«

Klaus schüttelte den Kopf und verdrehte die Augen. Mit süffisantem Tonfall sagte er: »Herr Dobrindt, Sie haben sicherlich nur schlecht geschlafen und die Decke etwas zu weit nach oben gezogen. Dann wurden Sie wach und haben Panik bekommen. So etwas kann …«

»Ich habe es doch im Dunkeln an meinem Bett stehen sehen!« Herr Dobrindt warf dem Pfleger einen hasserfüllten Blick zu, während sein Atem immer noch stoßweise ging und sich neue Schweißperlen auf seiner Stirn sammelten.

»Das Alter spielt einem schon mal die schlimmsten Streiche«, sagte Klaus unbeeindruckt und verschränkte die Arme vor der Brust.

Alexandra tat der alte Mann leid. Sie legte ihm die Hand auf den Unterarm und trat einen Schritt näher – dabei knirschte es unter ihren Schuhen. Sie war in Scherben getreten. »Ihre Blumenvase ist leider runtergefallen. Warten Sie, ich sammele die Bruchstücke besser auf.« Alexandra beugte sich nach vorne und nahm zuerst die besonders großen Glasscherben vorsichtig in die Hand. Währenddessen drehte sich die Diskussion zwischen Klaus und Herrn Dobrindt weiterhin im Kreis.

Natürlich konnte niemand in seinem Zimmer gewesen sein. Zudem schien Klaus eine durchaus passende Erklärung für die jüngsten Ereignisse gefunden zu haben. Aber die

Panik in der Stimme des alten Mannes und seine mit Qual erfüllten Augen hatten Alexandra zugesetzt. Am liebsten hätte sie Herrn Dobrindt angeboten, dass er ihr ruhig alles im Detail erzählen könnte, um ihm dann vorsichtig zu erklären, dass er sich irrte und alles gut war. Doch so besonnen ging Klaus keinesfalls vor. Mit jedem Mal, wenn er Dobrindts Geschichte von einem Monster widersprach, wurde sein Ton schroffer. Am Ende wurde er sogar laut, als er dem älteren Herrn endgültig den Unsinn ausreden wollte.

»Welches Monster?«, fragte plötzlich eine krächzende Frauenstimme. Alexandra unterbrach das Auflesen der Scherben und schaute in Richtung Tür. Dort stand Frau Ludwig, die ein Zimmer gegenüber von Herrn Dobrindt bewohnte. Dieser wollte antworten, aber Klaus schnitt ihm barsch das Wort ab. »Natürlich gar kein Monster. Herr Dobrindt hat nur schlecht geschlafen und wird sicherlich gleich wieder zur Ruhe kommen. Das sollten Sie auch tun. Schülerin Alexandra wird Sie wieder in Ihr Bett bringen, nicht wahr, Alex?«

Klaus warf der jungen Frau einen durchdringenden Blick zu. Sein Kopf war inzwischen purpurrot angelaufen. Die Schülerin war von der Situation viel zu verwirrt, als dass sie hätte protestieren können. Schon allein, dass er sie einfach so Alex genannt hatte, war ihr eigentlich nur noch zuwider! Aber sie wollte vor den Bewohnern keinen Streit austragen. Zumal Herr Dobrindt immer noch einen verstörten Eindruck machte. Sein Mund stand leicht offen und er schüttelte kaum merklich den Kopf.

»Ist gut. Ich mach das nur noch weg«, sagte Alexandra und beugte sich weiter vor, um auch die letzten kleinen

Scherben aufzusammeln. Dabei blickte sie unter Dobrindts Bett und zögerte kurz. *Was liegt dort?* Sie hatte einen seltsamen Gegenstand gefunden, der definitiv keine Scherbe war, aber ebenfalls eine glatte, spiegelnde Oberfläche besaß. Alexandra wollte gerade nach dem fremden Objekt greifen, als der ältere Herr erneut darauf bestand, dass ein Monster an seinem Bett gestanden habe.

»Also doch?«, fragte Frau Ludwig und klang dabei keinesfalls ängstlich. Vielmehr schien es ihr ein willkommener Zeitvertreib im sonst so stetigen Trott des Heims zu sein.

»Alexandra!« Klaus war seine Wut deutlich anzuhören. »Bring nun endlich Frau Ludwig auf ihr Zimmer und dann hol Jörg. Ich bleibe solange hier bei Herrn Dobrindt. Los, los!«

Die Schülerin warf noch schnell einen letzten verstohlenen Blick unter das Bett und beschloss, später nachzusehen, was dort unten lag. Dann stand sie auf, ging wortlos an Klaus vorbei und kümmerte sich um Frau Ludwig. Die Anfang neunzigjährige Frau schien immer noch ganz begeistert von der abendlichen Aufregung, als Alexandra sie vorsichtig zurück zu ihrem Zimmer führte. Die knöchrigen Finger der Bewohnerin krallten sich dabei an ihrem dünnen Arm fest. Zwar war die Schülerin selbst nicht besonders kräftig und bei weitem nicht hochgewachsen, aber von der gebrechlichen Dame war allenfalls eine Hand voll Mensch übriggeblieben. Es war für sie also für sie keinesfalls ein Problem, diese zu stützen.

Frau Ludwigs Zimmer war baugleich zu dem von Herrn Dobrindt und damit identisch zu allen weiteren Bewohnerzimmern. Es gab einen Wohnbereich, der nahtlos in das kleine Schlafzimmer überging. Dort befanden sich ein Tisch mit Stühlen sowie eine Kommode und ein Schrank. Rechts führte eine weitere Türe zum Bad. Einige Bewohner verfügten über ein konventionelles Bett, die meisten, so auch Frau Ludwig und Herr Dobrindt, schliefen jedoch in einem Pflegebett. Dort ließ sich die alte Frau nun langsam nieder.

»So, hätten wir das auch geschafft, Frau Ludwig«, sagte Alexandra und lächelte ihr zu. Die Seniorin nickte zufrieden und legte sich hin. Dabei zog sie die Decke ein Stück höher. Gerade als Alexandra ihr eine gute Nacht gewünscht hatte und gehen wollte, meldete sich Frau Ludwig noch einmal. »Irgendwie ist mein Bett nass. Wer hat das denn hier gemacht?«

Die Pflegeschülerin blieb abrupt stehen. »Lassen Sie mich mal sehen, Frau Ludwig!« Alexandra schob die Bettdecke beiseite und entdeckte einen gelben Fleck. Vermutlich war die Bewohnerin durch das Geschrei aus dem Schlaf aufgewacht und hatte sich vor Schreck eingenässt. Die alte Frau hatte zudem Empfindungsstörungen in den Beinen. Je nachdem, wie sie vorher gelegen hatte, war ihr dieses Missgeschick zunächst gar nicht aufgefallen, als sie sich auf den Weg gemacht hatte, um die Quelle dieser Unruhe zu finden.

»Das werden wir wechseln, Frau Ludwig. Es tut mir leid, aber Sie müssen noch einmal aufstehen. Dann tauschen wir auch Ihre Kleidung, bevor Sie da hinten am Tisch Platz nehmen, während ich das Bett neu beziehe«, erklärte Alexandra der Bewohnerin und bemühte sich, freundlich dreinzublicken. Allerdings hatte sie ausgerechnet jetzt keine besonders große Lust, die Laken zu wechseln. Sie konnte nur an den Gegenstand unter Herrn Dobrindts Bett denken. Aus dessen Zimmer drangen immer noch lautstarke Diskussionen hervor. Plötzlich wurde das Gespräch leiser und Alexandra erkannte Jörgs Stimme. Vermutlich hatte der erfahrene Pfleger die Situation erfolgreich deeskaliert.

»Können Sie dann bitte einer Schwester Bescheid geben?«, fragte Frau Ludwig und strahlte die Pflegeschülerin an.

»Aber Frau Ludwig, ich bin doch eine Schwester«, antwortete Alexandra und bemerkte die Verwunderung in den trüben Augen der alten Frau. In den sechs Wochen, in denen die Schülerin nun bereits in der Einrichtung ihren Dienst getan hatte, hatte sie sich Frau Ludwig schon viermal vorgestellt.

Die Bewohnerin wies starke Züge von Demenz auf. An viele Dinge von früher erinnerte sie sich noch deutlich, aber war oft orientierungslos und vergaß neue Ereignisse, Gesichter und Namen sehr schnell.

An guten Tagen begrüßte sie Alexandra hingegen freundlich und plauderte mit ihr über die Ereignisse des Vortags, wobei sie es sich nicht nehmen ließ, gemeinsam mit der Schülerin über diesen »unmöglichen Klaus« zu schimpfen.

An schlechten Tagen wachte sie jedoch auf und dachte, sie müsste eigentlich in ihrer Düsseldorfer Wohnung liegen und wurde panisch, wenn sie die fremde Umgebung wahrnahm. Dann stand sie häufig auf und wollte weg, einfach nur weg. Natürlich konnte die gebrechliche Frau nicht so schnell verschwinden und lief entweder aufgeregt im Kreis oder wurde spätestens im Treppenhaus abgefangen.

Alexandra setzte ein Lächeln auf, als sie Frau Ludwig an die Hand nahm und zum Tisch begleitete. »Hat man es

Ihnen noch nicht gesagt? Ich bin Pflegeschülerin Alexandra, für gute Freunde oder nette alte Damen auch gerne Alex.« Sie zwinkerte Frau Ludwig zu. Die Bewohnerin nickte und sah gleich viel zufriedener aus. »Ich habe hier einige Wochen Dienst, bevor ich wieder im Krankenhaus auf die nächste Station gehe oder zurück zur Pflegeschule muss. Vorher habe ich übrigens Germanistik studiert, deswegen bin ich schon was älter. Das Studium war aber nichts für mich.«

Die beiden hatten den Tisch erreicht. Schnell half Alexandra der alten Frau dabei, frische Kleidung anzuziehen. Dann ging sie zurück zum Bett und wechselte die Bezüge mit einigen routinierten Handgriffen. Da eine Unterlage auf dem Bezug gelegen hatte, war nur wenig Urin auf das eigentliche Bettzeug gelaufen, sodass sich der Aufwand in Grenzen hielt.

»Sie sind nett«, stelle Frau Ludwig erfreut fest. »Viel lieber als dieser unmögliche Klaus! Der geht immer an meine Sachen. Aber mir glaubt ja keiner mehr. Nicht einmal meine eigene Tochter. Sie glauben mir doch, oder?«

Alexandra hatte inzwischen ihre Arbeit beendet und warf die Handschuhe weg. Danach desinfizierte sie sich die Hände. Die Handschuhe dienten letztlich mehr der Psyche, um das Ekelgefühl gegenüber fremden Körperflüssigkeiten zu senken. Einen wirklich undurchlässigen Schutz vor Keimen boten sie indes nicht.

Dann ging Alexandra zurück zu Frau Ludwig und brachte diese ans Bett. Dabei sah sie der Bewohnerin fest in die Augen. »Ich glaube Ihnen, Frau Ludwig. Und wissen Sie was? Ich werde ein Auge auf Klaus haben. Vielleicht erwischen wir ihn ja auf frischer Tat?«

Sie half der älteren Dame vorsichtig in ihr Bett und deckte sie zu. Danach ging sie hinaus und dimmte das Licht.

»Wen wollen wir wobei auf frischer Tat erwischen?«, fragte Frau Ludwig und starrte Alexandra überrascht an, als diese das Zimmer verlassen wollte.

»Nicht so wichtig. Darüber reden wir morgen in aller Ruhe. Schlafen Sie nun gut!«

Alexandra eilte hinaus und steuerte mit der eingenässten Wäsche, die sie in einen Beutel gestopft hatte, auf den Wäschewagen zu. Dieser stand am Ende des Flurs. Dort wartete Klaus, der sich lässig an eine Wand lehnte.

»Hör mal, ich wollte dich eben nicht so angehen. Das Geschrei hat mich einfach aufgeregt. Vergessen wir die ganze Sache wieder?«

Alexandra war einen Moment von der unbeholfenen Entschuldigung überrascht. Sie hätte nicht gedacht, dass Klaus dazu der Typ wäre. Dann kam ihr der Gedanke, dass Jörg ihm vermutlich ein paar Takte gesagt hatte. Doch so oder so, Klaus hatte eingelenkt – und da sie sowieso nur noch zwei Wochen hier war, musste sie ihre Energie nicht erneut mit einem Streit vergeuden.

»Ist gut«, sagte Alexandra knapp, als sie den Wäschebeutel im Wagen versenkte.

»Sehr schön. Ich bin dann im Feierabend, dir noch eine angenehme Nacht!« Ohne jedes weitere Wort schlenderte Klaus davon.

Alexandra musste den Impuls unterdrücken, zu Herrn Dobrindts Zimmer zu rennen. Um kein Aufsehen zu erregen, ging sie allenfalls mit zügigen Schritten hinüber. Von dort kam ihr bereits Jörg entgegen. Das helle, lichte Haar sah zerzaust aus – die Schülerin hatte beinahe schon das Bild vor Augen, wie der ältere Kollege sich im Gespräch mit Klaus die Haare gerauft hatte.

»Herr Dobrindt schläft jetzt, wir konnten ihn beruhigen und haben ihm etwas zum Schlafen gegeben. Das sind leider die unschönen Momente in unserem Job. Unglücklicherweise kommen wir nicht immer alle gleich gut mit ihnen zurecht.« Er warf seiner jungen Kollegin einen vielsagenden Blick zu.

»Ich muss mir noch kurz etwas Übersicht verschaffen. Klaus meinte, dass die meisten Bewohner friedlich schlafen. Mal sehen, ob er recht hat. Danach können wir darüber reden, was eben passiert ist. Klaus ist viel zu oft so launisch. Aber er macht seinen Job, Kotzbrocken hin oder her. Von daher muss man sich leider mit ihm arrangieren.«

»Es ist kein Problem«, sagte Alexandra. »Ich wollte nur noch einmal zu Herrn Dobrindt ins Zimmer gehen. Er hat in seiner Angst die Blumenvase umgeworfen und ich bin nicht dazu gekommen, alle Scherben aufzulesen und den Boden zu wischen. Ich möchte nicht, dass er sich da morgen früh noch verletzt.«

Jörg nickte. »Sehr vorbildlich. Nach der ganzen Aufregung habe ich mich zu meiner Schande gar nicht mehr auf der anderen Seite vom Bett umgesehen. Komm danach zum Stationszimmer. Dann gehen wir eben die Bewohner durch.« Der hagere Mann nickte kurz und machte sich auf den Weg.

Jetzt, da sie einfach zu Herrn Dobrindt gehen und das seltsame Objekt unter seinem Bett genauer begutachten konnte, blieb Alexandra zögernd vor der Tür stehen. Ihr kam wieder das schreckliche Bild in den Sinn, als der alte

Mann sie derart panisch und entgeistert angesehen hatte. Zitternd lag ihre Hand auf der Türklinke. Sollte sie wirklich hineingehen? Vielleicht war es besser, dieser Sache nicht nachzugehen? Alexandra merkte, wie ihr Puls beschleunigte und konnte das Rauschen ihres Blutes laut in den Ohren hören. Sie zwang sich zur Ruhe und holte dafür tief Luft. Dann trat sie mit weichen Knien ein.

Das schmucklose Zimmer war ins Zwielicht gehüllt. Alexandra, die einen Moment zweifelnd in der geöffneten Tür stand, warf einen langen Schatten. Leise durchquerte sie den kleinen Raum, am Bett vorbei, hin zu der Seite, die dem Fenster zugewandt war. Ihr Blick war starr nach vorne gerichtet. Als sie ihr Ziel erreicht hatte, musterte sie Herrn Dobrindt.

Der alte Mann sah nun friedlich aus. *Vermutlich haben sie ihm nicht nur ein leichtes Schlafmittel gegeben*, dachte die Schülerin. Für gewöhnlich hätte ihr dieses Vorgehen missfallen und gegen ihren Sinn für Moral verstoßen. Doch sie hatte immer noch sein ängstliches Gesicht in Erinnerung. Sie gönnte Herrn Dobrindt die Ruhe von ganzem Herzen.

Vorsichtig beugte sie sich nieder und zückte aus ihrer Brusttasche die kleine Taschenlampe. Dann leuchtete sie den Boden ab, richtete den Lichtkegel unter das Bett. *Ein Monster war in meinem Zimmer*, klangen ihr Herr Dobrindts Worte in den Ohren nach. Obwohl sie eigentlich weder ein furchtsamer Mensch war, noch über lebhafte Fantasie verfügte, kam in ihr für einen schrecklichen Moment die Gewissheit auf, dass der Schein der Taschenlampe jede Sekunde die wütende Fratze einer Bestie zum Vorschein bringen würde. Ihre Nackenhaare stellten sich auf.

Doch das war natürlich Unsinn. Unter dem Bett entdeckte sie nicht viel, nur diesen kleinen Gegenstand, der schwach reflektierte. Sie streckte die Hand aus und griff nach dem fremden Objekt. Nachdem sich Alexandra aufgerichtete hatte, ließ sie das winzige Fundstück in der Hand umherwandern. Es war ein Knopf von mattgrauer Farbe, der vermutlich zu einem schicken Mantel gehören musste. Sie schloss die Finger und verstaute ihn in der Hosentasche. Dann kniff sie die Augen zusammen.

Ein Monster war in meinem Zimmer. Zaghaft hob Alexandra die Lider und wandte ihren Blick Herrn Dobrindt zu, der noch immer tief und fest schlief. »Es gibt keine Monster«, flüsterte die junge Frau, so als könnte der Schlafende sie hören. »Es gibt keine Monster, nur schlechte Menschen.«

Ein kühler Hauch glitt sanft über ihre Haut und sie rieb sich unwillkürlich die Arme, die bereits eiskalt waren. Vermutlich war Alexandra die Kälte zunächst wegen der ganzen Aufregung nicht aufgefallen. Wieder streifte sie ein leichter Luftzug. Mit einem Ruck fuhr die Schülerin herum und sah zum Fenster.

Es war nur leicht angelehnt, die Gardine warf wellengleiche Falten, wenn der sanfte Hauch über sie glitt. Die Schülerin ging wie in Trance näher heran. Sie atmete einmal tief durch, dann stieß sie die Scheibe auf und reckte den Kopf durch die Öffnung.

Alexandra sah zunächst nach unten, hinab in den Park. Grau zeichneten sich die Umrisse der Bäume ab. In der Ferne erspähte sie einige Lichtinseln, die von den angrenzenden Straßenlaternen geworfen wurden. Jetzt erst fiel ihr der breite Sims auf. Dieser musste an die fünfzig Zentimeter messen. Ihr Blick wanderte nach links, folgte dem schmalen Vorsprung. Dort sah sie die Feuerleiter. Voller Furcht riss sie den Kopf zurück, warf das Fenster zu, sodass die Glasfläche klirrte und drehte hastig den Griff, um die Halterung zu verriegeln.

Zitternd glitt Alexandras Hand in ihre Hosentasche und fischte den Knopf hervor. Er fühlte sich kalt auf ihrer Haut an. Sie schaute hinüber zu Herrn Dobrindt. Dann verließ sie eilig den Raum. Mit energischen Schritten eilte sie auf das Stationszimmer zu. Hinter den Scheiben konnte sie Jörg sehen, der sich über einige Akten gebeugt hatte und die Stirn in Falten legte.

»Ich habe etwas gefunden!«, rief die Schülerin ohne jede Begrüßung, als sie die offenstehende Tür durchquerte und den Knopf auf die ausgebreiteten Akten fallen ließ. Jörg wandte sich ihr zu und schielte sie aus seiner gebeugten Haltung von unten an. Sein Gesicht war fragend. Dann richtete er sich auf und nahm eine entspannte Haltung an. »Und was ist an diesem Knopf so besonders, dass du hier hereingelaufen kommst?«

»Ich habe ihn unter Herrn Dobrindts Bett gefunden, als ich die Scherben zusammenkehren wollte. Außerdem war das Fenster nur angelehnt. Ich denke, dass jemand …«

Weiter kam Alexandra nicht. Jörg hatte die Arme gehoben und deutete ihr an, dass sie sich beruhigen sollte. Sie verstummte.

»Ich kann deine Aufregung verstehen. Manchmal machen einem die Geschichten der Bewohner Angst. Als ich noch frischgebackener Pfleger war, hat mir eine alte Frau immer wieder erzählt, ihr Sohn käme nachts, um sie zu erwürgen. Ich selbst hatte danach in so mancher Nachtschicht Panik und konnte nur schlecht schlafen.«

Er machte eine Pause. Sein Gesicht war kummervoll, als er fortfuhr. »Natürlich wusste ich, dass nichts dergleichen geschah. Doch für die ältere Dame spielte das keine Rolle. Sie glaubte daran und damit war es in ihrer Welt Realität. Mir ging es erst besser, als ich mich nicht mehr in ihre Welt habe hineinziehen lassen. Alexandra, das ist eine Lektion, die du selbst lernen musst. Du kannst und sollst so empathisch wie möglich mit Patienten und Bewohnern umgehen, aber lass ihre Leiden nicht Teil deiner Welt werden. Denn das würde dich irgendwann unweigerlich zerstören.«

Die sorgenvollen Furchen in Jörgs Gesicht waren scheinbar mit jedem Wort tiefer geworden. Dunkle Schatten hingen unter seinen Augen und umrahmten die Partie um seinen Mund. Er sah schlagartig um Jahre gealtert aus. Doch so plötzlich dieser Eindruck aufgekommen war, so rasch war er auch wieder verflogen. Untermalt von einem väterlichen Lächeln legte der erfahrene Pfleger die Hand auf Alexandras Schulter und nickte ihr verständnisvoll zu.

»Aber der Knopf und das geöffnete Fenster, das sind doch Beweise, dass etwas passiert sein muss!«, protestierte die Schülerin.

Jörg nickte. Noch immer zeichnete sich in seinem Gesicht das milde Lächeln ab. Mit warmer Stimme antwortete er und dabei drang der Kummer allenfalls zaghaft an die Oberfläche: »Es ist auch etwas passiert. Eine der Reinigungskräfte hat nicht gut unter Herrn Dobrindts Bett saubergemacht, sodass der Knopf dort liegen geblieben ist. Außerdem wird er das Fenster vorm Schlafengehen vermutlich selbst geöffnet und dann nicht wieder verschlossen haben. Nun, vielleicht war es auch eine Pflegekraft, wer weiß das schon. In der Nacht wurde es ihm irgendwann zu kalt, er hat die Decke im Schlaf weiter nach oben gezogen und deswegen hat er schlecht Luft bekommen. Es ist das perfekte Drehbuch für einen sehr bösen Albtraum. Glaub mir, ich habe solche Dinge in den vergangenen Jahren schon oft genug erlebt.«

Alexandra senkte nachdenklich den Blick. Konnte das sein? Konnte die Erklärung so einfach ausfallen?

Ein Monster war in meinem Zimmer.

Nein, sie war nicht so einfach. Dem armen Bewohner war etwas zugestoßen. Gerade als Alexandra wieder einen Einwand äußern wollte, tippte Jörg auf ein Blatt vor ihr.

»Hiermit kannst du mir allerdings helfen. Die Spätschicht hat einige der Dokumentationen nicht komplett ausgefüllt.« Er seufzte. »Was man für die lieben Kollegen nicht so alles in Kauf nimmt. Dabei war ich ja noch nicht einmal mit der ersten Runde fertig.«

Alexandra nickte lediglich. Scheinbar war die Angelegenheit für Jörg bereits vergessen. Wenn sie weiter darauf beharren würde, dass sich bei Herrn Dobrindt etwas Schlimmes ereignet hatte, wäre der Konflikt unabwendbar. Sie hatte genug aussichtslose Kämpfe ausgetragen, um zu wissen, wann es an der Zeit war, zumindest vorläufig nachzuggeben.

»Ich übernehme das, du kannst gerne deine Runde beenden und nach den anderen Bewohnern sehen.« Sie schenkte ihm ein kurzes Lächeln und Jörg sah zufrieden drein, als er das Zimmer verließ. Um den Anschein zu wahren, beugte sich Alexandra augenblicklich über die Dokumente, aber ließ ihren älteren Kollegen dabei nicht aus den Augen. Erst als dieser um die nächste Ecke gebogen war, griff sie nach dem Knopf, der immer noch unbeachtet auf einem Stapel aus Papieren lag. Ihre Finger umspielten die kühle Oberfläche, die ein Prickeln auf der Haut hinterließ. Dann verstaute die Schülerin ihn wieder in der Hosentasche und ergab sich in ihr Schicksal, das in dieser Nacht vor allem aus Papierkram bestand.

4. Das Gemälde

Der Weg zurück war furchtbar. Noch immer sah er die Bilder der Szene plastisch vor sich. Walter Dobrindt hatte die Augen aufgerissen und ihn deutlich wahrgenommen. Sicher, er war noch schlaftrunken gewesen und hatte nicht so recht glauben wollen, eine reale Gestalt vor sich zu sehen. Doch dem grauen Mann war nicht entgangen, dass sich der trübe Nebel in Dobrindts Blick rasch gelichtet hatte und rationale Erkenntnis an dessen Stelle getreten war. Genau in diesem Moment hatte Dobrindt nach dem Mantel gegriffen. Seine Finger waren die schwachen und unnützen Glieder eines Greises, sodass der Sammler eigentlich über diese Gegenwehr zu Recht hätte lachen können, aber es war dem alten Mann tatsächlich gelungen, einen Knopf am Ärmel abzureißen. Kummervoll sah der graue Mann zu dem losen Faden, an dem eigentlich das schmucklose Stück Plastik hängen sollte.

Seine Schritte waren nun weitaus langsamer als auf dem Hinweg. Er spürte immer noch großen Hunger und obwohl es schon spät war – es musste bereits weit nach Mitternacht sein – lockten einige Fenster, indem sie vielversprechende Ereignisse zeigten. Ein streitendes Pärchen vollführte ein wunderbares Schauspiel. Wild gestikulierend lief es vor der großen Glasfront im Dachgeschoss eines alten Stuckhauses auf und ab. Mann und Frau gingen dabei abwechselnd in den verbalen Angriff über, die Finger wie Degen aufeinander gerichtet.

Der Sammler verharrte mit einigen Metern Abstand an einem Baum. Noch immer hing der Nebel dicht in den schmalen Straßen und schien die schlanke Gestalt gänzlich zu verschlucken. Einen Moment sann der graue Mann darüber nach, wie er sich Zugang verschaffen könnte. Zwar würde das Paar heute wohl eher voll Zorn zu Bett gehen, aber etwas Wut wäre nun genau die Emotion, die dem Sammler helfen könnte, seine innere Leere zu füllen.

Während er noch über das Für und Wider nachdachte, erlosch schließlich das Licht. Es war nun so weit und er müsste nur noch ein geeignetes Fenster finden, um sich unbemerkt hineinzuschleichen. Die Lage des Hauses war zudem äußerst günstig, denn dicke Hecken schirmten das Grundstück vor neugierigen Blicken ab. Doch er zögerte. Nein, nach dem Fiasko mit Herrn Dobrindt war ihm, wenngleich er starken Hunger spürte, der Appetit vergangen. Es gab andere Wege, um sich von diesem nagenden Gefühl abzulenken.

Der graue Mann setzte seinen Weg fort. Bald schon hatten ihn seine Schritte aus dem Villenviertel hinausgetragen. Die Straßen wurden nun wieder breiter. Dreck und Unrat säumten die Bürgersteige. Charakterlose mehrstöckige Betonbauten ragten an den Seiten auf – und der Sammler musste unwillkürlich an das Gebirge aus Dobrindts Traum zurückdenken. Wie gerne er doch nun stattdessen diese majestätischen Riesen sehen würde! War es wirklich nur der Hunger, der diese Gedanken in ihm schürte?

Er war verwirrt. Ein dahinrasendes Auto riss den Sammler aus seinen Überlegungen. Er sah nur noch die Rücklichter, die den dichten Nebel in eine rote, wabernde Masse verwandelten. In der Nacht waren Städte eine eigenartige Erscheinung. Sie lagen friedlich da, die Menschen hatten sich irgendwo zusammengefunden oder waren daheim – und so gehörten die Straßen mit wenigen Ausnahmen ihm, dem grauen Mann. Was hatte wohl den Fahrer des Wagens dazu veranlasst, derart schnell über die Straße zu saugen? War es ein Rausch? War es eine geradezu filmreife Situation, in der ein Mann mit seiner schwangeren Frau ins Krankenhaus eilte, da die Wehen eingesetzt hatten? Oder war es gar ein Anlass, der sich den Gedanken des Sammlers entzog? Er seufzte. Natürlich würde er es nie erfahren.

Zu so später Stunde konnte er weder die Bahn nehmen noch einen Bus nutzen. An sich hatte der graue Mann mit dem Rückweg in seine Unterkunft meist wenig Probleme, doch das galt primär für solche Nächte, in denen er sich zuvor an hochwertiger Kost gelabt hatte. Heute war ihm bald schon jeder Schritt zuwider. Zumal er unweigerlich überlegen musste, wie er im Fall Dobrindt vorgehen sollte.

Nun, der alte Mann litt zwar unter den ersten Anzeichen von Demenz. Ihm würde demnach wohl kaum jemand Gehör schenken. Andererseits hatte die Empfangsdame den Sammler schon zur Unvorsichtigkeit gezwungen. Ganz ausgeschlossen war es nicht, jemand könnte die Vermutung aufstellen, dass sich tatsächlich ein Fremder an Dobrindts Bett herangeschlichen hatte, sollten beide von ihrer Nacht erzählen. Und dann war da ja noch der Knopf.

Der Sammler war sich allerdings sicher, dass er heute nichts mehr würde ausrichten können. Die Pfleger hatten Dobrindt höchstwahrscheinlich ein Mittel zum Schlafen verabreicht, oder was der Mensch in seiner Naivität als Schlaf bezeichnete. Wenn sie ihren geplagten Seelen diese Mittel einflößten, wussten sie ja gar nicht, was in den armen

Geschöpfen vor sich ging. Der Sammler kannte die Antwort: nichts. Es war ein traumloser Nicht-Schlaf, der zwar die körperlichen Bedürfnisse nach Ruhe und Rast befriedigte, der Seele aber keinerlei Erleichterung verschaffte.

Der graue Mann hatte einmal den Fehler begangen und versucht, sich an so einem Menschen zu laben und er hätte diesen fatalen Irrtum beinahe mit seiner Existenz bezahlt. Es war ihm so vorgekommen, als wäre er in einen schwarzen eisigen See gefallen und dort um ein Haar im Nichts ertrunken. Es hatte ihn Wochen gekostet, um seine Erinnerungen an frühere Speisen wiederzuerlangen.

Der Sammler schob seine Überlegungen beiseite und ging monoton dahin. Es gelang ihm gut, seine Befürchtungen zu verdrängen, ganz so wie es sich für einen Sammler gehörte.

Das menschliche Drama, die Verstrickungen aus Sorge und Hoffnung, aus Aufbegehren und Hadern, teilten er und seine Brüder nicht. Allenfalls der Hunger ließ sich auch für einen Sammler nicht ausblenden. Die vereinzelten Lichtpunkte in den dunklen Häuserzeilen entfachten dieses Sehnen immer wieder aufs Neue. So viele Geschichten um ihn herum, denen er doch einfach nur nachgehen müsste. »Heute nicht mehr«, sagte er zu sich selbst und seine Worte schluckte der Nebel.

An einem besonders hohen Gebäude, welches mit seinen achtzehn Stockwerken die umliegenden Häuser weit überragte, bog der Sammler rechts ab. Über schmucklose Pflastersteine führte sein Weg durch eine Grünanlage hin zur Eingangstür. Wie so oft war sie nicht richtig verschlossen. Er schob die Tür auf und trat ins Innere.

Dort hüllte das fahle Licht der Nachtbeleuchtung den Flur ein. Der Sammler schätzte dieses Licht sehr. Es gab dem Ganzen einen etwas düsteren, aber für ihn keinesfalls unangenehmen Eindruck und verbarg zudem die hässliche dunkelgrüne Wandfarbe recht gut. So war sie schon beinahe einigermaßen erträglich.

Mit stetem Schritt ging der graue Mann zum Aufzug und fuhr hinauf in den zehnten Stock. Ab und an begegneten ihm hier die anderen Mieter, aber es gab so viele verschiedene Parteien in dieser Häuserstadt, dass er dennoch vollkommen anonym blieb. Selten sah er ein Gesicht mehr als einmal. Es war ausgeschlossen, dass man ihn hier jemals bewusst wahrgenommen hatte. Er wusste zudem sehr gut über seine Wirkung auf Menschen Bescheid. Selten wollte ihr Verstand sich länger als nötig mit der Existenz des Sammlers befassen.

Ein sanfter Ruck durchfuhr den alten Fahrstuhl, als dieser stehenblieb und die Türen träge auseinanderglitten. Der Flur sah exakt identisch aus wie jener im Erdgeschoss. Der graue Mann ging nach rechts und blieb nach einigen Metern vor seiner Tür stehen. Müller stand auf dem Schild. Natürlich trug der Sammler eigentlich keinen Namen – aber dieser selbstgewählte war so typisch wie belanglos und damit für seine Zwecke genau der richtige.

Seine kleine Wohnung lag im Dunkeln. Er machte sich nicht die Mühe, das Licht einzuschalten. Den Weg zu jenem Raum, in dem er sich hauptsächlich aufhielt, kannte er nur allzu gut. Es waren dreizehn Schritte geradeaus, dann musste er sich nach rechts wenden und nur noch durch die offene Türe treten. Dort knipste er eine Stehlampe an, die direkt neben dem Durchgang platziert war. Der kleine Raum war allenfalls karg eingerichtet. Nur ein schlichter Holztisch mit vier Stühlen stand dort. Regale, Schränke oder dergleichen brauchte der graue Mann nicht. Lediglich im Schlafzimmer stand neben dem Bett ein Kleiderschrank, der aber nur spärlich gefüllt war. Der Sammler zog seinen Mantel aus, setzte den Hut ab und warf beides achtlos auf den Tisch.

Wieder sah er Walter Dobrindts erkennende Augen vor sich. Er wusste nicht, warum er sich derart viele Gedanken um diese Angelegenheit machte. Fast könnte man glauben, er wäre wegen der weiteren Entwicklung besorgt. Aber das war absurd. Solch primitives Verhalten war den Menschen in ihrer kleinen Welt vorbehalten, aber doch nicht denen, für die Zeit und Sein in einem ganz anderen Verhältnis zueinanderstanden!

Um sich von den gramvollen Erinnerungen abzulenken, beschloss der Sammler, noch seiner Arbeit nachzugehen. Viele seiner Brüder lebten auch heute noch ausschließlich von dem, was sie selbst produzieren konnten und zogen alte Keller, verlassene Gebäude oder sogar Höhlen den Annehmlichkeiten des modernen Lebens vor. Für den grauen Mann war aber nichts Verwerfliches daran, sich im Winter an einer Heizung zu wärmen oder aber seinem müden Körper Erholung auf einer weichen Ruhestätte wie einem richtigen Bett zu gönnen.

Doch seine Entscheidung zog eine Perlenkette weiterer Konsequenzen nach sich. Diese Annehmlichkeiten mussten bezahlt werden. Wenn sich einer der Sammler dazu entschloss, seine Existenz dem Leben der Menschen anzupassen, weil er es leid war, sich notdürftige Unterschlüpfe zu suchen, dann ging er meist einfachen Beschäftigungen nach. Bei diesen wurden nicht viele Fragen gestellt sie brachten geringe Anforderungen mit sich.

Allerdings war es nicht leicht, ein Leben vorzugaukeln, wo es dem menschlichen Verständnis nach eigentlich kein Leben gab – und wo schließlich Geld floss, quollen Formulare und Vordrucke aus dem Boden hervor. Aber der graue Mann hatte sich inzwischen recht gut an diese Marotte der Menschen gewöhnt und konnte meist seine speziellen Fähigkeiten einsetzen, um im entscheidenden Moment dafür zu sorgen, dass man Partei in seiner Sache ergriff. Dennoch hoffte der Sammler, dass er nie wieder derartigen Aufwand würde betreiben müssen, wie nötig gewesen war, um in dieser kleinen Wohnung einfach nur für sich sein zu können und seinen Projekten nachzugehen.

Sein Wunsch, das Leben in Baracken und Ruinen hinter sich zu lassen, hatte mit einem Stück Papier begonnen, als er versucht hatte, eine Unterschrift zu entwickeln – er musste ja schließlich irgendwie diesen lästigen Mietvertrag unterzeichnen. Nach den ersten unleserlichen Krakeleien hatte der Sammler schnell dazugelernt und ehe er so recht wusste, was er tat, hatte er die Umrisse eines Gesichts gezeichnet. Er hatte einen Moment gebraucht, um die noch ungeschickt nachempfundenen Züge zu erkennen, doch dann war die Erinnerung rasch zurückgekehrt: Es war das Antlitz einer Frau gewesen, die er wenige Tage zuvor in dem Traum eines Kindes gesehen hatte, als er furchtbaren Hunger gelitten hatte und sich mit schlichter Kost hatte behelfen müssen.

Schnell hatte er die primitive Zeichnung, die von all seinen damaligen Schreibübungen umgeben war, in eine kleine

Pappschachtel gelegt. Damals hatte er noch in einem leerstehenden alten Bau gehaust, in dem es in der Nacht aus den Ecken geraschelt hatte, wenn Mäuse und Ratten durch ihr Revier schlichen. Die Schachtel mit seinen kleinen Schätzen hatte er deswegen über einem alten Kleiderschrank aufbewahrt. Aber letztlich war diese Vorsicht nicht nur wegen der Nagetiere nötig gewesen. Auch seine Brüder hätten diese Zeichnung nie finden dürfen.

Er wusste nicht mehr, wann es genau geschehen war, da hatte ihn ein leises Flüstern in seinem Kopf hin zu seiner Schachtel geführt und er hatte die kindliche Zeichnung hervorgeholt, um sie sich ganz genau anzusehen. Dabei hatte er jeden noch so ungelenken Strich ausführlich auf sich wirken lassen und sich dann – zu seiner eigenen Überraschung – ganz plötzlich besser gefühlt. Damals hatte er begriffen, dass er etwas Magisches vollbracht hatte. Er hatte die imaginäre Kraft dieser Erinnerung auf Papier bannen können. Und in jenem verheißungsvollen Moment, da hatte für die Dauer eines Wimpernschlags ein wohliger Schauer seinen gesamten Leib überzogen. Mit zittriger Hand hatte er das Bild zurückgelegt und beschlossen, auf die Jagd zu gehen. Doch nicht nach Erinnerungen, sondern nach Papier, Stiften und Farben.

Heute besaß der Sammler ein breites Spektrum an Arbeitsgeräten für seine Projekte. Pinsel, Wachsfarben, Stifte, Kreiden und Ölfarben lagen im Nebenzimmer fein säuberlich sortiert auf einer Ablage bereit. Schon war der graue Mann am Pult angelangt und griff nach einem der Pinsel. Vor Kopf ragte eine weiße Leinwand auf, die nun im Zwielicht grau zu sein schien. Er nahm sich die Ölfarben und mischte sie auf der Palette. Licht brauchte er keines. Nein, er schloss sogar die Augen. Dann erwachten sie wieder zum Leben. Die Berge, er sah sie vor sich, majestätisch in das Rot der Abendsonne gekleidet. Er wartete einen Moment, um die Eindrücke ganz aufnehmen zu können, bevor er mit der Arbeit begann. Wild tanzte der Pinsel über die Leinwand, verharrte nur kurz, wenn der Sammler sich nicht sicher war, ob er zu dick auftrug oder nicht. Er hatte selten so ein Panorama in einer Erinnerung gesehen – er wollte es nicht verderben, er musste akribischer denn je arbeiten!

Schließlich wagte er es, die Augen zu öffnen und einen ersten Blick auf sein Werk zu werfen. Es glich dem Panorama aus Dobrindts Traum schon recht gut, aber etwas passte noch nicht. Es weckte keinesfalls die gleichen überwältigenden Gefühle im Sammler, wie es die Traumkulisse vermocht hatte, denn ein Detail schien er nicht recht getroffen zu haben. Es dürfte nicht daran liegen, dass er einige filigrane Linien zum Wohle der gesamten Komposition reduziert hatte – manche Dinge überließ man besser der Vorstellungskraft, als sie ans Licht zu zerren. Nein, mit den Farben stimmte etwas nicht.

Der graue Mann reckte den langen Hals vor und legte den Kopf schief. Das Rot, es war zu satt, zu kräftig. Damals hatten die Berge bereits in einem zarten Farbton gestrahlt und man hatte sehen können, dass die Sonne jede Sekunde zu tief stehen würde, um sie weiterhin in ihr Licht zu hüllen.

Der Sammler schloss erneut die Augen. Mit hundertfach eingeprägten Bewegungen wirbelte der Pinsel über die Farbpalette, um die Verhältnisse neu zu mischen. Dann setzte der graue Mann ihn an die Leinwand und änderte einige der markantesten Gebirgszüge leicht ab. Er hob erneut die Lider.

Jetzt war es sein Meisterwerk. Der wunderschönen Szene wohnte nun die gleiche bittersüße Tragik inne, von der Dobrindt damals hatte Zeuge werden dürfen: ein perfekter Moment, der seinen Zenit überschritten hatte. Jede Sekunde würde dieses wunderschöne Licht erlöschen und die Dunkelheit würde in die Berge einfahren.

Genussvoll schürzte der Sammler die Lippen, als er den Pinsel wieder in die Farben eintauchte. Er mischte nun sanfte Grün-, Braun- und Grautöne für die übrige Szenerie. Pinselstrich um Pinselstrich wuchs auf der nackten Leinwand ein kleines Dorf hervor. Idyllische Häuschen reihten sich aneinander, schmiegten sich eng zusammen. In etwa so eng zusammen wie die Silhouetten der beiden Menschen, die der Sammler dezent am rechten Rand seines Werks platzierte. »Ach, Walter!«, sprach der graue Mann hinein in das Zwielicht. »Ich hätte dir diesen Moment der Freude auf ein Neues gegönnt.«

Der Sammler legte überrascht sein Arbeitszeug nieder. Was hatte er da eben gesagt? Er war verwirrt. Er hatte bereits bemerkt, dass er nach einer äußerst feinen Speise manchmal dazu neigte, bestimmte Redeweisen der Menschen zu adaptieren. Diese Äußerung schien ihm jedoch von ganz allein über die Lippen gekommen zu sein.

Allerdings war das doch reiner Unsinn. Er sammelte. Er fühlte nicht. Und er hatte immer noch Hunger. War das nicht am wichtigsten? Sein Blick glitt über das Gemälde. Ja, es war hervorragend geworden, doch dachte er an diesen intensiven Traum zurück, erschien es ihm wie blanker Hohn, dass er nur mit dem Abbild leben musste und sich nicht an der ungetrübten Erinnerung hatte sättigen können. *Geduld*, ermahnte ihn sein Verstand. Bereits morgen würde er zu Herrn Dobrindt zurückkehren und sein Werk vollenden. Er hatte ja nicht einmal eine Wahl. Zwar vergaßen die Menschen ihn, wenn sie ihn sahen oder sogar mit ihm sprachen. Ja selbst jene Menschen vergaßen den Sammler, die ihn in ihren Träumen entdeckten. Doch noch nie war ein Mensch Zeuge davon geworden, wie er eine Erinnerung extrahieren wollte. Walter Dobrindt hatte einen Blick hinter den Vorhang werfen können und das wahre Ich des Sammlers gesehen.

Der graue Mann war sich dessen sehr wohl bewusst. Ihm war klar, was er morgen zu tun hatte. Er musste Walter Dobrindts Erinnerung an dieses Ereignis auslöschen – und wenn es sein musste auch an alles andere. *Für mein Volk*, dachte der Sammler und ihm kam die nächste Zusammenkunft in den Sinn, die schon sehr bald erfolgen würde. Spätestens dann musste die Angelegenheit geklärt sein.

Nachdem er seine Arbeit schließlich vollbracht hatte, fühlte sich der graue Mann erschöpft. Dieses Bildnis hatte Kraft gekostet, genauso wie dieser Abend, an dem er gedarbt hatte und viele Kilometer zu Fuß durch die Straßen gegangen war. Der Sammler verließ mit langsamen Schritten den Raum und schlich in das Schlafzimmer. Dort legte er sich in seinen Kleidern nieder und starrte zur Decke empor. In der kommenden Nacht würde er seinen Fehler korrigieren.

Teil 2

Erstes Blut

5. Am Tag danach

Alexandras Welt wurde schwarz. Dann schreckte sie auf, als ihr müdes Haupt gegen die kalte Scheibe sank. Ihr kam es so vor, als hätte ihr jemand mit einem nassen Waschlappen durchs Gesicht gerieben. Sofort war sie wieder hellwach, während der Bus weiter durch die dunklen Straßen schaukelte.

Noch einmal kamen ihr die Bilder in den Sinn, dieser panische Blick in Herrn Dobrindts Augen. Instinktiv wanderte Alexandras Hand hinab zu ihrer linken Jackentasche. Dort umspielten ihre Finger den Knopf, den sie erst vor wenigen Stunden unter dem Bett gefunden hatte. Die junge Frau war fest davon überzeugt, dass weit mehr passiert sein musste, als Klaus und Jörg glaubten. Dennoch hatte sie kein weiteres Mal in dieser Nacht versucht, ihre Sicht der Dinge ins Gespräch zu bringen. Den Gedanken, man müsste eigentlich die Polizei alarmieren, hatte sie nach Jörgs Antwort schließlich verworfen. Doch es musste irgendetwas Ungewöhnliches vorgefallen sein – und das ließ sie nicht in Ruhe.

Eine mechanische Frauenstimme kündigte die Haltestelle Mollplatz an. Alexandra seufzte, als sie sich schwerfällig erhob. Die Nacht hatte Spuren hinterlassen. Mehrere Stunden hatte sie über Dokumentationen gebrütet und auf dem viel zu niedrigen Bürostuhl gekauert. Dabei waren ihre Muskeln vermutlich wegen der vorherigen Aufregung noch so angespannt gewesen, dass ihr nun der Nacken furchtbar wehtat und sie ihn nur mühsam drehen konnte.

Steif schritt sie zur Tür. Alexandra schaute derweil unauffällig zu den anderen Fahrgästen. Wie so oft waren es nur wenige Menschen, die bereits so früh auf den Beinen waren. Sie starrten auf ihre Smartphones, ein mattes Leuchten lag auf ihren Gesichtszügen. Ein Mann, der wohl um die vierzig sein musste, gähnte nach Herzenslust und fuhr sich mit der Hand durch die zerzausten Haare. Vermutlich fing für diese Menschen der Arbeitstag gerade erst an. Für Alexandra endete er hier, als sie aus dem Bus stieg. Vergessen konnte sie diese Nachtschicht jedoch nicht, auch wenn sie es eigentlich sollte.

Die Straßen lagen einsam vor ihr und nur das kühle Licht der Laternen leuchtete sie aus. Der Sonnenaufgang würde zu dieser Jahreszeit noch auf sich warten lassen. Ein Regenfilm überzog den Asphalt, der dadurch matt schimmerte und die umliegenden Häuserzeilen undeutlich reflektierte. Alexandras Schritte zerstörten dieses friedliche Spiegelbild, als sie immer noch ungelenk zu ihrer Wohnung hinüberstakste. Ein jedes Haus sah sich hier ähnlich: schmucklose Betonbauten, einige ragten höher empor als andere, doch alle strahlten die gleiche bedrückende Kälte aus. Alexandra mochte diese Gegend nicht und war ursprünglich nur wegen ihres Studiums hergezogen. Doch auch jetzt, da diese Tage vorüber waren, konnte sie sich noch nichts Besseres leisten.

Bei dem Gedanken an Geld fragte sie sich kurz, ob jemand bei Herrn Dobrindt im Zimmer gewesen war, um ihn auszurauben. Allerdings erschien es ihr fragwürdig. Warum sollte ein Einbrecher durch ein Fenster einsteigen, wenn direkt daneben ein Bett stand, in dem jemand schlief? Zwar kamen Diebstähle in Altenheimen immer wieder vor, aber dann befanden sich die Bewohner in der Regel nicht in ihren Zimmern. Doch irgendetwas musste geschehen sein. Jörgs

Erklärungsversuch fühlte sich in ihren Augen einfach falsch an. Herr Dobrindts hatte einen viel zu verstörten Eindruck gemacht.

Hör auf damit! Sie wusste, dass sie dem alten Mann aktuell nicht helfen konnte. Sie hatte ihre Vorgesetzten auf ihre Sorgen hingewiesen und diese waren der Meinung, dass sie unbegründet waren. Ende der Geschichte. *Manche Dinge kann man nun einmal nicht ändern.* Sie hasste diese Stimme. Sie war so weinerlich! Und vor allem hatte diese Stimme unrecht. Es war zwar richtig, dass sie jetzt nichts mehr für Herrn Dobrindt ausrichten konnte. Hierbei lag die Betonung allerdings auf *jetzt*. Es gäbe durchaus noch die Möglichkeit, der ganzen Sache vorsichtig nachzugehen, sodass niemand etwas davon mitbekommen würde. Vielleicht konnte sie dem Bewohner auf diese Weise doch noch helfen?

Alexandra blieb mitten auf dem Bürgersteig stehen, spreizte die Finger, streckte die Arme nach unten und schüttelte diese aus. Dann atmete sie tief ein und schloss die Augen. Es war gar nicht so leicht, aber letztlich gelang es ihr, das imaginäre Regal zu finden. In ihrer Vorstellung trat sie näher heran und zog ein dickes Buch heraus. In diesem notierte sie – und natürlich hatte sie einen Stift zur Hand, denn immerhin war es ihre eigene Fantasie –, dass sie Herrn Dobrindt helfen und der gesamten Angelegenheit nachgehen würde. Sie schlug das Buch mit einem lauten Knall zu und verstaute es hastig neben seinen Geschwistern im Regal.

Alexandra kehrte auf den tristen Asphalt zurück und ging die restlichen Meter zu ihrer Wohnung ohne quälende Gedanken. Diese befand sich in einem der Betonklötze, der genauso aussah wie all die anderen um ihn herum. Eilig öffnete sie die schwere Haustür und durchschritt den langen Flur im Erdgeschoss. Ihre Wohnung lag rechts am Ende vom Gang.

Erschöpft öffnete Alexandra auch diese Tür und trat ein. Beißender Alkoholgestank stieg ihr in die Nase. Als sie den Lichtschalter betätigte, sprang ihr die Ursache des strengen Geruchs direkt in die Augen: Auf dem kleinen Wohnzimmertisch standen einige geöffnete Flaschen Bier, die eine halb geleerte Flasche mit Tequila flankierten. *Welcher Tag war gestern?* Alexandra konnte es nicht sagen. Sie brauchte Schlaf und verstaute die gedankliche Notiz, mit ihrer Mitbewohnerin Jacky über die Studentenpartys unter der Woche reden zu müssen, ebenfalls in ihrem imaginären Regal.

Dann verließ Alexandra den Eingangs- beziehungsweise Wohnbereich und steuerte auf ihr Zimmer zu. Dabei registrierte sie aus den Augenwinkeln nur beiläufig das Chaos in der Küche. Kurz überlegte sie, ob sie noch einmal das Bad aufsuchen musste, aber verwarf den Gedanken. Sie brauchte Ruhe. Das war nun am wichtigsten. Noch während sie dies dachte, tasteten ihre Finger den schmerzenden Nacken entlang und massierten ihn.

Als Alexandra ihr Zimmer betrat, machte sie sich nicht die Mühe, die Lampen einzuschalten. Durch die Schlitze der nicht ganz geschlossenen Rollläden fiel von der angrenzenden Straße genügend Licht ins Innere. Doch sie hätte sich in ihrem kleinen Reich zur Not auch blind zurechtgefunden. Vor Kopf stand ihr Bett, rechts der Kleiderschrank, links neben der Tür ihr Schreibtisch samt Stuhl. Ansonsten besaß sie lediglich ein kleines Regal, das über Eck neben dem Schrank entlanglief. Viel Besitz konnte sie nicht ihr Eigen nennen.

Sie blieb zwischen Bett und Fenster stehen, leerte ihre Jackentaschen, warf das Kleidungsstück achtlos in die nächstbeste Ecke und feuerte die Schuhe hinterher, die mit einem dumpfen Knall gegen eine der Wände prallten. Dann ließ sich die junge Frau, die sich wie eine Hundertjährige fühlte, mit einem lauten Seufzen auf das Bett fallen.

Es dauerte nicht lange und Alexandra glitt in einen unruhigen Schlaf hinüber. Sie war sich durchaus bewusst, dass sie weder so recht schlief noch wach war. Vielmehr war sie in einem steten Wechsel beider Zustände gefangen und so verschwammen Fantasie und Wirklichkeit immer mehr miteinander, bis sie scheinbar eins waren.

Unvermittelt fand sich Alexandra in Herrn Dobrindts Zimmer wieder. Obwohl es vollkommen dunkel war, erkannte sie den älteren Herrn, der in seinem riesigen Pflegebett wie eine kleine Puppe dalag. *Wie unrealistisch*, spottete ihr Verstand, der sich dann aber rasch zurückzog, als *er* den Raum betrat.

Ein Mann mit langem Mantel und altmodischem Hut schlich durch die Dunkelheit. Sein Gang war ruhig. Er schien keine Eile zu verspüren, als er näher an das Bett herantrat. Statt an der Seite stehen zu bleiben, die der Eingangstür zugewandt war, umrundete der Fremde langsam das Nachtlager und neigte den Kopf nachdenklich zur Seite. Dann blieb er schlagartig stehen und beugte sich langsam über Herrn Dobrindt, der immer weiter zu schrumpfen schien. Die schlanke Gestalt des unbekannten Mannes verlor hingegen jegliche Dimension und wuchs immer weiter, bis sie schließlich bedrohlich wie ein schwarzer Berg über dem Bett aufragte. Der Fremde beugte sich immer weiter vor, Zentimeter für Zentimeter. Der Schlafende wurde unruhiger. *Ich muss ihn retten!* Alexandras Verstand schrie, doch kein Laut durchdrang den grausigen Traum.

Inzwischen hatte der Eindringling eine Hand mit langen Fingern ausgestreckt. Die bleiche Haut zeichnete sich fahl in der Dunkelheit ab. Es fehlte nur noch ein Wimpernschlag und schon würden diese Finger auf Herrn Dobrindts Brust ruhen. Wieder wollte Alexandra schreien – und dieses Mal hallte ihr Ruf durch das kleine Zimmer und brach sich als Echo in hundertfacher Wiederholung.

Der riesige Mann verharrte in der Bewegung.

Dann folgte Stille.

Plötzlich schnellte der Kopf herum. Zwei pechschwarze Augen starrten Alexandra an. Eine unnatürliche Kälte durchzog den Raum. Die Augen schienen größer zu werden. *Wie kann das sein?* Die gedachte Frage war nur ein leises Flüstern. Längst hatten die Augen riesige Ausmaße angenommen und füllten schon beinahe Alexandras gesamtes Sichtfeld aus. Sie kam sich mit einem Mal nackt und vollkommen schutzlos vor, so als könnten diese schwarzen Pupillen direkt durch sie hindurch bis zu ihrer Seele blicken und dort jedes noch so kleine, dunkle Geheimnis ausfindig machen. Panik kam in der jungen Frau auf.

Ich muss aufwachen!

Doch es geschah nichts. Inzwischen nahmen die gewaltigen Augen so viel Raum ein, dass Alexandra einen Schritt zurücktreten musste, damit die schimmernde, feuchte Oberfläche sie nicht berührte. Plötzlich spürte sie die Wand in ihrem Rücken. Die Augen wuchsen weiter. Alexandra drückte sich immer enger an den kalten Stein und ihre Finger tasteten diesen hektisch ab. Doch es gab keinen Ausweg. Keinen geheimen Schalter oder sonst eine Rettung. Die Welt bestand nur noch aus diesem Augenpaar.

Ich muss aufwachen! Sie holte tief Luft, oder versuchte es zumindest. Inzwischen hatte das rechte Auge sie in seinem erschreckenden Wachstum erreicht, drückte sie mit gnadenloser Kraft fest gegen die Wand in ihrem Rücken. Es war unmöglich, ihre Brust gegen diesen zentnerschweren Widerstand zu heben, damit Sauerstoff in ihre Lungen strömen konnte.

Luft. Aufwachen! Luft! AUFWACHEN!

Mit einem Schrei schreckte Alexandra hoch. Sie war endlich wach! Noch von einem Nebelvorhang getrübt, ließ sie den Blick schweifen und erschrak. Da war das Auge wieder, hier in der realen Welt!

Doch dann verstand sie. Es war lediglich der dunkle Knopf, den sie aus ihrer Tasche genommen und vor dem Schlafengehen auf der Fensterbank platziert hatte. Durch die Rollläden drang das fahle Licht des neuen Tages herein und hatte das kleine Objekt in ihrer Fantasie zu weit mehr gemacht, als es letztlich war. Alexandra atmete tief ein und ließ sich aus ihrer sitzenden Position nach hinten auf ihr Bett zurückfallen. Sie unterdrückte den Impuls, die Lider zu schließen, da die Angst, diese bösen Augen erneut zu sehen, noch viel zu groß war.

Sie zwang sich, ruhiger zu atmen. Es dauerte gefühlt eine Ewigkeit, bis sich ihr Puls endlich annähernd normalisiert hatte. Dann schielte die junge Frau auf ihre Armbanduhr. Es war noch früh, gerade einmal halb zehn. Sie schüttelte sachte den Kopf. Es war noch lange nicht an der Zeit zum

Aufstehen. Andererseits war nach diesem Traum ohnehin nicht mehr an Schlaf zu denken.

Wie von selbst wanderten ihre Gedanken zu ihrem Nachttisch. Dort lag, zwischen einigen anderen Medikamenten, noch immer der Rest des Schlafmittels, den sie nehmen und so noch einige Stunden Erholung bekommen könnte. Sie haderte einen Moment mit sich. Dann stand sie mit einem Ruck auf. Sie brauchte dieses Mittel nicht mehr! Alexandra warf dem Knopf einen letzten Blick zu und spürte, wie eine Gänsehaut über ihren Rücken kroch. Eilig verließ sie ihr Zimmer, ohne sich neue Kleidung anzuziehen. Die Sachen vom Vortag sollten es auch tun.

Als sie den Flur betrat, strömte ihr der Geruch von Kaffee und geröstetem Brot entgegen. Sie ging in die Küche. Dort saß Jacky am Tisch, hatte das sommersprossige Gesicht mit den roten Haaren auf ihre rechte Hand gestützt und kaute gelangweilt auf einem Stück Marmeladentoast herum. Derweil starrte sie auf ein dickes Buch, das aufgeschlagen neben ihrem Frühstücksteller lag.

»Was machst du denn schon so früh auf den Beinen?«, fragte Alexandras Mitbewohnerin mit vollem Mund und schluckte eilig hinunter. »Sorry, aber du siehst furchtbar aus – und dabei habe *ich* gestern gefeiert.«

Alexandra hob langsam die rechte Hand und winkte ab. Dann ging sie an Jacky vorbei, schnappte sich die erstbeste Tasse und goss sich aus der Kanne etwas Kaffee ein. Nach einem großen Schluck fühlte sie sich zumindest halbwegs in der Lage, mit ihrer Mitbewohnerin ein zusammenhängendes Gespräch zu führen. »Ich habe tatsächlich sehr schlecht geschlafen und fühle mich wie gerädert. Sei aber froh, dass es so ist. Wenn es mir nicht so mies ging, würde ich mit dir ein ernstes Wörtchen wegen der Partys unter der Woche reden.« Alexandra setzte ein leichtes Lächeln auf, um keinen allzu erbosten Eindruck zu machen, und hoffte, dass ihr die diplomatische Geste gelang. Schließlich nahm sie gegenüber von Jacky am Tisch Platz.

»Willst du auch was essen?«

Alexandra schüttelte den Kopf.

»Ich dachte nur, dir ginge es danach vielleicht etwas besser. Dir scheint der Dienst in diesem Heim wirklich nicht gutzutun. Seit du da bist, bist du nur noch gereizt.« Jacky machte eine Pause. Dann zwinkerte sie. »Also noch mehr gereizt als sonst.«

»Nach Scherzen ist mir nicht zumute«, entgegnete Alexandra und nahm noch einen Schluck Kaffee. Die schwarze Oberfläche in ihrer Tasse weckte unangenehme Erinnerungen an den Traum.

»Du verziehst das Gesicht auch ganz schön«, meinte Jacky. »Vielleicht würde es dir ja helfen, wenn du ab und an mal wieder lachst. Melde dich doch heute einfach krank und wenn ich abends aus der Uni komme, machen wir einen kleinen Mädelsabend. Ich denke dabei an ein richtiges Klischee, also beispielsweise Eis aus der Packung essen und furchtbar schlechte Liebesfilme gucken.«

»Auch wenn ich nur eine einzige Sekunde daran gedacht hätte, mich krankzumelden, hättest du mich mit diesen Aussichten sofort therapiert. Du weißt ja, dass solche Sachen nichts für mich sind«, sagte Alexandra mit breitem Grinsen und musste lachen. Langsam verblasste das unterschwellige Gefühl der Angst, welches der Traum verursacht hatte.

»Wow, dass ich so eine effektive Therapie in wenigen Sekunden durchführen könnte, hätte ich nicht gedacht. Zumal du doch eigentlich vom Fach bist.«

Alexandra seufzte theatralisch. »Ich glaube, ich habe es dir schon ein- oder zweimal, oder gute tausendmal gesagt, aber ich bin keine Ärztin, sondern nur Pflegeschülerin.«

»Du wärst aber besser Ärztin geworden. Es würde zu dir passen. Und außerdem steigert es die Überlebenschancen.«

Alexandra legte den Kopf schief. »Überlebenschancen?«

»Ich lese derzeit ein neues Buch und muss dabei immer an dich denken. Es heißt *Die Klinik*. Dort haben Pflegerinnen und Pfleger weitaus schlechtere Karten als die Ärztinnen und Ärzte.«

»Ach, komm mir doch nicht immer mit deinem Fitzek!«

»Ich weiß, die ehemalige Germanistin rümpft bei derartiger Populärliteratur abfällig die Nase. Aber nur fürs Protokoll, der Autor heißt Krüger und er hat vor etwa zwei Jahren seinen Verleger niedergestochen.«

»Na, das wird ja immer besser!«, rief Alexandra und schlug die Hände über dem Kopf zusammen.

»Ich würde ja gerne noch weiter mit dir über Literatur plaudern, aber mich erwartet eine Vorlesung in Makroökonomie mit einer verfluchten Anwesenheitsliste.« Jacky stand eilig auf und warf einen kurzen Blick auf ihre Armbanduhr. »Räumst du für mich ab? Ich verpasse sonst den Bus.« Ein kurzes Nicken genügte ihr als Antwort und schon eilte sie wie ein roter Wirbelwind davon. Noch im Hinausgehen rief sie Alexandra zu: »Und noch mal sorry, aber du solltest dringend duschen!« Dann knallte auch schon die Wohnungstür zu.

Alexandra blinzelte. Diese Hektik am Morgen war schon an guten Tagen alles andere als leicht erträglich für sie. Heute war ihr Jacky besonders überdreht vorgekommen. Seufzend und noch immer ungelenk erhob sie sich und räumte das benutzte Geschirr in die Spüle. *Abwaschen.* Schon wieder war ihr imaginäres Regal um eine Aufgabe reicher. Sie hob den linken Arm. Immerhin hatte Jacky mit einer Sache recht: Sie brauchte eine Dusche, aber nicht nur wegen des Schweißgeruchs.

Nach der Morgentoilette und einer besonders heißen Dusche fühlte sich Alexandra augenblicklich besser. Zwar kam ihr der Traum nur noch wie ein blasser Erinnerungsfetzen vor, doch Herrn Dobrindt konnte sie nicht vergessen. Sie hatte schon in vielen Schulstunden von Dozenten gehört, dass man die Dinge, die im Krankenhaus geschahen – oder in diesem Fall in einem Pflegeheim –, nicht mit nach Hause nehmen dürfe. Doch es gelang ihr nicht, die Erinnerung auszublenden.

Als sie schließlich auf der Couch saß, ertappte sich Alexandra dabei, dass sie seit Minuten ins Leere starrte. Ihre Gedanken kreisten immer wieder um dieses eine Thema. Was sollte sie tun? Klaus und selbst Jörg hatten der ganzen Sache nicht viel Beachtung geschenkt.

Vielleicht haben die beiden ja doch recht? Alexandra fuhr sich nachdenklich durch die Haare. *Und wenn nicht?*

Doch welche Optionen blieben noch, um den Ereignissen nachzugehen? Sie konnte doch nicht eigenmächtig und auf einen bloßen Verdacht hin die Polizei alarmieren? Genauso wenig wusste sie, wie sie allein Nachforschungen durchführen sollte. Von daher bliebe wohl zunächst nur noch eine weitere Möglichkeit. Sie musste mit Frau Dr. Koch reden.

Bisher hatte Alexandra nur wenige Worte mit der etwas brüsken, aber stets höflichen Heimleitung gewechselt. Allerdings bereitete ihr dieser Umstand eigentlich keine Sorgen. Die Sorgen besaßen einen anderen Ursprung. Die gesamte Situation erinnerte sie viel zu sehr daran, dass ihr Studium aufgrund einer falschen Entscheidung jäh beendet worden war. Konnte sich Geschichte wiederholen?

Ihr Smartphone vibrierte und riss sie aus den trüben Gedanken. Es war Jacky, die ihr per Messenger erneut riet, sich krankzumelden und abends ein paar Cocktails trinken zu gehen. *Besser als Eis und Liebesfilme*, dachte Alexandra, aber tippte eine rasche Absage ein. *Ich habe noch etwas vor, das sich nicht aufschieben lässt.* Sie hatte ihre Entscheidung getroffen – und eigentlich hatte sie ja gar keine andere Wahl. Sie würde den seltsamen Ereignissen aus der vergangenen Nacht auf den Grund gehen. Wenn es sein musste, würde sie dies auch auf eigene Faust versuchen.

Inzwischen war es mitten am Tage. Alexandra hatte für die vorherige Dusche eine kleine Ewigkeit gebraucht und fühlte sich auch jetzt, da sie gedankenverloren auf der Couch saß, alles andere als dynamisch. Schwerfällig stand sie auf, packte ihre Sachen für den späteren Dienst zusammen und verließ früher als nötig die Wohnung, um vor ihrer Schicht noch das Gespräch mit Frau Dr. Koch führen zu können.

Draußen begrüßte sie ein schöner Wintertag. Der Himmel glich einer einzigen blauen Fläche ohne jeden Makel. Der Wind, der zwar kühl, aber keinesfalls eisig war, trug sanft frische Luft heran, die einen süßen Geschmack auf

Alexandras Zunge hinterließ. Die junge Frau beschloss, den Weg zur Klinik zu Fuß zurückzulegen, um ihre Gedanken zu ordnen. Jetzt, im Tageslicht, während Passanten die Straßen säumten, kamen ihr all diese Sorgen albern vor. Wer sollte sich schon in Herrn Dobrindts Zimmer geschlichen haben? Und ihr nächtlicher Albtraum? Eigentlich konnte sie sich selbst unter großer Anstrengung gar nicht mehr so genau daran erinnern, was sie für wirre Dinge geträumt hatte.

Als wäre eine schwere Last von ihr gefallen, schien sich auch der schmerzende Nacken allmählich zu erholen. Regelrecht beschwingt und leichtfüßig ging Alexandra nun die Bürgersteige entlang und genoss den Fußweg. Womöglich könnte sie einfach noch ein kleines Stück gehen und dann wieder heimkehren, um den Dingen ihren Lauf zu lassen? Was gingen sie diese Ereignisse schon an? Sie war Schwesternschülerin im zweiten Ausbildungsjahr und keine Detektivin!

Schließlich musste Alexandra vor einer befahrenen Kreuzung stehen bleiben, an der die Fußgängerampel gerade auf Rot gesprungen war. Um sie herum versammelte sich rasch eine kleine Schar zusammengewürfelter Leute. Ein junger Mann stellte sich dabei unnötig nahe an sie heran. Sie hasste es, wenn man ihr keinen Raum ließ. Möglichst unauffällig machte sie einen kleinen Schritt zur Seite.

Ein Monster … in meinem Zimmer!

Alexandra wäre beinahe ein Schrei über die Lippen gekommen, als ihr die Worte ohne jede Vorwarnung wieder in den Ohren nachklangen – und das mit erschreckender Lautstärke. »Also schön«, sagte sie, »du hast gewonnen! Ich werde der Sache nachgehen!«

Erst jetzt wurde Alexandra bewusst, dass sie die Worte tatsächlich laut geäußert, ja beinahe geschrien hatte. Beschämt sah sie sich um. Doch es interessierte sich niemand für die Selbstgespräche der jungen Frau. Die anderen Wartenden starrten lediglich auf ihre Smartphones, hörten Musik oder schauten gedankenverloren irgendwo in die Ferne. Vermutlich hatte es gerade die letztgenannte Gruppe vorgezogen, eilig den Blick abzuwenden, um der Verrückten nicht in die Augen sehen zu müssen.

Als die Ampel auf Grün sprang, setzte Alexandra den Weg eilig fort, während ihr die Schamesröte heiß im Gesicht brannte. Zudem fühlte sich ihr Magen plötzlich so an, als wäre er ein einziger Eisklumpen. Und mit jedem Schritt, der sie näher an das Heim herantrug, wurde dieser Eindruck stärker.

Schließlich konnte Alexandra die Einrichtung am Ende der Straße hoch aufragen sehen. Sie erinnerte sich daran, wie sie zu ihrem ersten Dienst durch diese Straße auf das ehrwürdige Anwesen zugegangen war und sich erschreckend klein und unbedeutend gefühlt hatte. Auch heute erschien ihr der alte Bau wie ein imposantes und auch bedrückendes Mahnmal aus einer vergangenen Epoche. Das Pflegeheim stand zudem bedrohlich auf einer leichten Erhebung, etwa dreißig Meter von der schmalen Straße mit den alten Eichen entfernt. Umschlossen wurde das großzügige Grundstück von einem gusseisernen Zaun, an dessen Enden zackige Spitzen herausragten. Alexandra passierte das Tor und musterte das Gebäude mit unverhohlener Abscheu.

Es war nicht nur der Vorfall mit Herrn Dobrindt, der sie belastete. Wenn sie ehrlich war, dann war ihr in der Nähe der

Villa von der ersten Minute an unwohl gewesen. Sie konnte nicht beschreiben, was diese Abneigung in ihr ausgelöst hatte. Auch heute sah das Gebäude an sich richtig schön aus. Der alte Prunkbau könnte auch genauso gut einer reichen Familie mit vielen Kindern gehören: Die Fassade war frisch gestrichen, die Ziererker um die großen Fenster herum strahlten in einem satten Weiß. Schöne Gardinen waren durch die Scheiben zu sehen und erweckten den Eindruck von Behaglichkeit, sodass selbst die schwermütige Stimmung im Inneren zumindest für einen kurzen Moment vergessen schien.

Vielleicht ist es auch diese einfache Tatsache, dass ich es besser weiß. Ich weiß sehr wohl, dass dort in den muffigen und dunklen Zimmern die einsamen Menschen nur noch auf den Tod warten. Alexandra schnitt eine Grimasse, während sie die moderne Glastür durchschritt, die inzwischen anstelle des alten Eingangsportals montiert worden war.

Der rote Teppich schluckte ihre Schritte – und scheinbar auch jedes andere Geräusch. *Wie ich diese Stille hasse*, dachte Alexandra, als sie auf den Empfang zuging, um zu den Personalbereichen zu gelangen. Dort war auch das Büro der Klinikleitung.

Marianne telefonierte gerade mit gesenkter Lautstärke, als sie Alexandra entdeckte. Auf dem Gesicht der Empfangsdame zeichnete sich Verwunderung ab. Die stämmige Frau hob beiläufig eine Hand zur Begrüßung, dann konzentrierte sie sich wieder auf das Telefonat und pflichtete dem Gesprächspartner am anderen Ende der Leitung einige Male gelangweilt bei. Just in dem Moment, als Alexandra hoffte, dem üblichen Smalltalk zu entgehen, verabschiedete sich die Rezeptionistin und legte auf.

»Hallo, Liebes, was machst du denn schon hier? Du hast doch heute Nachtschicht?« Auf dem massigen Gesicht erschien ein breites Lächeln.

»Hallo, Marianne«, entgegnete Alexandra, der Kosenamen und aufgesetztes Getue zuwider waren. »Ich wollte etwas mit Frau Dr. Koch besprechen.«

»Ah«, sagte Marianne, der man ihre Neugier und den inneren Kampf, ob sie nach Details fragen sollte, deutlich ansah.

Bevor die Empfangsdame zu einem Ergebnis bezüglich ihrer Überlegungen gekommen war, fragte Alexandra mit beiläufigem Tonfall: »Sag mal, ist dir gestern etwas Ungewöhnliches aufgefallen?«

Ein fragendes Gesicht starrte der Schülerin eine gefühlte Ewigkeit entgegen. Plötzlich schüttelte Marianne heftig den Kopf. »Ich habe nichts bemerkt. Du weißt ja, dass ich alles mitbekomme, was hier geschieht.« Dann beugte sie sich weit vor und fuhr mit verschwörerischer Stimme fort: »Worum geht es denn?« Ihre Augen waren weit aufgerissen.

»Ach, es ist nicht so wild«, sagte Alexandra und bemühte sich, möglichst gelangweilt zu klingen. »Ich hatte nur das Gefühl, Klaus wäre gestern noch etwas barscher gewesen als sonst.«

Auf Mariannes Gesicht zeichnete sich Ernüchterung ab. Scheinbar war der Plan aufgegangen. Eine Lüge, deren Inhalt ein griesgrämiger Klaus war, konnte unmöglich Misstrauen erwecken.

»Nun, wie gesagt, mein Liebes, gestern war nichts Ungewöhnliches. Ich war allenfalls etwas schwermütig und weiß gar nicht mehr, woran es gelegen hat. Vielleicht war es ja das trübe Wetter. Oder die miese Stimmung von Klaus hat abgefärbt. Wer weiß das schon.«

Alexandra nickte zustimmend. Dann verabschiedete sie sich kurz, aber freundlich und ging durch die Tür, die in den Personalbereich führte. Der Flur mit den dunklen Holzvertäfelungen lag friedlich und still da. Durch eine der geschlossenen Bürotüren drang das leise Klackern einer Tastatur. Alexandra ging entschlossen auf das Arbeitszimmer von Frau Dr. Koch zu. Nachdem sie einmal tief durchgeatmet hatte, klopfte die Schülerin an und legte die Hand augenblicklich auf die Klinke. Beinahe hätte sie diese hinuntergedrückt, ohne eine Antwort abzuwarten. Doch sie konnte sich gerade noch beherrschen. Es dauerte einen Moment und Alexandra hörte zunächst, wie einige Schubladen geöffnet und geräuschvoll geschlossen wurden. Erst jetzt folgte die Aufforderung, dass der Besucher eintreten möge.

Alexandra hatte das Büro bisher erst einmal kurz betreten, um sich vor ihrem Dienstantritt vorzustellen. Auch heute verbreitete der enge Raum ein bedrückendes Gefühl. An der rechten Wand stand ein ausladender Bücherschrank, der viel zu groß für das kleine Arbeitszimmer zu sein schien. Doch auch diese geräumige Ablage reichte bei weitem nicht aus, um Dr. Kochs Bibliothek zu beheimaten. Die einzelnen Regalbretter quollen vor Fachliteratur über, sodass sich die Bücher teilweise mitten im Raum und auch auf Dr. Kochs eher bescheidenem Schreibtisch zu kleinen Türmen stapelten.

»Was kann ich für dich tun …?« Auf dem Gesicht der zierlichen Frau, die etwa Ende vierzig sein musste und einen sehr adretten Kurzhaarschnitt trug, zeichnete sich ein fragender Ausdruck ab.

»Alexandra«, sagte die Schülerin und trat einige Schritte näher an den Schreibtisch heran. Die Heimleiterin deutete ein Lächeln an. Dann rückte die Frau ihre Lesebrille mit den schmalen Rändern zurecht, zog die Ärmel ihres Kostüms glatt und deutete mit einer Geste an, dass ihr Besuch gerne Platz nehmen durfte. Alexandra setzte sich und bemerkte, dass sie nervös wurde. Auch dieser Raum rief ungewollte Assoziationen hervor. Er roch sogar ähnlich – dieser etwas muffige und doch recht angenehme Duft von alten Büchern hing wie ein schweres Parfum in der Luft.

»Alexandra, verzeih mir, dass ich deinen Namen vergessen hatte. So ist es leider, wenn wir Pflegeschülerinnen bekommen. Ich kann mir die Gesichter meist ganz gut merken, aber bei den vielen Namen hört es dann leider auf. Ihr seid kurz hier, lernt die Bewohner kennen und geht wieder.« Frau Dr. Koch grinste. »Und danach wisst ihr wenigstens, wie man Thrombosestrümpfe richtig anzieht.«

Die kleine Frau machte eine Pause. Ihr Ausdruck wurde ernst und sie legte beide Hände auf die Tischplatte, um sie zu falten. »Aber du wirst wohl kaum zum Plaudern hier sein. Also, ich hoffe es zumindest. Was möchtest du denn von mir?«

»Ich möchte mit Ihnen über einen Vorfall aus der vergangenen Nacht sprechen. Herr Dobrindt …«

Weiter kam Alexandra nicht. Frau Dr. Koch winkte energisch ab. »Das ist doch schon kalter Kaffee.«

»Woher wissen Sie denn davon? Ist noch etwas passiert?«

»Noch etwas passiert? Nein.« Die Frau schaute Alexandra verwundert an. »Wie kommst du überhaupt darauf, dass gestern irgendetwas passiert ist?« Die Heimleiterin machte eine erneute Pause. Dann lehnte sie sich zurück und verschränkte die Arme hinter ihrem Kopf.

»Jörg hat heute Morgen noch etwas länger gearbeitet und mir von den Ereignissen berichtet. Er nimmt solche Angelegenheiten äußerst ernst. Allerdings, um deine Sorge zu entkräften, ist es sehr unwahrscheinlich, dass etwas Beunruhigendes geschehen ist. Es gab keinerlei Spuren dafür, dass sich jemand gewaltsam Zutritt verschafft hat. Wir werden zudem der Reinigungskraft auf den Zahn fühlen und ich habe schon veranlasst, dass Herr Dobrindt ein neues Fenster zum Abschließen bekommt. Er ist alt und weist erste Züge von Demenz auf. Wir haben eine gewisse Verantwortung. Ich möchte auf keinen Fall, dass er verwirrt aufwacht und zu Schaden kommt, weil er desorientiert aus dem Fenster stürzt. Es kommt immer wieder zu Unfällen, mit denen vorher niemand gerechnet hätte.«

»Aber ich verstehe nicht. Jörg sagte mir, es sei alles gut und wir müssten die Sache nicht ernst nehmen. Wieso hat er das gesagt, wenn es wohl doch nicht so harmlos war?«

»Nun, vermutlich wollte er dich einfach nicht unnötig in Aufruhr versetzen. Letztlich ist ja auch alles gut. Mit großer Wahrscheinlichkeit gibt es dafür eine ganz simple Erklärung. So ist es im Leben doch meist.« Frau Dr. Koch sah Alexandra mit einem breiten Lächeln an, aus dem sie schon beinahe die Worte *Du dummes, kleines Kind* lesen konnte. Sie nahm es der älteren Frau nicht einmal übel. Doch obwohl Alexandra jetzt ein weiteres Mal gehört hatte, dass alles in Ordnung sei, fühlte sie sich noch immer unwohl.

»Ist denn noch etwas?« Die Heimleiterin legte den Kopf schief.

»Nein, ich bin nur überrascht. Ich hatte irgendwie erwartet, dass …«

»… wir nun alles stehen und liegen lassen und die Polizei rufen, damit die Kavallerie angeritten kommt? Ich bitte dich, es geht um einen Knopf und ein Fenster, von dem ein alter Mann nicht mehr weiß, wann er es geöffnet hat.«

Und darum, dass dieser alte Mann fest daran glaubt, ein Monster hätte an seinem Bett gestanden. Alexandra ballte die Hand in ihrer Jackentasche zur Faust.

»Ich sehe, dass du enttäuscht oder vielleicht auch etwas verärgert bist. Aber wir können nicht allen Geschichten nachgehen, die unsere Bewohner so erzählen. Wir werden aber ein Auge auf Herrn Dobrindt haben. Deswegen hat mir Jörg ja auch von dem Vorfall berichtet. Glaub mir, wir pflegen alte Menschen nicht erst seit ein paar Tagen. Jetzt hör auf, dir Sorgen zu machen, und geh lieber noch etwas an die frische Luft. Du siehst furchtbar blass aus.«

Alexandra nickte nachdenklich. Dann bedankte sie sich förmlich und nach einer kurzen gegenseitigen Verabschiedung verließ sie das Büro. Kaum hatte sie die Türe geschlossen, hätte sie am liebsten kehrtgemacht und protestiert. Doch sie wollte den gleichen Fehler nicht zweimal begehen. Hätte sie damals nicht mehrmals darauf bestanden, dass die schlechte Note der Hausarbeit ungerechtfertigt gewesen war, würde sie heute vielleicht noch studieren oder hätte bereits ihren Master erfolgreich abgeschlossen.

Sie schlurfte mit schweren Schritten durch den Flur und schleppte sich zum Treppenhaus. Von dort mündete eine weitere Abzweigung in einen Teil des Neubaus, der wiederum in den Innenhof führte. Sie hatte Glück: Es war niemand da, der sie und ihre Gedanken stören könnte. Inzwischen stand die Sonne so tief, dass sie nur noch auf einen schmalen Bereich des Platzes schien. Bald würde der Innenhof komplett im Schatten liegen.

Alexandra setzte sich auf eine der Bänke, die um den kahlen Baum herum im Halbkreis angeordnet waren. Der kühle Lufthauch prickelte auf ihren Wangen, die von der Aufregung noch immer ganz rot und heiß waren. In ihrem Kopf schwirrten die Gedanken wild umher. Immer wieder sah sie Herrn Dobrindt und Frau Dr. Koch, aber auch ihr alter Professor für Neuere Deutsche Literaturwissenschaft tauchte in dieser surrealen Diashow plötzlich auf. Noch immer rief jeder Gedanke an diesen verdammten Schinkel heiße Wut in Alexandra hervor. Als hätten die Vorkommnisse der vergangenen Stunden die vernarbte Wunde wieder aufgerissen, war die Erinnerung an den Dozenten mit einem Mal wieder in ihren Gedanken präsent.

»Du kannst es nicht mehr ändern«, flüsterte die Pflegeschülerin und schüttelte langsam den Kopf. Doch wieder sah sie Schinkels höhnisches Grinsen vor sich, als er ihr eröffnet hatte, dass er ihr die vorlaute Art schon austreiben werde. Dann hatte der Dozent sie wütend aus seiner Sprechstunde geworfen. *Ich lasse mir von keiner Studentin vorhalten, ich würde sie mit Absicht benachteiligen. Raus! Sofort, raus!*

Nur wenige Tage später hatte Alexandra das Schreiben der Universität mit dem Plagiatsvorwurf erhalten. Dieser konzentrierte sich auf einen kurzen Absatz, den sie ohne jede Quelle auf Basis ihrer eigenen Schlussfolgerungen verfasst hatte. Sie entsprachen dem Sinn nach jedoch einer geltenden Lehrmeinung, sodass man ihr, wenn man es denn darauf anlegte, durchaus ein Plagiat unterstellen konnte. Nach der darauffolgenden akademischen Schlammschlacht hatte sich Alexandra schließlich geschlagen geben müssen und war exmatrikuliert worden – inklusive einer umfangreichen Geldstrafe.

Es war aber keinesfalls so, dass die junge Frau damals nur ihren Studienplatz verloren hatte. Ihr Vater, der ehrgeizige Pläne für seine »clevere Tochter« gehabt hatte, war über die Ereignisse derart erzürnt gewesen, dass er ihr unverzeihliche Dinge an den Kopf geworfen hatte. Der Streit, in dem sie ihren Eltern von der Exmatrikulation berichtet hatte, hatte nicht einmal eine Stunde gedauert – und doch hatte Alexandra den Kontakt zu ihren Eltern danach vollständig abgebrochen. Meist schaffte sie es, nicht allzu viel daran zu denken. Aber in Momenten wie diesem, wenn etwas das alte Trauma in Erinnerung rief, wurde ihr bewusst, wie lange sie weder mit ihren Eltern noch der restlichen Verwandtschaft auch nur ein einziges Wort gesprochen hatte.

»Ich kann das hier nicht noch einmal versauen, nur weil ich auf mein Recht beharre.« Die Geschichte hatte Alexandra eindrucksvoll bewiesen, dass diese Welt nicht gerecht war. Sie biss sich auf die Unterlippe. »Aber die Welt muss ja nicht bemerken, dass die Angelegenheit für mich noch lange nicht beendet ist.«

6. Verbündete

Walter starrte gedankenverloren aus dem Fenster. Die Aussicht auf den angrenzenden Park war eigentlich sehr schön. Doch heute war ihm das vollkommen gleichgültig. Der helle Sonnenschein kam dem alten Mann sogar eher wie blanker Hohn vor. *Wenn ich eines über das Wetter gelernt habe, dann dass es einen sehr ausgeprägten Sinn für Ironie besitzt.* Unwillkürlich verzog Walter das faltige Gesicht.

Er wandte den Blick ab und sah stur zur Decke hoch. Obwohl er das Kissen mehrmals gefaltet hatte, schien die Polsterung seinen schmerzenden Nacken nicht zu entlasten. Als er in der Nacht panisch nach Luft geschnappt und um sich geschlagen und getreten hatte, musste er sich die empfindliche Körperpartie verknackst haben. Doch was kümmerte es diese verdammten Pfleger? *Hier haben Sie noch ein Kissen, etwas zum Schlafen und das wird schon alles wieder* – die hatten ja gut reden! Unwillkürlich sah Walter diesen Pfleger vor sich, der mit ihm gesprochen hatte, als würde er einem Schwachsinnigen gut zureden wollen.

»Ein Monster. Ich weiß auch, wie sich das anhört«, sagte Walter zur Decke. Diese konnte ihm wenigstens nicht ins Wort fallen. Er atmete schwer aus. Dann sah er wieder hinüber zum Fenster und betrachtete die Baumwipfel, die bereits in einen rötlichen Schimmer gekleidet waren. Der Wind strich sanft durch die Äste, die friedlich hin und her wiegten. Doch dieses Bild täuschte. Bald schon würde die Nacht hereinbrechen. Bereits jetzt stand die Sonne so tief, dass die Schatten lang und schmal wurden. Ein bitteres Lächeln erschien auf Walters Gesicht. Er war nun inzwischen so alt und doch fürchtete er sich mit einem Mal vor der Dunkelheit, so als wäre er wieder ein kleines Kind. Ein Klopfen ließ ihn aufschrecken.

»Herein«, sagte er, aber machte sich nicht die Mühe, den Kopf zu drehen. *Sollen die nur denken, dass ich beleidigt bin. Was kümmert mich das?*

»Herr Dobrindt, ich bringe Ihnen das Abendessen«, sagte eine helle Stimme, die um einen fröhlichen Klang bemüht war, aber dabei kläglich scheiterte. Walter glaubte zu wissen, zu wem diese Stimme gehörte. Langsam, dabei verzog er das Gesicht vor Schmerz, drehte er den Kopf nun doch in Richtung seines Besuchers. Dort stand sie, diese dürre und irgendwie seltsame, junge Pflegerin. *Also hatte ich recht.*

Walter brummte einige Worte und deutete lediglich mit dem Finger auf seinen kleinen Tisch, der in der Wohn- beziehungsweise Essnische stand. Selbst an guten Tagen fehlte ihm der rechte Appetit auf diese kulinarischen Katastrophen. Heute war an Essen natürlich gar nicht erst zu denken. Dennoch würde er nachher einige Bissen hinunterwürgen müssen, um seine Medikamente zu nehmen. Andernfalls kämen diese ignoranten Trottel noch auf dumme Ideen und wollten ihm im schlimmsten Fall vielleicht sogar eine Essstörung andichten.

Die Augen des alten Mannes folgten den ungelenken Bewegungen der Schülerin. *Wie kann so ein junges und schlankes Ding sich denn nur so unwohl in der eigenen Haut fühlen?* Ein kurzes Grinsen huschte über seine rauen Lippen.

»Hältst du mich auch für verrückt?«

Die junge Frau blieb mitten in der Bewegung stehen. Beinahe hätte der Teller mit den zwei Broten und der kleinen

Salatschüssel auf dem Tablett den Halt verloren und wäre hinuntergefallen. Die Schülerin konnte das Missgeschick in letzter Sekunde abwenden. Ihr Gesicht wurde rot.

»Ich glaube nicht an Monster«, sagte sie und stellte das Tablett auf den Tisch. Dann sah sie Walter direkt in die leicht getrübten Augen, die einstmals eisblau gewesen waren. »Aber ich glaube Ihnen, Herr Dobrindt.«

Walter musste lachen. »Eine sehr kluge Antwort. Wenn ich als Geschäftsmann eines gelernt habe, dann dass es nie gut ist, die Karten offen auf den Tisch zu legen.« Er fuhr sich mit der Hand über das stoppelige Kinn. »Was du sagst, ist allerdings auch sehr widersprüchlich. Trau dich, sag mir, was du wirklich denkst. Ich möchte es einfach gerne wissen, mehr nicht.«

Nun war es an Walter, der jungen Frau einen durchdringenden Blick zuzuwerfen. Die Schülerin zögerte einen Moment. Der alte Mann rutschte unruhig in seinem Bett hin und her.

»Ich denke, dass Sie etwas gesehen haben, das Ihnen Angst gemacht hat. Ich glaube aber nicht, dass es ein Monster war.« Sie zwinkerte dem alten Mann zu. »Ich kann aber gerne noch unter Ihrem Bett oder in Ihrem Schrank nachsehen, nur um sicherzugehen.«

Walter lachte laut auf. »Kind, das ist seit Stunden das erste Mal, dass man mich zwar nicht ernst nimmt, ich es aber auch nicht weiter schlimm finde.« Der sorgenfreie Moment war allerdings nur von kurzer Dauer. Walters Züge verhärteten sich wieder. »Jemand war hier in meinem Zimmer. Ich mag inzwischen vergesslich sein und manchmal bin ich vielleicht sogar verwirrt. Aber ich ersticke mich nicht selbst im Schlaf mit meiner eigenen Bettdecke.« Er machte eine Pause. Dann riss er die Arme auffordernd hoch und murmelte ein paar unverständliche Worte.

Die junge Frau zuckte zusammen. »Ich stimme Ihnen natürlich zu, Herr Dobrindt«, sagte sie eilig. »Allerdings gab es keine Spuren, die darauf hindeuten, dass jemand hier eingedrungen sein könnte.«

»Das bereitet mir auch mehr Sorgen als alles andere«, flüsterte Walter und sah kummervoll aus. »Ich bin mir sehr wohl im Klaren, wie absurd sich das alles anhört. Und ich muss auch sagen, dass dieser Boris mich zwar gestern sehr aufgeregt hat, als er meine Angst nicht ernst nahm. Andererseits klingt seine Erklärung sehr logisch. Ich würde mir wohl an eurer Stelle auch nicht glauben.«

Alexandra machte ein fragendes Gesicht. »Welchen Boris meinen Sie?«

»Na, der Kerl, der gestern mit dir ins Zimmer gestürzt ist, als es … sich ereignet hat.«

»Ach, Sie meinen Klaus«, sagte die Frau und nickte. »Ich muss auch sagen, dass es sich leider alles sehr logisch anhörte, so wie er es erklärt hat. Dennoch glaube ich Ihnen.«

»Wieso?«

»Ich habe Ihren Blick gesehen. Was auch immer geschehen ist, was auch immer Sie so erschreckt hat – die Ursache war nicht nur ein geöffnetes Fenster und eine zu weit nach oben gezogene Decke.«

Walter beugte sich vor und sagte nur ein Wort: »Danke.«

Auf dem Gesicht der Frau erschien ein breites Lächeln. Einen Moment schwiegen die beiden. Als die Schülerin unsicher zu ihren Schuhen sah, fragte Walter: »Wie heißt du eigentlich und sollen wir nicht beide zum Du übergehen? Ich hoffe, ich habe dich diese beiden Sachen nicht schon einmal gefragt. Wie gesagt, eigentlich macht die alte Birne die meisten Sachen noch ganz gut mit. Aber manchmal, da verwechsele ich Namen oder kann sie mir nicht mehr so gut wie früher merken.«

»Ich heiße Alexandra und nein, du hast mich das bisher noch nicht gefragt.« Die Schülerin grinste und streckte Walter die Hand hin.

»Freut mich, Alexandra!«, erwiderte der Bewohner und schlug ein. Sein Griff war kräftig und schien keinesfalls zu einem gebrechlichen, alten Mann zu gehören. »Dann habe ich ja jede Menge Zeit verschwendet, weil ich dich nicht schon eher nach deinem Namen gefragt habe – und dabei habe ich doch nicht mehr so viel davon übrig.« Walter seufzte laut. »Aber wenigstens glaube ich jetzt nicht mehr daran, dass in der kommenden Nacht irgendetwas in mein Zimmer eindringen und mir im Schlaf grausame Dinge antun wird. Wie du schon sagtest, es gibt selbstverständlich keine Monster, unabhängig davon, dass gestern Nacht irgendetwas vorgefallen ist.«

»Walter, wenn du noch immer so aufgebracht bist, können wir dir auch ein Mittel zur Beruhigung geben, damit du besser schlafen kannst. Ich bin davon zwar kein Freund, aber bevor du die halbe Nacht Angst hast, wäre das vielleicht eine Möglichkeit. Also nur wenn du möchtest.«

Die Worte trafen Walter wie ein Hammerschlag. Allein die Vorstellung, wieder betäubt zu werden, bereitete ihm Entsetzen. »Auf gar keinen Fall!«, schnaubte der alte Mann und verschränkte augenblicklich die Arme vor der Brust. »Es ist meine größte Sorge, dass ich tief und fest schlafe und … sich die Ereignisse von gestern Nacht wiederholen und ich dann nicht aufwachen kann.«

Bei diesen Worten verdunkelte sich die Miene der jungen Frau. Es schien ganz so, als wäre ihr bei dem Gedanken an dieses Szenario selbst ein Schatten übers Gemüt gehuscht. Dann nickte sie. »Die bloße Vorstellung ist schrecklich. Du hast recht, keine Schlafmittel. Kann ich dir denn etwas anderes für die Nacht bringen oder dir irgendwie helfen, damit du dich besser fühlst?«

Walter zögerte einen Moment. Es gab da etwas, um das er Alexandra bitten wollte. Doch schon der Gedanke, diese Worte laut auszusprechen, war ihm unangenehm. *Soll ich noch unter dem Bett nachsehen?* Nun, sie hatte diese Worte gewählt, um die Situation aufzulockern – und es war ihr auch durchaus gelungen. Dennoch wusste Walter, wie absurd das eigentlich alles war, dass er sich als ein erwachsener Mann vor dem Bösen Mann fürchtete. Aber er konnte nicht anders. Stumm deutete er auf das Fenster. Durch die Scheibe drang nur noch ein schwaches Licht herein. Die Sonne war längst untergegangen.

»Ich verstehe«, sagte die Pflegeschülerin und ging auf die Fensterfront zu. Dort vergewisserte sie sich bei jedem einzelnen Griff, dass dieser umgelegt und das Fenster auch wirklich fest verschlossen war.

»Hier kann keiner hereinkommen«, sagte sie mit triumphierender Stimme und rüttelte demonstrativ an einem der Griffe. Der Rahmen bewegte sich keinen Millimeter. Auf Walters Gesicht zeigte sich Erleichterung, als er tief ausatmete.

»Ich muss nun leider weiter. Die anderen Bewohner brauchen mich auch.« Aus der Stimme der jungen Frau klang ehrliche Anteilnahme. »Ich werde aber ein besonderes Auge auf dein Zimmer haben.«

Walter nickte erneut. »Danke. Ich weiß es zu schätzen, wenn jemand einem alten Mann zuhört.«

Die Schülerin verabschiedete sich noch einmal kurz, dann verließ sie das Zimmer und schaltete die Deckenbeleuchtung aus. Nur noch die kleine Nachttischlampe spendete etwas Licht. Walter griff zur Fernbedienung. Er wollte zwar eigentlich gar kein Programm sehen, aber bei dem Gedanken, allein in der Stille seines Zimmers zu liegen, breitete sich Unwohlsein in ihm aus. Wenige Sekunden später flackerte eine Abfolge bunter Bilder über den Flachbildschirm und verschiedene Stimmen priesen eine große Auswahl verheißungsvoller Produkte an. Walter hörte gar nicht zu. Er starrte zum Fenster, hinaus in die Nacht.

Bereits am Tage war er immer wieder eingeschlafen und im nächsten Moment hochgeschreckt. Sein Körper forderte Schlaf, sein Verstand warnte aber noch immer vehement vor der drohenden Gefahr. In diesem Zustand zogen sich die Sekunden zu Minuten und aus Minuten wurden Stunden. Während dieser Zeit wanderten Walters Gedanken mehrfach und unweigerlich zurück zu seinem Albtraum aus der vergangenen Nacht. Das Bild dieser fremden Gestalt hatte sich wie ein flammendes Mal in seine Erinnerung gebrannt: ein langes, bleiches Gesicht, in dem in tiefen Höhlen zwei dunkle Augen lauerten. Bereits bei der Erinnerung an dieses unheilvolle Augenpaar wurde es dem Mann eiskalt. Er zog die Decke ein Stück höher.

7. Die Walküre

Gibt es einen bedrückenderen Ort als ein Altenheim während der letzten Dämmerung? Alexandra konnte es sich jedenfalls nicht vorstellen.

Jetzt war der Moment gekommen und die Verwandtschaft verabschiedete sich. Zudem ging auch ein Großteil des Personals nach Hause und nur die Bewohner blieben mit der spärlich besetzten Nachtschicht zurück. Mit der Nachtschicht und natürlich auch mit der Stille, die schlagartig einsetzte. Alexandra war immer wieder überrascht, wie ruhig es in diesem Bau werden konnte. Ihr schien es manchmal so, als würden die Gänge selbst jeden akustischen Reiz gierig verschlingen. Allenfalls hier und da klang ab und an das Klackern von Schritten über die Flure oder einer der Bewohner hatte den Fernseher eingeschaltet und aus seinem Zimmer drangen gedämpfte Stimmen hervor.

Die Schülerin setzte ihre Runde fort. Das Gespräch mit Herrn Dobrindt, Walter verbesserte sie sich im Stillen, war anders verlaufen, als sie es sich vorgestellt hatte. Doch nun, was hatte sie eigentlich erwartet? *Es war doch naheliegend, dass er mir nicht direkt in allen Details von dem Vorfall berichtet,* dachte sie. *Vielleicht wird er mir ja beizeiten mehr verraten. Bis dahin werde ich ein Auge auf ihn haben. Nur für alle Fälle.*

Behutsam öffnete Alexandra Frau Ludwigs Tür. Die Stimme einer Nachrichtensprecherin war zu hören. Mit einer höflichen Begrüßung trat die Schülerin ein und stellte das Tablett mit dem Abendessen auf den Esstisch.

»Wie geht es Ihnen heute Abend, Frau Ludwig?«, fragte sie höflich.

»Ach, Alexandra, mir geht es so wie jeden Tag. Et muss, wie man ja sagt.« Die alte Frau lächelte freundlich.

Sie scheint heute einen ihrer guten Tage zu haben, dachte Alexandra und schielte auf den Bildschirm.

»Was passiert denn in der Welt?«

Frau Ludwig winkte energisch ab. »Ach, nur Mord und Totschlag. Die Welt scheint in den letzten Jahren wahnsinnig geworden zu sein. Manchmal glaube ich, es ist vielleicht gar nicht so schlecht, dass ich von der Welt vergessen hier mein Dasein friste.« Bitterkeit klang deutlich aus den Worten hervor. »Andererseits bin ich ja nicht ganz vergessen. Meine Tochter war heute Mittag in ihrer Pause hier und hat mir neue Pralinen mitgebracht. Vermutlich war es ein Versuch, sich von der lästigen Pflicht freizukaufen, Zeit mit mir zu verbringen. Schmecken tun sie dennoch. Nimm dir eine, Alexandra! Es sind Edeltrüffel, die sind besonders lecker.«

Die Schülerin schüttelte den Kopf. »Das sind doch ihre. Essen Sie die Pralinen lieber selbst.«

»Du bist zwar nur Haut und Knochen, aber zwingen kann man niemanden zu seinem Glück. Bist du so gut und nimmst die Schachtel vom Esstisch herunter und legst sie in meinen Schrank?« Frau Ludwig machte eine kurze Pause. Dann zwinkerte sie Alexandra verschwörerisch zu. »So zur Sicherheit.«

Mit einem Grinsen kam die Schülerin der Aufforderung nach. Nachdem Frau Ludwig ihr versichert hatte, sie habe alles für die Nacht und könne sich andernfalls ja noch einmal melden, verabschiedete sich Alexandra.

Nach vier weiteren Zimmern hatte sie allen Bewohnern das Abendessen gebracht. Im Stationszimmer traf sie auf

Jörg. Der hagere Mann schaute sie freundlich an. »Das wäre geschafft«, sagte er und holte eine Zigarette hervor. »Wie geht es dir? Kommst du ein paar Minuten allein zurecht? Ich würde nur kurz eine rauchen gehen, aber bin dann direkt zurück.«

»Ja, das schaffe ich schon. Was soll denn auch großartig passieren? Heute Nacht ist ja alles friedlich.«

»Ich dachte nur nach gestern wäre es dir vielleicht lieber, nicht alleine hier oben zu sein. Wie ich gehört habe, hast du mit Frau Dr. Koch gesprochen?«

Alexandra schoss das Blut in den Kopf. Hatten hier die Wände Ohren? Scheinbar hatte Jörg ihr angesehen, dass sein Wissen der Schülerin unangenehm war.

»Das ist ja gar kein Problem. Deswegen frage ich nicht. Ich wollte dir nur sagen, dass ich mir das Zimmer noch einmal angesehen habe. Es gab wirklich absolut keine Spuren, dass jemand gewaltsam eingedrungen sein könnte. Normalerweise würde man das an den Fensterrahmen deutlich sehen. Außerdem ist auch nichts entwendet worden. Du kannst dir sicher sein, dass gestern Nacht nichts passiert ist.«

Obwohl Jörg nur Aussagen getätigt hatte, machte er ein fragendes Gesicht, das unweigerlich eine Antwort von der Schülerin forderte. Alexandra war es jedoch leid, diese Diskussion zu führen.

»Frau Dr. Koch hat mir das bereits alles so gesagt und ich bin inzwischen auch davon überzeugt, dass nichts vorgefallen ist. Ich muss noch etwas mehr Erfahrung sammeln.«

Der ältere Pfleger nickte zufrieden. Für ihn war das Thema damit wohl endgültig geklärt. Er stand auf und verabschiedete sich.

Nach seiner Rückkehr setzten beide die Nachtschicht fort. Viel zu tun gab es nicht – und noch weniger zu reden. In den vergangenen Tagen hatte Alexandra sich mit dem älteren Kollegen immer gut unterhalten können. Sie teilten die gleiche Vorliebe für historische Romane und hatten sich stundenlang über ihre jeweiligen Lieblinge austauschen können. Heute schien es jedoch anders zu sein und die Stunden verstrichen schweigsam. *Womöglich war das Gespräch mit Frau Dr. Koch doch ein Fehler?* Alexandra hatte die Befürchtung, dass es dem Verhältnis zu ihren Kollegen nicht gerade gutgetan hatte, sich an die Heimleitung zu wenden. Konnten sie es als eine Art Petzen aufgefasst haben?

»Zeit für eine weitere Runde«, sagte Jörg gerade in dem Moment, als Alexandra ihn auf ihren Verdacht ansprechen wollte. Sie zögerte einen Moment. Dann entschied sie sich dafür, einfach der Aufforderung nachzukommen. Sie konnte Jörgs Gedanken nicht beeinflussen. Sie hatte getan, was sie für richtig gehalten hatte – und das nur aus den besten Absichten heraus. Sollte sie nun bei Jörg und ihren anderen Kollegen auf Antipathie stoßen, dann ließe es sich jetzt nicht mehr ändern.

Kaum hatte der ältere Pfleger das erste Zimmer betreten, ging Alexandra an den Türen der anderen Bewohner vorbei, geradewegs zu Walter. Das war zwar nicht die richtige Reihenfolge, aber es war ihr egal. Sie wollte wissen, wie es dem älteren Herrn ging. Der Raum war in ein mattes blaues Leuchten gehüllt, als Alexandra eintrat. Auch Walter hatte den Fernseher eingeschaltet. Langsam drehte er den Kopf.

»Wenn man dieses verdammte Ding mal braucht, dann läuft nur Mist.« Er bemühte sich zu lächeln. Es misslang.

»Leider wird das Programm wirklich immer schlechter«, entgegnete die Schülerin.

»Die Stille ist mir aber nach gestern einfach viel zu bedrückend. Weißt du, wenn es hier im Zimmer ruhig ist, dann ist es nicht wirklich still. Ich weiß nicht, wie ich es sagen soll.« Walter schwieg einen Moment und verzog das Gesicht beim Nachdenken zu einer Grimasse. »Es ist mehr so, als hätte die Stille eine eigene Stimme und würde mir lauthals entgegenbrüllen. Ich bin froh, dass ich den blöden Apparat habe.«

»Walter, ich kann auch mit Jörg reden und wir geben dir nur ein leichtes Beruhigungsmittel, damit du dich etwas entspannen kannst. Wäre das vielleicht ein Mittelweg?«

Der Mann seufzte. »Ich meinte es ernst, als ich sagte, ich will nicht schlafen müssen und irgendein Zeug in mir haben, das mich ruhigstellt. Da ist es mir auch egal, ob es nur ein leichtes Mittel ist.« Eine Träne kullerte über seine Wange und er verzog das Gesicht erneut zu einer leidenden Maske.

»Ich habe vergangene Nacht von meiner Anna geträumt. Weißt du, ich träume leider nicht allzu oft von ihr. Meist träume ich nämlich gar nichts. Aber gestern, da habe ich sie im Schlaf getroffen.« Er holte tief Luft. Seine Stimme wurde schrill. »Es war so wundervoll. Doch dann kam er. Dieser dürre Mann, der einfach so in meinem Traum auftauchte, der sich wie ein Eindringling in meinen Verstand geschlichen hat.«

Walters Blick war durchdringend. Die Augen waren weit aufgerissen.

»Ich …« Mehr brachte Alexandra nicht heraus und für einen kurzen Moment stahl sich dieses abscheuliche Bild eines schlanken, aschfahlen und irgendwie unwirklichen

Mannes in ihren Geist. Hatte sie nicht auch von ihm geträumt? Konnte das sein? Nein, natürlich nicht, denn solche Dinge geschahen in der Realität nicht! Sie versuchte sich zu erinnern, was sie denn wirklich in der vergangenen Nacht geträumt hatte, doch diese Erinnerung war längst verschüttet.

»Ich weiß, wie sich das anhört. Mein ganzes Leben lang habe ich nur auf Zahlen geachtet und habe rein logisch gehandelt. Und jetzt rede ich hier dieses wirre Zeug. Doch es ist eigentlich sogar noch schlimmer. In meinem Traum habe ich diesen wunderbaren Moment noch einmal erlebt, als ich in diesem idyllischen Bergdorf um die Hand meiner Anna angehalten habe. Ich habe das kleine Städtchen, umgeben von diesen gewaltigen Bergen, auch jetzt noch gut vor Augen. Es war ein so wunderschöner Tag mit meiner Anna. Einer dieser Tage, den man sein ganzes Leben lang nie vergisst! Doch bevor ich sie im Traum endlich gefragt habe, bin ich diesem bleichen Kerl auf die Schliche gekommen – und damit begann der Albtraum.«

Walters Stimme wurde leiser. »Und er hat mich bis hierhin verfolgt. Ich wurde wach und er hat hier gestanden, über mich gebeugt. Seine Hand, kalt wie ein Eisklumpen, lag auf meiner Brust. Die dunklen Augen schienen durch mich hindurch tief in meine Gedanken zu blicken.«

Walter japste nach Luft. Alexandra machte einen Schritt auf ihn zu. Ohne weiter darüber nachzudenken, packte sie seine Hand. Der Mann drückte zu, sein Griff war fest. Weitere Tränen rannen seine Wangen herab.

»Das Schlimmste ist aber nicht, dass ich hier lag und Angst hatte, erstickt zu werden. Das war schrecklich, oh ja! Es ist aber noch etwas viel Grausameres geschehen. Mir ist es erst am nächsten Tag so wirklich bewusst geworden, als ich an den Traum zurückgedacht habe. So sehr ich es auch versuche, ich kann mich nicht mehr erinnern, wie meine Anna ausgesehen hat!«

Alexandra wollte etwas sagen, aber kam nicht dazu. Walters Leib zitterte, als er die freie Hand nahm und der jungen Frau auf den Rücken legte, um diese näher an sich heranzuziehen. Ihr war die Berührung äußerst unangenehm. »Walter, ich …«, sagte sie, aber ihr wurde das Wort mitten im Satz abgeschnitten.

»Ich hätte ihr Gesicht doch niemals vergessen! Es ist nicht das Alter, nein! Ich hatte ihr Gesicht, dieses wunderschöne Gesicht, doch gestern noch deutlich vor Augen. Jedes noch so kleine Detail konnte ich deutlich vor mir sehen. Wie etwa die Grübchen auf ihren Wangen, wenn sie gelächelt hat. Jetzt weiß ich nicht einmal mehr, welche Haarfarbe sie hatte! Das ist doch nicht normal!«

Mit jedem Wort war Walters Griff fester geworden. Der Ehering, den er immer noch trug, schnitt unangenehm ein. Inzwischen brannte Alexandras Hand von der schmerzvollen Berührung. Wieder sagte sie Walters Namen, aber dieser redete einfach weiter. Seine Augen sahen zwar mitten in die ihren, aber ihr Ausdruck war leer, so als wäre er in Gedanken an einem fernen Ort.

»Walter!«, rief Alexandra und erschrak selbst über den ängstlichen und schrillen Klang in ihrer Stimme. Mit einem Mal lockerten sich die Finger des alten Mannes und erleichtert sah sie, wie der Wahn aus seinen Augen wich.

»Es tut mir so leid«, stammelte der Mann und schaute verlegen nach unten. Seine Augen glänzten von den Tränen.

»Schon in Ordnung«, erwiderte Alexandra, aber ging dennoch einen Schritt zurück.

Beide schwiegen.

»Ich habe Angst, große Angst. Das entschuldigt kein falsches Verhalten, aber vielleicht kann es ein wenig erklären, was da eben in mich gefahren ist.«

»Walter, jeder Mensch hätte nach so einem Erlebnis Angst. Das ist ganz normal. Ich fürchte, es wird auch noch dauern, bis du diesen Schock vergessen hast.«

»Aber das ist es ja! Ich will nichts vergessen! Ich habe Angst davor, dass ich morgen noch mehr vergessen habe, wenn ich wieder von dieser Gestalt träume – oder sie hier an meinem Bett steht. Und nein, ich glaube nicht an ein Monster im Schrank oder unter dem Bett, Herrgott noch mal! Ich weiß nicht, was geschehen ist. Aber etwas ist nun einmal passiert! Etwas hat mir meine Anna geraubt!«

Die nächsten Worte sprach er so leise, dass Alexandra Mühe hatte, sie zu verstehen. »Ich hätte nie gedacht, dass meine große Liebe zweimal sterben könnte. Nun ist sie also endgültig gegangen.«

Alexandra versuchte, den dicken Kloß hinunterzuschlucken, der ihr im Hals hing und ihr das Atmen fast unmöglich machte. Ihr wurden die Knie weich und in ihrem Kopf hämmerte es. Was sollte sie nur tun? Das klang alles so verrückt!

Es ist egal, wonach es klingt. Er hat Angst. Das ist die einzige Tatsache, die jetzt zählt, ging es Alexandra durch den Kopf.

Sie schob die Überlegung, was dort in der Nacht an Walters Bett wirklich vor sich gegangen war, beiseite. Diese Frage musste nun warten. Denn zunächst galt es, dem alten Mann zu helfen, damit er nicht weiter unter dieser Furcht litt.

Sie konnte sich recht gut in ihn hineinversetzen. »Ich hatte lange Zeit damit zu kämpfen, dass ich sehr schlecht schlafen konnte. Bei mir war es der Stress, die Angst zu scheitern. Manchmal bin ich in meinen Träumen buchstäblich ins Leere gestürzt. Andere Male blickte ich in einen Spiegel und musste mit Schrecken dabei zusehen, wie mir alle Zähne ausgefallen sind. Doch noch schlimmer waren die Träume, in denen mich jemand verfolgt hat und ich erst aufgewacht bin, als der Fremde mir die Hand auf die Schulter gelegt hat.«

Anscheinend tat es Walter gut, sich auf ihre Stimme und Worte zu konzentrieren. War sein Atem eben noch schnell und stoßweise gegangen, so hatte er sich nun schon beinahe normalisiert.

»Am Ende konnte ich ohne Medikamente gar nicht mehr schlafen. Vollkommen ausgelaugt schleppte ich mich in die Vorlesungen, nickte währenddessen manchmal ein und schrieb abends an meinen Hausarbeiten, bis ich panisch am Schreibtisch aufschreckte. Mit den Medis fand ich zwar Schlaf, aber er war nicht erholsam – und vor allem ließ die Schläfrigkeit manchmal auch am Tage nicht nach. Ich habe damals viel abgenommen.«

Alexandra machte eine kurze Kunstpause. »Eine Ärztin hat mir den besten Ratschlag für mein Problem erteilt, den man sich wünschen kann. Bitte lach jetzt nicht, weil er so einfach klingt. Stell dir vorm Schlafengehen einen starken, mächtigen Beschützer vor. Stell dir jemanden vor, der dir in deinem Traum zur Hilfe eilt und dich rettet.«

Walter erwiderte nichts.

Was ist da nur in mich gefahren, so viel von mir zu erzählen? Auch wenn er dir leidtut – ihr kennt euch doch kaum und er ist immer noch ein Fremder für dich. Vielleicht hält er dich ja nun sogar für verrückt? Alexandra kam es wie eine Ewigkeit vor, bis Walter endlich eine Reaktion zeigte: Er lächelte. »Das klingt gut.« Seine Stimme war noch immer leicht zittrig. »Was für einen Beschützer soll ich mir denn am besten vorstellen?«

Alexandra war erleichtert, dass sie sich nicht lächerlich gemacht hatte. Nachdenklich hob sie den Zeigefinger an die Lippen und legte die Stirn in Falten. »Ich musste zunächst an einen Ritter denken, aber das wäre doch etwas abgedroschen, oder nicht?«

Walter nickte zustimmend, während Alexandra weiter überlegte. Plötzlich schnellte ihr Zeigefinger nach vorne.

»Ich weiß es! Denk an eine Walküre!«

Walter lachte. »Warum sollte mich eine dicke Frau retten kommen?«

»Walter, ich glaube du hast eine falsche Vorstellung von Walküren. In der nordischen Mythologie gelten sie als mächtige Kriegerinnen, die den Helden auf dem Schlachtfeld zur Seite stehen.« *Dass sie die Gefallenen zudem nach Walhall führen, verschweige ich besser,* dachte Alexandra und fuhr fort. »Sie sollen mit übermenschlicher Stärke und Willenskraft gekämpft haben. Ich denke, so eine Schildmaid wäre doch jederzeit der Aufgabe gewachsen, einen schlechten Traum zu vertreiben, oder?«

Als Walter weiterhin skeptisch dreinblickte, fügte die junge Frau grinsend hinzu: »Und sollte währenddessen irgendetwas hier im Zimmer vor sich gehen, werde ich es hören. Ich werde wie deine private Walküre durch diese Tür brechen und den Eindringling mit Kampfgeheul in die Flucht schlagen.« Während sie die Worte sprach, wuchs ihr

Grinsen immer weiter an und kaum hatte sie ihren letzten Satz beendet, stimmten beide in ein herzhaftes Lachen ein.

»Alexandra, ich danke dir. Ich bin vielleicht auch einfach erschöpft und deswegen etwas ängstlicher. Wer müde und kraftlos ist, fühlt sich nicht so, als könnte er noch mehr ertragen. Aber ich weiß ja jetzt, dass ich nicht allein bin. Ich sollte versuchen, etwas zu schlafen. Und vielleicht geht es mir morgen ja auch schon wieder besser.« Seine Miene hellte sich ein wenig auf. »Und ganz eventuell kann ich mich morgen sogar wieder an meine Anna erinnern.«

»Das wünsche ich dir von ganzem Herzen«, sagte Alexandra und verabschiedete sich. Es war an der Zeit. Sie musste nun weitergehen.

8. Traumkampf

Wo bin ich? Walter war verwirrt. Nur ganz langsam erkannte er diesen Raum mit den hohen, dunklen Wänden, an denen allerlei Familienporträts hingen. Dann stahl sich ein gequältes Lächeln auf seine Lippen. Es war tatsächlich das alte Esszimmer seiner Eltern. Er entdeckte jetzt sogar die antik anmutende Standuhr, die rechts neben dem Durchgang zum Flur platziert war. Stoisch schwang ihr Pendel hin und her. Der Minutenzeiger sprang ruckhaft weiter, während Walter noch ganz ungläubig auf das altertümliche Ziffernblatt starrte.

Plötzlich, so als hätte jemand einen geheimen Schalter umgelegt und die Szene in Bewegung gesetzt, kamen seine Eltern durch die offene Türe herein. Seine Mutter Monika, so gebrechlich wie sie inzwischen war, hatte es sich trotzdem nicht nehmen lassen, aufwendig zu kochen – gleich zwei dampfende Töpfe brachte sie herein. Mit einem Keuchen stellte sie beide direkt vor Walter auf den dunklen Esstisch. Sogleich folgte sein Vater Albert und brachte seinerseits eine Pfanne herein. Der Geruch von gebratenem Fisch erfüllte die Luft.

Während sein Vater noch damit beschäftigt war, auf dem gut gefüllten Tisch einen freien Platz für die Pfanne ausfindig zu machen, setzte sich Monika ungelenk hin. Das graue Haar sah zerzaust aus, besonders tiefe Furchen in ihrem Gesicht zeugten von zu wenig Schlaf und die Augen waren vermutlich von unzähligen Tränen ganz rot.

Es ist das Weihnachtsfest nach Annas Tod, erkannte Walter. *Wieso muss ich nur hiervon träumen?* Kannte das Leben ein grausameres Folterinstrument als unsere Erinnerung? Jene Dinge, die wir sehnlichst vergessen möchten, verfolgen uns ein ganzes Leben lang und das, was wir niemals wieder missen möchten, zerfällt trotz aller Gegenwehr, entgegen eines jeden verzweifelten Versuchs, vor unseren Augen zu Staub. Walter sagte keinen Ton. Die Stille hing schwer im Raum. Jedes Verrücken der Teller, als Monika ihrem Sohn und ihrem Ehemann Essen auffüllte, klang schrill in den Ohren. Auch als sein Vater sich setzte, dröhnte das Kratzen der Stuhlbeine auf dem Parkett grässlich laut. Schließlich war alles angerichtet, jeder Teller gut gefüllt und das Trio saß an Ort und Stelle.

»Fangt nur an«, sagte Walters Mutter leise. »Es wird sonst kalt.« Albert nickte lediglich, aber sagte kein Wort. Das faltige Gesicht mit den buschigen Augenbrauen war bleich. Mechanisch führte er sich eine Gabel nach der anderen zum Mund und schien dabei kaum zu kauen.

»Walter, Schatz, iss nur. Dein Körper braucht etwas Stärkung.«

»Monika, lass den Jungen doch einfach in Ruhe, wenn er nichts essen will«, knurrte Walters Vater und starrte stur auf seinen Teller. Er hatte bereits einen großen Teil seiner familiären Pflicht gemeistert und fast das gesamte Bohnengemüse gegessen. Den Eindruck, als hätte er Appetit, erweckte Albert Dobrindt dabei aber keinesfalls. »Wir hätten das vielleicht nicht machen sollen«, fuhr der Familienpatriarch fort.

Walter schwieg. Auch jetzt, da er nur träumte, fühlte er die gleiche bleierne Schwere im Raum hängen wie damals. Er wollte an seine Anna denken, doch es gelang ihm nicht. Mehr als ihr Name fiel ihm nicht mehr ein.

»Walter«, sagte Albert schließlich und legte die Gabel nieder. Dann verschränkte er die Arme vor der Brust. Der Stoff seines karierten Hemds spannte an den Unterarmen. »Ich kann voll und ganz verstehen, dass du nicht hier sein möchtest. Ich hätte mich an deiner Stelle auch verkriechen wollen. Das ist in Ordnung. Wenn du möchtest, dann geh einfach wieder. Es ist womöglich ohnehin besser.«

»Wie kannst du das nur sagen!« Monika warf ihrem Mann einen finsteren Blick zu. Walter versuchte etwas zu sagen, aber brachte kein Wort hervor. *So eine Art von Traum ist das also,* dachte er.

Walters Vater ignorierte den Einwand und aß mit der gleichen versteinerten Miene wie zuvor weiter. Monika schüttelte den Kopf und war sichtlich um Fassung bemüht. Dann sah sie zu ihrem Sohn. Tränen glitzerten in ihren Augen.

»Hör nicht auf deinen Vater. Seitdem es ihm nicht mehr gutgeht, ist er einfach nur ein alter Mistkerl.«

Mit einem Streich seiner Hand wischte Albert den Teller beiseite, der quer durch den Raum flog und an der Wand in dutzende Scherben zersprang. »Was fällt dir eigentlich ein!« Seine Stimme war bei weitem nicht mehr so kräftig wie noch vor einigen Jahren, aber der tiefe Bass reichte immer noch aus, um andere einzuschüchtern. Walters Mutter rutschte sichtlich unwohl auf ihrem Stuhl umher. Alberts Lippen zitterten vor Wut. Er holte tief Luft. Dann ließ er die Faust mit solcher Wucht auf die Tischplatte niedersausen, dass die Gläser und Teller zitterten.

»Der Junge kommt angekrochen, wenn es ihm schlecht geht und belädt uns mit seinen Sorgen! Dann darf ich doch wohl zu Recht sagen, dass dieses ganze Weihnachtsessen eine einzige Farce ist! Er hat diese Familie schon vor Jahren zu Grabe getragen!« Albert fuhr sich durch das lichte Haar und schnitt eine Grimasse. Dann fragte er mit vorwurfsvollem Ton: »Und wer macht jetzt die Sauerei weg? Der alte Mistkerl ganz sicher nicht!«

»Ich mache das schon«, sagte Monika leise und stand rasch auf. »Es tut mir leid.« Ihre Stimme war kaum mehr als ein Flüstern.

Als Walters Mutter den Tisch verließ, verzog Albert keine Miene. Trotzig schaute er an seinem Sohn vorbei, als wäre dieser aus Luft. Stattdessen fixierte der alte Mann mit leeren Augen irgendeinen unbedeutenden Punkt im Raum. Sein gramvolles Gesicht hätte genauso gut eine Maske sein können. Aus dem Nebenraum drang derweil das Geräusch von polternden Schranktüren heran. Monika schien nach den richtigen Putzutensilien zu suchen.

»Walter, kannst du nicht bitte einfach gehen? Du und deine Frau, die hoffentlich in Frieden ruht, ihr wart seit Jahren nicht mehr hier. Auch als ich im Krankenhaus war, habt ihr euch kaum blicken lassen. Und deine verzogene Tochter? Die hält es nicht einmal jetzt für nötig, herzukommen. Sollen wir dieses Trauerspiel nicht einfach beenden? Mir tut mein Ausbruch eben leid. Das hätte nicht passieren dürfen, doch mich ärgert dieses Schmierentheater nun einmal. Wir sollten selbst unter diesen schrecklichen Umständen nicht so tun, als wären wir eine glückliche Familie. Das macht nichts besser.« Albert sah seinen Sohn wütend an. Seine Augen zeugten von nichts anderem als Verachtung. Kein Mitgefühl für Annas Tod war in ihnen zu sehen, nicht der kleinste Anflug von irgendeiner Form von Empathie, sondern nur Kälte.

Es ist so kalt, schoss es Walter durch den Kopf, während sein Vater ihn weiter musterte – gnadenlos und ohne Vergebung. Eine weiße Atemwolke formte sich vor Walters Augen und die feinen Härchen auf seiner Haut richteten sich auf. Währenddessen rührte sich Albert keinen Millimeter, sondern schien auf groteske Weise in seiner Haltung gefangen zu sein.

»Ich konnte doch nichts dafür! Es gab so viel zu tun und so wenig Zeit!«, rief Walter nun und erschrak, als er seine eigene Stimme heiser durch den Raum gellen hörte. Er atmete tief ein und aus. Die Atemwolken stoben nun rhythmisch davon. *Es ist so kalt.* Instinktiv hob der Mann seine Hände und rieb die eisigen Finger aneinander, die schon ganz steif waren. Doch die Kälte schien alles einzunehmen. Walter kam es so vor, als würde sie von außen wie ein Parasit tief in seinen Körper hineinkriechen und sich dort einnisten.

»Vater, was ist hier nur los?«

Albert schien die ängstliche Frage seines Sohnes gar nicht zu hören. Er hatte noch nicht einmal geblinzelt.

Mit einem Ruck stand Walter auf und sein Stuhl fiel laut polternd nach hinten. Er machte einen Schritt auf seinen Vater zu, doch dieser schien sich nur noch weiter zu entfernen. Augenblicklich eilte der Mann weiter nach vorne, aber kam nicht voran. Es war vielmehr so, als würde die Distanz zwischen ihnen immer größer. Selbst der Tisch streckte sich nun in die Länge. Das gewöhnliche Möbelstück war bereits zu einer gewaltigen Tafel herangewachsen, die mehrere Meter messen musste.

»Was ist hier los!«, rief Walter und hörte seine Stimme als hundertfaches Echo aus der Dunkelheit widerhallen.

Woher kommt so plötzlich diese Dunkelheit? Der Gedanke erstarb jäh. Walter wusste nicht, wie es geschah, doch plötzlich strauchelte er – irgendetwas hatte ihn stolpern lassen. Er fiel kopfüber nach vorne, hinein in das eisige Schwarz vor ihm. Die Welt hatte jede Dimension verloren. *Ich sterbe, es kann nur der Tod sein.* Kälte und Dunkelheit, mehr nahm Walter nicht mehr wahr.

Ein starker Beschützer, klang eine warme Frauenstimme leise in seinen Ohren, während er weiter durch die Unendlichkeit stürzte. Für einen kurzen Moment, ja vielleicht nur einen Wimpernschlag lang, glaubte Walter, er sähe Alexandras Lächeln vor sich. Abrupt endete der Fall durch die Leere und er kam mit einem Ruck zum Stehen.

Es folgte aber kein harter Aufschlag, wie der Mann befürchtet hatte. Zu seiner eigenen Verwunderung fand er sich ganz unvermittelt auf grobem Steinboden wieder. Verdutzt sah sich Walter um. Ein kahler Raum, der aus grobem Mauerwerk bestand, umschloss ihn und erinnerte an ein schäbiges Kellergewölbe. Eine schlanke Gestalt, gekleidet in einen langen Mantel und mit einem altmodischen Hut auf dem Kopf, stand Walter gegenüber. Ihr Blick war gesenkt.

»Ich möchte das nicht machen«, sagte sie. »Doch du hast zu viel gesehen. Ich muss es tun.« Schlagartig riss der Fremde seinen Kopf empor. Kalte, dunkle Augen starrten Walter aus einem aschfahlen Gesicht entgegen und für einen Moment, da fühlte er sich an den vernichtenden Gesichtsausdruck seines Vaters erinnert. Dann machte die Gestalt einen Schritt auf Walter zu. Die Augen schienen zu wachsen.

»Was willst du in meinen Träumen?« Walter wich einen Schritt zurück und spürte die Wand in seinem Rücken. Die

Finger tasteten das grobe Mauerwerk entlang. Währenddessen kam der bleiche Fremde wortlos näher.

»Ich weiß nicht, was ich dir getan habe!«, schrie Walter, aber erhielt immer noch keine Antwort. Inzwischen, so glaubte er, müssten die Augen beinahe das gesamte Gewölbe ausfüllen. Wie tiefe Abgründe klafften sie gierig vor ihm auf. Eisige Luft strömte zischend aus ihnen hervor. *Da ist sie wieder, die Leere.* Walter presste sich fester an die Wand. Er hatte das Gefühl, nicht einmal ein Blatt Papier würde noch zwischen ihn und die alten Backsteine passen.

Jede Sekunde ist es so weit und ich werde erneut in diese Leere stürzen. Doch dieses Mal werde ich nirgendwo Halt finden. Ich werde ewig fallen und fallen, in der Hoffnung gefangen, doch endlich zu sterben, um dem Nichts zu entkommen.

»Es … tut mir leid«, sagte der Fremde. Die Worte klangen dabei seltsam abgehackt, so als stammten sie aus einer ihm unbekannten Sprache.

Gerade in jenem Moment, als die Dunkelheit den gesamten Raum eingenommen hatte und jeder weitere Atemzug vor Kälte wie Feuer in Walters Lungen brannte, flammte in der Schwärze ein heller Lichtpunkt auf. Wie ein Stern in der Unendlichkeit funkelte er und kämpfte tapfer gegen die Dunkelheit an. Dann überschlugen sich die Ereignisse: Neben Walter krachte und ächzte es, als das Mauerwerk plötzlich pulverisiert wurde und eine dichte Staubwolke davonstob. Walter, der zur Seite fiel, sah noch während seines Sturzes, wie die fahle Gestalt zurückwich und die riesigen Augen ihren Schrecken zumindest teilweise einbüßten. Direkt neben ihm, dort wo eben noch dicke Steine eine undurchdringliche Wand geformt hatten, stampfte nun ein schwerer

Panzerschuh auf den Boden. Die kleinen Steinchen der zertrümmerten Ziegel knirschten unter dem Gewicht.

Walters Augen wanderten die matt schimmernde Rüstung empor. Nahtlos reihten sich die schwungvollen Platten aneinander, bedeckten das gesamte Bein und auch die Hüften. In der Linken hielt Walters Retter einen mächtigen Eichenschild, den rotschwarze Muster zierten. Mit der anderen Hand reckte er ein prächtiges Schwert empor und wies mit der glänzenden Spitze in Richtung der bleichen Gestalt, die inzwischen wieder die Statur eines gewöhnlichen Menschen angenommen hatte.

Walter richtete sich mühselig auf und klopfte sich den Staub von der Hose. Dabei musterte er seinen Retter weiter. Er wollte dessen Gesicht sehen, doch ein prachtvoller Helm verwehrte ihm diesen Wunsch. Der Kopfschutz war ebenfalls kunstvoll geschmückt. Filigrane Schwingen waren auf beiden Seiten angebracht und erinnerten an die Flügel eines Drachen.

»Lass ihn in Ruhe!«, drang der kräftige Befehl aus dem Visier des Helms hervor und obwohl die Stimme dadurch dumpf klang, erkannte Walter sofort, dass sie zu einer Frau gehören musste. *Es ist eine Walküre!* Sein Mund stand weit offen, als er fasziniert die anmutige und doch Ehrfurcht erweckende Heldin betrachtete, die sich auf ihre erste Attacke vorbereitete. Mit absoluter Sicherheit richtete sie die Spitze des Schwertes nun auf das Gesicht des bleichen Mannes und hob den schweren Schild zum Schutze an. Dann stürzte sie mit einem lauten Schrei nach vorne.

»Halt!«, brüllte der Fremde und seine Stimme erfüllte den kleinen Raum mit einem krachenden Donner. Dreck rieselte von der Decke herab. So als hätte die blasse Erscheinung mit ihren Worten einen mächtigen Zauber gewirkt, verharrte die Walküre mitten in ihrer Bewegung.

Die blassen Lippen des Mannes wurden zu einer dünnen, waagerechten Linie, bis er höhnisch lächelte. »Ich habe tausende von Albträumen gesehen und in ihnen tausende von Monstern erblickt. Ich habe Menschen in ihrer Verzweiflung zu einer höheren Macht beten und um Beistand flehen hören in Sprachen, die längst in Vergessenheit geraten sind. So wie diese Sprachen und ja selbst die alten Götter der Menschen in Vergessenheit geraten sind, so wirst auch du, Walter Dobrindt, in Vergessenheit geraten und mit dir alles, was dich je ausgemacht hat!«

Plötzlich stieß der bleiche Mann einen animalischen Schrei aus und der wahre Albtraum begann. Die fahle Haut seiner eingefallenen Wangen platzte auf, als sich dicke Schuppen wie Krebsgeschwüre einen Weg nach oben bahnten. Eine nach der anderen spross dort mit rasender Geschwindigkeit empor und wölbte sich mit einem abstoßenden Schmatzen nach außen. Bald schon war von der blassen Haut des Mannes nichts mehr zu sehen. Nur die schwarzen Augen funkelten kalt zwischen den Schuppen hervor, während eine dunkle gespaltene Zunge gierig über jene Körperpartie leckte, die eben noch ein menschlicher Mund gewesen war. Nun hingen dort nur noch ledrige Hautfetzen herab.

Als wäre der Bann von ihr gefallen, stieß die Walküre einen erneuten Kampfschrei aus und hob abermals das mächtige Schwert an. Grimmig ließ sie es auf das Wesen niederfahren, das bereits nichts Menschliches mehr an sich hatte. Funken stoben auf, als die Kreatur den Arm hob, um den

Schlag zu parieren. In einer einzigen fließenden Bewegung riss sie den anderen Arm empor und schlug zu. Blitzschnell brachte die Walküre mit einem Keuchen den Schild nach oben. Die langen Krallen, die inzwischen anstelle der Finger aus der Hand hervorragten, hinterließen tiefe Furchen in dem Holz. Die Wucht des Angriffs brachte die schwer gepanzerte Frau aus dem Gleichgewicht und sie musste einen Ausfallschritt machen, um nicht nach hinten zu fallen.

Ein triumphierendes Knurren stieg tief aus der Kehle der Bestie hervor, die sich nun nach vorne beugte und auf allen Vieren zum Stehen kam. Der Leib schwoll genauso wie die Gliedmaßen bedrohlich an. Dann platzte der Stoff von Mantel, Hose und Hemd. Ein dumpfer Laut folgte, als zuletzt die Schuhe zerrissen.

Der kräftige, schuppige Rumpf der Kreatur wuchs unter einem ekligen Geräusch in die Länge, bis er gut und gerne drei Meter maß. Aus dem kantigen Schädel schälten sich zwei spitze Hörner von schwarzer Färbung hervor und längst fanden die scharfen Zähne nicht mehr genügend Platz im Mund, der sich bereits zu einer langen Schnauze verformte. Wieder erklang das protestierende Ächzen von Sehnen, Bändern und Muskeln, die unnachgiebig gestreckt wurden. Wie Messer ragten die Zähne jetzt aus dem großen Schlund heraus und Speichel floss zwischen ihnen hindurch.

Begleitet von einem Fauchen richtete sich die Bestie auf, stand nun auf den kräftigen Hinterbeinen und ließ sich dann wieder auf alle Viere fallen. Der lange Hals schoss vor und die schreckliche Schnauze klaffte gierig auf. Keine Sekunde zu früh hatte die Walküre wieder sicheren Stand erlangt und riss den Schild erneut nach oben. Die riesigen Zähne fraßen sich tief in das Holz. Dann schnellte der Kopf ein Stück zurück und zerrte die Heldin mit sich. Geistesgegenwärtig holte sie mit der Rechten aus und schlug mit dem Schwert auf den Leib der Kreatur ein. Diese konnte nur knapp eines der Vorderbeine heben, um die Attacke abzuwehren. Doch der Hieb schien Wirkung erzielt zu haben: Das Wesen wimmerte vor Pein grell auf.

Als hätte der Schmerz ihr noch größere Kräfte verliehen, schlossen sich die gewaltigen Kiefer der Kreatur mit einem lauten Krachen. Dabei zerbarst der vormals so prachtvolle Schild wie ein nutzloses Spielzeug. Die Walküre stolperte zurück.

»Komm ihm nicht zu nahe!« Tollkühne Wut lag in ihrer Stimme. Beidhändig streckte sie das Schwert nach vorne und machte rasch einen Schritt zur Seite, um sich zwischen Walter und dem Untier zu positionieren.

»Danke«, flüsterte der alte Mann, der nun wieder auf seinen zitternden Beinen stand. Überrascht stellte er fest, dass er die fähige Kriegerin um einen halben Kopf überragte. Diese warf dem Mann einen flüchtigen Blick über die Schulter zu. Ein kurzes Nicken, für mehr blieb keine Zeit, denn schon stürzte die Kreatur wieder heran.

Aus ihren breiten Nüstern stiegen dunkle Rauchfäden empor. Mit einem wütenden Schnauben riss sie die Schnauze weit auf und ein sengender Strahl schoss kerzengerade aus ihr hervor. Die Walküre hatte keine Möglichkeit, um rechtzeitig auszuweichen: Das Feuer traf den linken Arm und weite Teile der Schulter. Sie schrie vor Schmerz laut auf. Kraftlos fiel die stolze Kriegerin schließlich auf die Knie. Das Schwert entglitt dabei ihrem Griff und landete klirrend auf dem Steinboden. Der Gestank verkohlten Fleisches hing schwer in der Luft.

»Oh Gott, das darf nicht wahr sein!«, entfuhr es Walter, der sich gerade wollte, um der Frau zu helfen. Just in diesem Moment fegte die schuppige Klaue den schlaffen Körper wie eine Puppe beiseite. Begleitet von einem dumpfen Geräusch prallte die Walküre hart gegen die Wand und blieb dort reglos liegen.

Walter stürzte nach rechts – die Kreatur war schneller. Sie musste nur einen großen Satz machen und schon hatte sie dem Mann den Fluchtweg abgeschnitten. Erneut richtete sich das Wesen mit seinen massigen Hinterbeinen auf und schien so hoch wie ein Turm aufzuragen, bis die Hörner schon an der Decke kratzten. Die Schnauze war leicht geöffnet. Weitere Rauchfäden bahnten sich aus ihrem Inneren einen Weg hinaus und sie riss ihre Schnauze weit auf. Das Wesen hatte keine Eile mehr, es wusste, dass seine Beute in der Falle saß.

Anstatt des Feuers, von dem der Mann angenommen hatte, es würde gleich seinen ganzen Körper in einen einzigen heißen Schmerz hüllen, strömte ihm Kälte entgegen. Auch loderte es dort im Inneren der Schnauze nicht grell auf. Nein, der Anblick war schlimmer. Wieder sah Walter dem Nichts entgegen und beinahe sehnte er sich danach, das Feuer möge ihn doch stattdessen einfach verzehren.

Langsam senkte sich das Haupt des Wesens und der Abgrund näherte sich. »Du hast gesagt, du möchtest das nicht tun. Noch ist es nicht zu spät. Hör einfach auf und lass mich in Ruhe!« Walter wusste nicht, was er sich von diesen Worten versprach. Weder vorher in seiner menschlichen Form noch jetzt, da nur noch ein Untier von dem Fremden geblieben war, glaubte der alte Mann, dass sein Angreifer zu so etwas wie Mitgefühl imstande wäre.

Ich will nicht so enden!

Walter ballte die Faust. »Hör auf! Hör auf, das ist mein Traum! Das ist mein Traum, du hast hier nichts verloren! Geh dahin, wo du hergekommen bist!«

Geriet das Untier ins Stocken? Es schien Walter tatsächlich so, als würde die Kreatur zögern. »Ich werde nicht so enden, weil ich es nicht zulasse! Ich werde nicht in Vergessenheit geraten!«

Ohne jede Vorwarnung stieß die Kreatur ein lautes Brüllen aus. Unsagbare Pein klang daraus hervor. Dann sackte sie in sich zusammen. Zuckend und sich windend trat und schlug sie mit ihren vier Gliedmaßen aus, wobei auch der Kopf rhythmisch zuckte. Hinter dem Wesen kam die Walküre zum Vorschein. Sie stand gebeugt da, die linke Körperhälfte schien wie eine Dürrpflaume an Masse verloren zu haben. Der Anblick erinnerte Walter auf erschreckende Weise an ein unförmiges Knetmännchen – nur dass unter all dem geschmolzenen Metall eine einzige verkohlte Masse aus Haut, Fleisch und blanken Knochen verborgen sein musste.

Die Walküre machte sich unter lautem Keuchen daran, die Klinge aus dem Rücken der Kreatur herauszuziehen. Doch das Schwert steckte tief in dem zähen Fleisch und die schuppige Haut hielt die Klinge eng umschlossen. Sie rührte sich keinen Millimeter. Die Kreatur japste derweil hektisch nach Luft, der Brustkorb hob und senkte sich wie ein löchriger Blasebalg. Ein tiefes Dröhnen erklang in dem wuchtigen Leib.

»Bitte, beeil dich! Gib ihr den Rest, mach schnell!«, jammerte Walter, der mit Schrecken sah, wie die dunklen Augen des Untiers zu glimmen begannen, so als erwachte in seinem Inneren das verheerende Feuer zu neuem Leben.

Die Walküre setzte eilig den schweren Panzerschuh des rechten Fußes auf den Rücken der Kreatur, um mehr Kraft beim Ziehen aufwenden zu können. Doch alle Mühen schienen vergebens, die Klinge rührte sich immer noch nicht.

Dann geschah es: Das Haupt des Untiers reckte sich ein letztes Mal empor und spie eine gewaltige Feuerwoge aus. Das Flammenmeer breitete sich rasend schnell in einem Halbkreis aus, doch es erreichte Walter nicht. Während das Feuer noch auf ihn zu raste, erstarb das Wesen und mit ihm löste sich jäh der Traum auf. Weißes Licht umspielte Walter und während er noch den Geruch verkohlten Fleisches in der Nase hatte, schreckte er plötzlich hoch.

Es dauerte keine Sekunde und Walter war hellwach. Sein Nachthemd, schweißdurchtränkt war es, klebte wie eine zweite Haut an ihm. Hastig schaute er sich um. Obwohl es dunkel war, erkannte er sofort, dass er sich in seinem Zimmer befand. Doch er traute dem vermeintlichen Frieden nicht und rechnete vielmehr damit, dass jede Sekunde eine Hand mit langen Fingern hervorgeschossen käme, um ihm die Kehle zuzudrücken. Ohne den Blick zu senken, tastete seine Hand nach der Nachttischlampe und dann knipste Walter das Licht an.

Er kniff die Augen zusammen. Auch jetzt schien immer noch alles friedlich zu sein. Eilig sah er hinüber zum Fenster. Dort stand niemand und auch die Scheibe klaffte nicht weit auf. Erleichtert seufzte er und zwang sich, seine Atmung unter Kontrolle zu bringen. Was war das nur wieder für ein seltsamer Traum gewesen! Doch schlussendlich hatte er die Bestie mit etwas Hilfe besiegt, oder etwa nicht? Walter musste lächeln, als er an seine Heldin und an Alexandra dachte. Womöglich hatte die junge Frau ihm dabei geholfen, diesen Albtraum zu beenden?

Er überlegte einen Moment, ob er das Licht eingeschaltet lassen sollte. Doch er verwarf den Gedanken. Um wieder Schlaf zu finden, wäre dies nur schädlich – und in der Dunkelheit gab es ohnehin nichts mehr zu fürchten.

Er schaltete das Licht wieder aus und zog die Decke hoch. Dabei entfuhr ihm ein behagliches Seufzen und er streckte sich, während er sein müdes Haupt auf dem weichen Daunenkissen zurechtrückte. *Ich weiß nicht, wann ich das letzte Mal so bequem gelegen habe,* dachte Walter noch kurz, als er schon wieder in den Schlaf hinüberglitt.

Gerade als Wirklichkeit und Traum eins wurden, sah er seine Anna wie auf einer verblichenen Fotografie vor sich. *Sie ist nicht ganz vergessen,* ging es Walter durch den Kopf. *Und sie hatte goldenes Haar.*

Er schlief selig ein.

9. Blut

Noch immer brannte der Schmerz heiß in seiner Schulter. Jeder Schritt, jede Bewegung war eine einzige Qual. *Ich muss weiter*, ging es dem Sammler durch den Kopf, als er sich mühsam durch die Parkanlage schleppte. Die Nacht war finster. Das war gut. Er verschwendete keine Sekunde daran, sich umzusehen. Was sollte es ihm auch bringen? Sollte man ihn tatsächlich schon verfolgen, so würden sie ihn unweigerlich einholen.

Es lagen nur noch wenige Meter vor ihm, bis er endlich das Dickicht am äußersten Rand des Parks erreicht hatte. Dort lehnte er sich keuchend an einen Baum. Jeder Atemzug brannte wie Feuer. Er konnte es nicht fassen. Noch immer weigerte sich sein Verstand, die Ereignisse zu akzeptieren, die erst vor wenigen Minuten eingetreten waren. Wie hatte dies geschehen können?

Er schloss die Augen und sah die anmutige Gestalt in der prächtigen Rüstung mit ihrem Schild und dem Schwert wieder vor sich. Ja, er hatte es bereits erlebt, dass die Menschen sich gegen das Extrahieren wehrten, aber ein derart tollkühner Widerstand? Das hatte er noch nie in all den unzähligen Jahren zu spüren bekommen.

Es kam dem Sammler im Nachhinein beinahe so vor, als hätte Dobrindt diese Kriegerin nicht einfach so in seinem Traum erdacht. Nein, er – oder vielmehr sein Unterbewusstsein – hatte Vorkehrungen getroffen, um den Sammler abzuwehren. Eine andere Erklärung dafür, dass die Traumattacke des alten Mannes so mächtig ausgefallen war, konnte es nicht geben.

»Dennoch hätte der Mensch dafür niemals die mentale Stärke besitzen dürfen! Wie hat er es geschafft, mich nicht nur im Traum zu unterwerfen, sondern mich sogar in der realen Welt zu verletzen?« Die Stimme des Sammlers war leise. Bei seinen Worten pfiff und röchelte er wie eine alte Maschine. Ein metallischer und bitterer Geschmack machte sich in seinem Mund breit. Seine zitternde Hand fuhr über die schmalen Lippen. Zwar spendeten nur die Laternen von der angrenzenden Straße etwas Licht, doch bereits dieses reichte aus, um seinen bösen Verdacht zu bestätigen: Blut.

Der Sammler riss seine dunklen Augen auf. Dann verzog er das Gesicht und legte den Kopf schief. *Ich kann bluten?* Vor Verwunderung entfuhr ihm ein kehliges Geräusch, das nicht viel mit einem Lachen gemein hatte. Er spuckte den blutigen Speichel aus und fuhr sich mit dem Handrücken über die Lippen. Danach griff der Sammler vorsichtig unter seinen Mantel, um seine Schulter abzutasten. Das Hemd war feucht und klebrig. Als er die Hand zurückzog, waren seine Finger mit einer dicken Schicht Blut überzogen.

Der Sammler holte tief Luft. Einmal, zweimal, immer wieder und immer schneller. Schließlich raste sein Atem. *Was geschieht hier?* Während die Frage ihm noch im Kopf herumspukte, registrierte er, wie er plötzlich bitterlich fror und sich entgegen dieser Empfindung dicke Schweißperlen auf seiner Stirn sammelten. *Sie dürfen mich nicht finden!* Die sonst so rationalen Gedanken des grauen Mannes kreischten nun panisch in seinem Kopf auf. Er warf einen Blick hinüber zur Einrichtung. Aber an den erleuchteten Fenstern des Heims standen keine Menschen, um nach ihm Ausschau zu halten. Auch sah er nicht die Schemen etwaiger Verfolger oder die

Lichtkegel von Taschenlampen, die wie Suchscheinwerfer grell in der Dunkelheit aufleuchteten.

Los! Mit großen Schritten bahnte sich der Sammler einen Weg durch das Dickicht. Zweige schlugen nach ihm und er wischte sie grimmig beiseite. Dann trat er unvermittelt hinter einem großen Rhododendron hervor und erreichte den Bürgersteig der nächsten Hauptstraße. Geistesgegenwärtig nahm er die Umgebung wahr. Auf der anderen Straßenseite entdeckte er einen Mann, der aber in die entgegengesetzte Richtung ging und ihn nicht bemerkt haben konnte.

Der Sammler begann seinen langen Rückweg. Die Beine kamen ihm schwach und nutzlos vor. Immer wieder musste er sich kurz an Hauswänden und Laternen anlehnen und tief einatmen, um die schwarzen Punkte zu vertreiben, die vor seinen Augen tanzten. Übelkeit stieg wie bittere Galle in ihm auf und ihr Geschmack vermischte sich mit der metallischen Note des Blutes, die ihm noch immer penetrant auf der Zunge lag. Doch der graue Mann zwang sich weiterzugehen. *Ich darf hier nicht zusammenbrechen oder sie werden mich finden.* Der Gedanke daran, man könnte ihn ergreifen, setzte neue Kraftreserven in ihm frei. In der Ferne erspähte er bereits die ersten Gebäude des schäbigen Stadtteils, in dem seine Wohnung gelegen war. *Es sind doch nur noch einige hundert Meter,* spornte er sich selbst im Geiste an, als seine Schritte immer kürzer wurden und er wie ein Betrunkener von der einen zur anderen Seite des Bürgersteigs torkelte. Dabei rempelte er einmal fast einen Passanten an, der ihm Hilfe anbot. Der Sammler zischte eine brüske Antwort und eilte sich dann umso mehr.

Völlig außer Atem erreichte er schließlich das mehrstöckige Gebäude. Als er die Tür öffnen wollte, kam es ihm vor, als müsste er ein tonnenschweres Hindernis überwinden. Im Flur verließen ihn schließlich die Kräfte und er konnte sich nur mit etwas Glück auf den Beinen halten, indem er sich an der Wand abstützte. Er kniff die Augen zusammen. Fast glaubte er, sein Herz musste so laut schlagen, dass das rhythmische Pulsieren deutlich in dem leeren Hausflur widerhallte. *Wenigstens beweist es, dass ich ein Herz habe.*

Als wäre er aus einer Trance gerissen worden, stemmte sich der Sammler wieder hoch. Schritt für Schritt kämpfte er sich hin zum Aufzug und scheiterte wegen seiner zitternden Hand beinahe daran, den Schalter zu betätigen. Erst beim dritten Versuch gelang es ihm. Die Türen glitten zur Seite und erleichtert stolperte der Sammler hinein. »Noch einmal«, sagte er sich und stieß ein zufriedenes Brummen aus, als er die Taste für den zehnten Stock erwischt hatte. Dann wurde ihm schwarz vor Augen.

Der Sammler taumelt nach hinten. Um ein Haar reißt er den kleinen Nachttisch mit sich, der am Kopfende von Herrn Dobrindts Bett steht. Doch er kann gerade noch so viel Körperbeherrschung aufbringen, um das Gleichgewicht wiederzuerlangen.

Es dauert einen Moment, bis er begreift, was geschehen ist, denn so etwas ist noch nie zuvor eingetreten. Irritiert sieht er hinab auf Herrn Dobrindt, der sich immer mehr windet. Der Sammler weiß, dass er jede Sekunde erwachen wird.

Dann geschieht wieder etwas, das bis zu diesem Tage undenkbar gewesen ist. Dem Sammler fehlen die Worte, um zu beschreiben, was in ihm vorgeht. Er spürt lediglich, dass sein Puls rast und der Schweiß in Strömen aus seinen Poren hervortritt. Als hätte er keine Kontrolle mehr über seine Handlungen, eilt er von einer ihm unbekannten

Empfindung beseelt hin zum Fenster, durch das er dieses Mal eingestiegen ist, um nicht noch einmal an der Empfangsdame vorbeizumüssen. Es hat ihm keine Mühe bereitet, das schlichte Schloss mit einem Schraubendreher auszuhebeln, da er sich im Laufe der Jahre viele nützliche Talente angeeignet hat.

Gerade als er durch die Öffnung klettern will, nimmt er den Schmerz wahr und beschließt, diesen erst einmal zu ignorieren – oder vielmehr trifft jene eigenartige neue Empfindung für ihn diese Entscheidung. Sie scheint nun alles in ihm einzunehmen und jede rationale Überlegung in den Hintergrund zu drängen.

Unbeholfen steigt er hinaus und kann sich trotz dieser fremden Macht, die ihn noch immer zur Eile antreibt, wenigstens noch zwingen, das Fenster zu verschließen. Sicherlich, sein gewaltsames Eindringen hat genügend Spuren an dem Rahmen hinterlassen, aber vielleicht kann er seinen nächtlichen Besuch auf diese Weise wenigstens noch für kurze Zeit verheimlichen?

Dann presst er sich an die Hauswand. Seine Schritte sind unsicher. Von der kalten Ruhe, dieser stoischen Gelassenheit, die ihn sonst immer erfüllt hat, ist nichts geblieben. Ein Windstoß lässt seinen Hut zittern und schnell muss er ihn festhalten, damit er nicht davonfliegt. Der Sammler gerät ins Straucheln und beinahe wäre ihm ein Schrei entwichen. Doch er kann sich beherrschen. Zwei große Schritte später, bei denen er sicher war, er würde in den Tod stürzen, erreicht er endlich das Geländer der Feuerleiter. Seine Hand schnellt vor und die Finger krallen sich an der kalten Metallstange fest.

Der Sammler riss die Augen auf. Was war geschehen? Nackter Putz erschien in seinem Sichtfeld. Er kniff die Augen zusammen, so als könnte er damit die Realität wegblinzeln. Doch sie tat ihm diesen Gefallen nicht. Er musste die

Wahrheit akzeptieren – er lag in seinem Bett und hatte es nicht einmal mehr geschafft, den Mantel auszuziehen. Lediglich seinen Hut hatte er im Flur, in dem außerdem noch Licht brannte, einfach achtlos auf den Boden geworfen.

Wie bin ich hier hingekommen? Der Sammler versuchte sich zu erinnern, doch es gelang ihm nicht. Alles, was nach dem Moment passiert war, als er den Aufzug betreten hatte, schien wie ausgelöscht. »Wie kann das sein?«, sprach er zu der Decke. Der trockene Hals brannte bei den Worten und er musste husten. Die rhythmische Bewegung entfachte den flammenden Schmerz in seiner Schulter auf ein Neues. Er verlagerte sein Gewicht und hörte ein Schmatzen, als er den Rücken leicht anhob. Es bestätigte seine Befürchtung. Noch immer sickerte Blut aus der Wunde.

Sterbe ich? Sein Volk kannte die Zeit nicht wie die Menschen oder andere Lebewesen. Sie starben nicht durch derart profane Dinge wie Alter, Krankheit oder Gewalt. Doch manchmal, da folgte für die Sammler auf einen traumlosen Schlaf kein Erwachen mehr. Es widerfuhr vor allem jenen, die nicht genügend hochwertige Speisen fanden, um ihren Hunger zu stillen. Doch der Sammler hatte weder gefürchtet, das Schicksal seiner armen Brüder zu teilen, noch einen gewöhnlichen Tod wie ein Mensch zu finden. Diese Situation traf ihn vollkommen unerwartet.

Wieder verkrampfte sich sein Herz, dieser verfluchte Muskel, der vorher noch nie so viel Wirbel um seine Existenz gemacht hatte. Und erneut erfüllte den Sammler eine unerklärliche Unruhe. Die Würfel waren gefallen. Er konnte die Vorkommnisse der vergangenen Stunden nicht ändern. Warum sollte er also so viel Energie auf seine jetzige Lage verschwenden, obwohl er sich doch besser schonen sollte? Ein Teil seiner selbst kannte die Antwort. Er fühlte sich ohne jeden Zweifel an so viele Träume von tausenden von Menschen erinnert. Konnte es etwa sein, dass er wirklich selbst Angst spürte und sie nicht wie sonst von einer fremden Traumerinnerung stammte?

Aber das war unmöglich! Sammler fühlten nichts, das war schließlich der Grund, warum sie sich an den Träumen der Menschen laben mussten. Doch eigentlich hätte es auch unmöglich sein sollen, dass Walter Dobrindt den grauen Mann im Traum verletzen konnte.

Wie bitter es ist, dieses Wunder von eigenen Gefühlen vielleicht erst im Sterbebett zu erleben! Derweil dem Sammler dieser Gedanke noch im Kopf herumgeisterte, formten seine Lippen ein schwaches Lächeln. Dann musste er erneut husten und während der Hustenkrampf ihn noch schüttelte, schloss er die Augen und glitt hinüber in einen traumlosen Dämmerzustand. Im Halbschlaf erblickte der Sammler wieder die Bilder der Kriegerin. Er sah, wie sie geradezu spielerisch durch die dicken Mauern brach. Er sah, wie sie ihr Schwert in die Höhe reckte und ihm furchtlos gegenübertrat. Er sah, wie sich sein eigenes Spiegelbild als Untier in der schimmernden Rüstung brach. Und er spürte, wie der Stahl sich tief in seine Schulter fraß.

Mit einem erstickten Schrei auf den Lippen riss der Sammler die Augen auf. Helles Licht erfüllte den Raum. Es war inzwischen Tag. *Wie viele Stunden habe ich nur geruht?* Ungläubig schaute er hinüber zum Fenster und konnte anhand des Sonnenstands abschätzen, dass es bereits weit nach Mittag sein musste. Er atmete tief ein und rechnete damit, dass ihn eine neue Schmerzwelle erfassen würde, doch das grässliche Gefühl blieb aus. Vorsichtig richtete er den Oberkörper auf. Seine Schulter quittierte es mit einem Brennen, das aber nicht einmal im Ansatz so unerträglich wie noch vor wenigen Stunden war. *Mir fehlen für derlei Dinge wohl einfach die Erfahrungswerte,* dachte er und erhob sich.

Auf seinem Laken bildete ein geronnener Blutfleck ein ovales Muster. Er schenkte dem Anblick keine weitere Beachtung und schritt immer noch unsicher hin zum Essbereich. Sein Mund war furchtbar trocken. Mit zitternden Händen nahm er sich ein Glas und füllte es mit Leitungswasser. Gierig trank er es leer und befüllte sich noch drei weitere, bis sein Durst endlich gestillt war. Auch die Sammler benötigten bestimmte Substanzen, um existieren zu können, auch wenn ihre Nahrung, die Erinnerungen der Menschen, letztlich immateriell war.

Nun fühlte sich der graue Mann etwas besser und setzte sich mit einem langgezogenen Seufzen an den kargen Tisch. Dabei stützte er das Gesicht auf seine Hände.

Einige Minuten gönnte sich der Sammler den Luxus, an nichts zu denken. Doch er durfte die Ereignisse nicht zu lange verdrängen und musste die Lage analysieren. Er fühlte sich keinesfalls in der körperlichen Verfassung, bereits heute Nacht zurückzukehren, um sein Werk zu vollenden. Zudem war sich der Sammler nicht einmal sicher, ob er überhaupt dazu fähig war, sich gegen diesen starken Willen zu behaupten. Vielleicht würde er sich dieses Mal nicht retten können und wirklich im Traum den Tod finden? Er lachte verächtlich, doch die Befürchtung war nach allem, was erst vor wenigen Stunden geschehen war, keinesfalls aus der Luft gegriffen.

Immer wieder kehrten seine Gedanken zurück zu seiner Angreiferin. Als hätte sie ihn bis in die wirkliche Welt verfolgt, setzte sie dem Sammler auch hier noch arg zu. Er konnte kaum einen vernünftigen Gedanken fassen. Ohne zu wissen, was er vorhatte, stand er eilig auf und ging hinüber zum Arbeitszimmer.

In der Ecke stand sein neuestes Werk, das Walter Dobrindts Erinnerung an das kleine Bergdorf illustrierte. Auf der Staffelei ruhte schon eine neue Leinwand und wartete nur darauf, dass Farbe sie zu einem Kunstwerk machte. Mit den gleichen routinierten Handgriffen, die er nun seit Jahren perfektioniert hatte, mischte der Sammler die Farben an, die er seiner Meinung nach benötigen würde. Dann schloss er die Augen und konzentrierte sich. Er sah jedes noch so kleine Detail wieder vor sich. Ja, selbst die feinen Verzierungen auf den Schulterplatten waren seinem kritischen Auge nicht entgangen. In sanften Schwüngen glitt der Pinsel über die Leinwand, tauchte immer wieder in die Farbpalette ein und ließ die Traumszene mit jedem Strich mehr und mehr Gestalt annehmen.

Der Sammler machte keine Pause, um sich sein Werk anzusehen und eventuell Korrekturen vorzunehmen. Der Traum hatte sich viel zu stark in seine Erinnerung eingebrannt, als dass dies nötig gewesen wäre. War es ihm zu Beginn schwergefallen, die Hand ruhig zu halten und aufrecht zu stehen, so schien die Erschöpfung nun immer mehr aus seinen Gliedern zu weichen. Er arbeitete zunehmend zügiger, aber dabei auch mit äußerster Präzision.

Dann war das Werk vollendet und der Sammler öffnete zaghaft die Augen. »Als müsste ich diesem Widersacher noch einmal entgegentreten«, flüsterte er und sein Blick folgte den schwungvollen Umrissen der Kriegerin. Diese nahm fast die gesamte rechte Seite des Bildes ein, links ragte hingegen dunkel eine gewaltige Bestie auf. Sie machte einen unbezwingbaren Eindruck mit ihren langen Krallen und den scharfen Zähnen, die wie unzählige Dolche aus ihrer langen Schnauze herausragten.

»Wir wissen, wie dieser scheinbar ungleiche Kampf geendet hat.« Der Sammler schüttelte den Kopf und richtete seine Aufmerksamkeit wieder auf die gepanzerte Gestalt. »Für diese Konfrontation werde ich Hilfe brauchen.«

Teil 3

Kronos

10. Ein Spaziergang

Die Sonne kitzelte ihre Nase, doch das war keinesfalls unangenehm. Mit einem lauten Gähnen wurde Alexandra wach und streckte sich erst einmal ausgiebig. Es dauerte einen Moment, bis sie sich orientiert hatte. Der Schlaf schien viel zu tief gewesen zu sein, als dass sie nun hätte schnell aufwachen können. *Wieso ist es nur so hell?* Ihr schlaftrunkener Verstand brauchte noch ein wenig mehr Zeit, um sich daran zu erinnern, dass sie nach der gestrigen Nachtschicht und dem vorangegangenen Schlafmangel wie ein Stein ins Bett gefallen war und direkt geschlafen hatte. Scheinbar hatte sie es nach ihrem Dienst nicht mehr für nötig gehalten, das Rollo herunterzulassen. Außerdem hatte sie wieder einmal vergessen, den Kasack auszuziehen. *Ich sollte das nicht zur Gewohnheit werden lassen.*

Die junge Frau streckte sich noch einmal und stellte erleichtert fest, dass ihr Nacken nicht mehr schmerzte. Überhaupt fühlte sie sich wesentlich besser. *Welche Wirkung unsere Stimmung doch auf unser körperliches Wohlergehen ausüben kann,* dachte Alexandra und ihre Gedanken kehrten zu Walter zurück.

Sie hatte mehrmals in der Nacht nach ihm gesehen, ganz so, wie sie es ihm versprochen hatte. Doch die Sorge, dass er erneut Albträume haben könnte, hatte sich als unbegründet erwiesen. In dieser Nacht war es zum Glück scheinbar zu keinem Zwischenfall gekommen. Auch Jörg war später bei weitem nicht mehr so wortkarg und abweisend gewesen wie zuvor. *Vielleicht war es tatsächlich nur ein böser Traum und nun wird alles wieder gut?*

Schließlich ließ Alexandra die Gedanken ruhen und erhob sich. Auch bei diesem Vorgang merkte sie, dass sich ihr Körper eindeutig von den Strapazen der vergangenen Nächte erholt hatte. Schnell schlüpfte sie in ein paar bequeme Sachen und beschloss, nach einem Kaffee erst einmal duschen zu gehen. Danach wollte sie wieder etwas früher zum Heim fahren, um dort nach Walter zu sehen. *Schade, dass ich das nicht als Überstunden ausgezahlt bekomme,* dachte sie und stellte dabei erleichtert fest, dass ihr Sinn für Humor wohl doch noch nicht vollkommen abgestorben war.

Bereits im Flur nahm Alexandra den Duft von Kaffee wahr. Wenig überrascht fand die junge Frau ihre Mitbewohnerin am Esstisch vor: in der einen Hand ein Buch, in der anderen ein dampfender Becher. Jacky schien so vertieft in die Lektüre, dass sie den Neuankömmling zunächst gar nicht bemerkte.

»Guten Morgen«, sagte Alexandra mit freundlichem Ton und trat auf den Tisch zu. Der rote Haarschopf wirbelte wild umher, als Jacky ganz offensichtlich zusammenzuckte und ihr dabei ein schriller Ton über die Lippen kam.

»Es tut mir leid, ich wollte dich nicht erschrecken.«

Jacky atmete einmal tief durch. Dann warf sie Alexandra, die gerade Platz genommen hatte und sich in eine Tasse Kaffee eingoss, einen tadelnden Blick zu. »Du weißt schon, dass es ungesund enden kann, sich an Leute heranzuschleichen!«

Sie machte ein übertrieben zorniges Gesicht. Den Ausdruck konnte sie allerdings nicht lange beibehalten, bevor er in ein breites Lächeln überging. »Du kannst ja nichts dafür. Ich war sehr tief in meinen Gedanken versunken. Ich habe gestern noch die halbe Nacht in meinem neuen Buch gelesen und muss jetzt noch dringend etwas für meine Klausur in Sozialstrukturanalyse tun. Ich fürchte aber langsam, dass es dafür sowieso schon zu spät sein könnte.«

»Bleibt denn trotzdem noch etwas Zeit, um mit mir einen Kaffee zu trinken oder musst du schon vorher die Vorzeigestudentin spielen?«

»Wenn ich so lieb um einen Kaffee gebeten werde, kann ich wohl kaum nein sagen.«

Alexandra nahm einen großen Schluck des heißen Getränks. Wie immer hatte Jacky, die ein absoluter Nachtmensch war, den Kaffee besonders stark gekocht. Einen Moment überlegte sie, ob sie zum Kühlschrank gehen und nachsehen sollte, ob noch etwas Sojamilch da war, aber verwarf den Gedanken. Eigentlich wusste sie, dass die gemeinsamen Vorräte wohl eher überschaubar sein dürften. Sie selbst war das letzte Mal vor einigen Tagen einkaufen gegangen – und solange es Kaffee gab und man Lieferdienste anrufen konnte, trieb es in der Regel auch Jacky nicht in den nächsten Laden.

»Dann ist dieses neue Buch also gut? Vielleicht sollte ich es auch mal lesen?«, sagte Alexandra und nahm tapfer einen weiteren Schluck der als Kaffee getarnten Batteriesäure.

Lange hatte die Pflegeschülerin, die vor vielen Jahren Buch um Buch verschlungen hatte, nicht mehr gelesen. Begonnen hatte es im Studium, als es nicht mehr darum ging, in fremde Welten einzutauchen, sondern diese minuziös zu sezieren. Dies war zwar inzwischen Vergangenheit, aber in der Ausbildung hatte sie nach den Diensten nie so recht die Motivation gefunden, um überhaupt noch irgendetwas zu machen.

Auf Jackys Gesicht erschien ein freudloses Lächeln. »Besser nicht. Ich finde es eigentlich furchtbar. Es ist wie bei einem schrecklichen Horrorfilm, der einen zwar anwidert, bei dem man aber das Ende kennen muss. Man hofft einfach, dass man die Geschichte dann besser abhaken kann.«

»Das klingt ja alles sehr dramatisch.«

»Du hast ja nicht die geringste Ahnung«, sagte Jacky mit leiser Stimme. »Aber lass uns lieber etwas über dich sprechen. Du siehst viel besser aus. Das freut mich.«

»Die vorherige Nacht im Heim war schlimm. Gestern war dann aber wieder so weit alles in Ordnung. Ich habe ja beinahe die naive Hoffnung, meine restliche Zeit dort ohne weitere Zwischenfälle hinter mich zu bringen. Ich bin trotzdem froh, wenn ich einfach wieder auf Station bin.«

Jacky gab einen undefinierbaren Laut von sich. »Über was man nicht so alles froh sein kann …« Dann stand die rothaarige Frau auf und klemmte sich ihr Fachbuch unter den Arm. »Ich fürchte, allein mit diesem Buch komme ich nicht weiter. Ich habe mir aber ein paar Literaturhinweise notiert und werde nun einfach auf gut Glück in die Bib fahren. Vielleicht haben sie die Bücher ja als Präsenzexemplare vor Ort. Und wenn nicht, dann lerne ich da eben mit meinen bescheidenen Möglichkeiten weiter.« Sie sah zum Fenster und machte ein wehmütiges Gesicht. »Wenn ich mir den Sonnenschein so ansehe, komme ich andernfalls nur noch auf dumme Gedanken und verschwinde mit dir in der Stadt.«

Kaum hatte Jacky den Entschluss gefasst, hatte sie sich auch schon ihren Mantel übergezogen und trat nach einer schnellen Verabschiedung aus der Wohnung. Alexandra ließ sich von der Hektik nicht anstecken, sondern nahm noch einen Schluck vom Kaffee und verzog angewidert das Gesicht. *Sollte Jacky jemals Magengeschwüre bekommen, liegt es sicherlich nicht an ihrem Stress,* dachte sie und schaute die Tasse feindselig an. Dann kippte sie die restliche Flüssigkeit in die Spüle und setzte einen milderen Kaffee auf.

Drei Tassen und eine erholsame Dusche später, stellte Alexandra wieder einmal fest, welch rätselhaftes Konstrukt die Zeit doch war. Wollte sie wirklich noch vor ihrer Schicht zu Walter, dann musste sie sich inzwischen sogar beeilen. Als sie einen Blick hinauswarf, sah sie, dass die Sonne immer noch schien. Nur mit einer dünneren Jacke gerüstet machte sich die zierliche Frau schließlich auf den Weg.

Am Heim angekommen bestätigte sich Alexandras Vermutung: Der wunderschöne Dezembertag hatte scheinbar zahlreiche Angehörige dazu bewogen, der Einrichtung und damit auch ihrer lieben Verwandtschaft einen Besuch abzustatten.

Da die Parkmöglichkeiten in den umliegenden Seitenstraßen rar waren, spielten sich dramatische Szenen ab. Allein in den wenigen Minuten, die es dauerte, bis Alexandra die Peripherie des Altenheims durchquert hatte, wurde sie beinahe Zeuge zweier Unfälle.

Aus dem prächtigen Eingangstor kam ihr eine Familie entgegen, die sich lautstark unterhielt. Sie erkannte die Bewohnerin Frau Langenberg, der sie zur Begrüßung zuwinkte. Die alte Frau sah sie fragend an und reagierte nicht. Stattdessen ging sie im Schlepptau ihrer Verwandtschaft weiter. *Du bist hier nur auf der Durchreise, mach dir nichts draus,* dachte Alexandra und hoffte, dass wenigstens Walter sie wiedererkennen würde. Sie seufzte, als sie das Heim betrat.

Zielstrebig eilte sie am Empfang entlang, der verwaist dalag. *Bin gleich zurück. In dringenden Fällen läuten,* erklärte ein kleines Schild, das neben einer altmodischen Rezeptionsklingel stand. Alexandra störte es nicht weiter, dass Marianne ihren Posten verlassen hatte, um an erster Front neue Informationen zu sammeln und diese als Gerüchte unter den Kollegen zu streuen. Mit großen Schritten, die gleich für zwei Stufen auf einmal reichten, stieg Alexandra die Treppe empor und hielt sich dann links, damit sie hinüber zu den Bewohnerzimmern gelangte.

Unterwegs traf sie auf zwei Kolleginnen, die Alexandra zwar den Gesichtern nach kannte, die sie aber nicht mit Namen hätte begrüßen können. Beide schienen so in ihre Arbeit vertieft zu sein, dass sie die Pflegeschülerin gar nicht beachteten.

Vielleicht erkennen sie mich in meiner Zivilkleidung auch einfach nicht? Der Gedanke störte Alexandra keinesfalls. Insgeheim genoss sie es sogar, anonym über das Gelände gehen zu können.

Sie hatte den Flur zu Walters Zimmer schon halb durchquert, als sie eine spöttische Stimme hörte. »Hast du etwa Sehnsucht?«

Alexandra drehte sich abrupt um und sah Klaus, der sich ein paar Latexhandschuhe auszog und diese beiläufig in den nahestehenden Mülleimer warf. »Hast du nichts Besseres zu tun, als hier schon am Nachmittag rumzulungern?« Der stämmige Mann verschränkte die Arme vor der Brust und schob das Kinn vor.

Es dauerte einen Moment, bis Alexandra sich gesammelt hatte. »Gegenfrage: Was geht dich das an?«

Klaus hob beschwichtigend die Hände, wobei sein abschätziger Blick keinesfalls zu dieser Geste passen wollte. »Nur ruhig, Brauner, ich habe doch nur einen kleinen Spaß gemacht.« Er lehnte sich, scheinbar um Lässigkeit bemüht, an die Wand und sah Alexandra mit schiefgelegtem Kopf an. »Um ehrlich zu sein, habe ich mich ein wenig gefreut, dich zu sehen. Die liebe Verwandtschaft raubt mir heute echt den letzten Nerv. Alle zwei Sekunden soll ich irgendwo hinkommen und das am besten gleichzeitig. Und worum geht es dann bei all diesen sogenannten Notfällen? Einer der alten Säcke weiß nicht mehr, wo er die Fernsehzeitung hingelegt hat und ich soll beim Suchen helfen. Aber jetzt bist du ja hier. Ich würde sagen, schnapp dir deine Sachen und dann kann es auch gleich losgehen!«

Alexandra schaute Klaus so verdutzt an, als hätte dieser auf Altgriechisch eine Abhandlung über Algebra wiedergegeben. Dann lachte sie herzhaft und das Gesicht ihres Gegenübers verfinsterte sich. Klaus sah den Flur entlang zu Walters Zimmer und dann wieder zu Alexandra.

»Verstehe«, knurrte er und beugte sich im Gehen näher an Alexandra heran: »Aber falls du hoffst, reich einzuheiraten und darauf spekulierst, dass der Alte bald den Löffel abgibt, muss ich dich enttäuschen. Seine Tochter ist wohlhabend, der alte Knacker hat alles verprasst.« Klaus lachte gehässig und verließ die Szene genauso plötzlich, wie er sie betreten hatte.

Alexandra überlegte, ob sie ihm etwas nachrufen sollte. Der selbstgefällige Gang, mit dem der Kerl sich aufreizend langsam entfernte und die Unverschämtheiten, die er gesagt hatte, ließen ihren Wangen vor Wut brennen. Sie holte Luft, um etwas zu erwidern, aber Klaus war schon im nächsten Zimmer verschwunden.

Langsam senkte sich Alexandras Brustkorb und die angestaute Energie verpuffte. *Es lohnt sich nicht,* ermahnte sie sich in Gedanken und setzte ihren Weg fort. Immer noch aufgewühlt erreichte Alexandra schließlich ihr Ziel und klopfte ungeduldig an die Tür von Zimmer 03. Die Neugier darauf, was Walter erzählen würde, war viel zu stark. Am liebsten wäre sie einfach hineingestürmt. Es dauerte nur einen Atemzug, da hörte sie bereits, wie er sie – und seine Stimme klang äußerst fröhlich – zum Eintreten aufforderte. Rasch kam sie der Bitte nach. Der Raum war lichtdurchflutet. Es dauerte einen Moment, bis sie Walter entdeckt hatte. Dieser saß aufrecht im Bett und las eine Zeitung. Seine Augen fixierten Alexandra über die Ränder der dicken Lesebrille.

»Wie schön es ist, dich zu sehen«, sagte der ältere Herr überschwänglich. »Aber was treibt dich denn so früh hierhin? Ist etwa schon Schichtwechsel?«

»Nein.« Alexandra machte eine Pause und musste grinsen. »Um ehrlich zu sein, wollte ich nach dir sehen. Ich habe die ganze Nacht ein Auge auf dich gehabt. Du hast friedlich geschlafen und im Heim ist auch nichts Ungewöhnliches vor sich gegangen. Ich hoffe, du hast so gut geträumt, wie es nach außen den Anschein gemacht hat?«

Walters Grinsen wurde noch breiter. Dann warf er einen Blick hinaus in Richtung Park. »Wie gut, dass du danach fragst, denn dazu möchte ich dir etwas Erstaunliches erzählen. Bei so einem Wetter sollten wir darüber vielleicht sogar unter freiem Himmel reden. Würdest du einen alten Mann auf einen kleinen Spaziergang begleiten?«

»Aber natürlich«, entgegnete Alexandra und half Walter dabei, in seine halboffenen Schuhe zu schlüpfen. Gewappnet mit seiner Gehhilfe stand er auf und beide traten aus dem Zimmer. Auf dem Flur begegneten ihnen einige der anderen Bewohner und deren Angehörige. Viele von ihnen hatte Alexandra, die ja bisher nur die Nachtschicht übernommen hatte, noch nie gesehen.

»Herr Dobrindt, Sie haben aber eine schöne Enkelin. Wieso haben Sie denn nie von ihr erzählt?«, fragte eine Frau, die etwa um die 40 sein musste. Sie spazierte gerade mit ihrer Mutter, die ebenfalls in der Einrichtung wohnte, den Gang entlang. Walter lachte. »Leider ist sie nicht meine Enkelin. Es würde mich aber sehr freuen, wenn es so wäre.«

Er scheint wirklich sehr gute Laune zu haben, dachte Alexandra, die nur höflich lächelte und der fremden Dame samt ihrer Mutter noch einen schönen Tag wünschte. Sie war beinahe ein wenig froh darüber, als sie und Walter den Aufzug erreicht hatten. Diese rege Betriebsamkeit auf den Gängen hatte sie nicht erwartet und gemeinsam mit Walter schien es um ihre Anonymität geschehen zu sein.

Im Erdgeschoss angelangt war der Weg hinaus in den Park nicht mehr weit. Dort tummelten sich die Bewohner mit ihren Liebsten. Manche saßen gesellig in kleinen Gruppen auf den Bänken und spielten Karten, andere drehten gemeinsam mit ihren Söhnen und Töchtern, ihren Enkeln und Enkelinnen eine kleine Runde durch die Grünanlage.

Alexandra entging nicht, dass Walter den anderen Bewohnern zwar höflich zunickte, er aber mit keinem einen Plausch hielt. Doch diese förmliche Distanz schien auf Gegenseitigkeit zu beruhen. Manchmal wurde sein freundlicher

Gruß scheinbar nur aus reiner Höflichkeit erwidert. Einmal ignorierte man Walter sogar und tat so, als hätte man ihn nicht bemerkt. Das schien seiner Freude aber keinen Abbruch zu tun. Noch immer lag ein leichtes Lächeln auf seinen Lippen.

»Ich merke, dass ich den Winter zu wenig gegangen bin. Wer rastet, der rostet, so sagt man ja«, sprach Walter und schnaubte dabei. Dann blieb er stehen und wies mit seiner Gehhilfe auf eine Bank, die einige Meter entfernt unter einem Baum stand. Die Sonne fiel jedoch in einem günstigen Winkel ein, sodass die Sitzgelegenheit immer noch in das Abendlicht gehüllt war.

»Alexandra, ein weiser Mensch scheint in der Voraussicht, dass wir unseren kleinen Spaziergang unternehmen, diese Bank genau an diesen schönen Fleck gestellt zu haben. Wir sollten das Angebot nicht ausschlagen.« Er zwinkerte ihr zu und ging schwer atmend weiter.

Als sie sich gesetzt hatten, schwiegen beide einen Moment. Es war einer jener stillen Momente, der jedoch keinesfalls unangenehm war. Vielmehr ließen Alexandra und Walter im gegenseitigen Einverständnis die Augen umherschweifen, um den Park und die anderen Menschen genauer zu betrachten.

»Früher habe ich es immer genossen, an den Wochenenden mit meiner Anna ins Café zu gehen und stundenlang die Passanten zu beobachten. Das gefiel mir. Ich war immer etwas schweigsamer und verschlossen.«

Er lachte leise.

»Manchmal habe ich mir bei der ein oder anderen Gestalt sogar Notizen gemacht. Ich hatte immer diese Spinnerei im

Kopf, einmal ein Buch zu schreiben. Jedes Mal, wenn ich jemanden sah, den ich interessant gefunden habe, musste ich es mir deswegen aufschreiben.«

»Warum glaubst du, dass es eine Spinnerei war?« Alexandra legte den Kopf schief und sah Walter aufmunternd an. »Ich finde, es war ein schöner Wunsch. Es ist schade, dass du ihn nicht verwirklicht hast.«

»Ich war immer ein Mann der Zahlen, der logische Entscheidungen traf und sein kleines Werkzeuggeschäft vorantrieb. Ich denke, mir wäre es nicht gelungen, zu schreiben.«

Wieder schwiegen beide. Dieses Mal schwang in der Stille Bitterkeit mit. Alexandra wollte das Gespräch in eine andere Richtung lenken. »Du hast gesagt, du wolltest mir etwas Erstaunliches erzählen!« Sie rückte etwas näher an Walter heran und faltete die Hände im Schoß, so als wollte sie damit sagen, dass sie nun bereit wäre, dieser Geschichte zu folgen.

Walter zögerte einen kurzen Moment und sah nachdenklich aus. *Das sind die wenigen Augenblicke, in denen ich bisher den Eindruck bekommen habe, dass er zur Vergesslichkeit neigt. Im Vergleich zu den meisten anderen Bewohnern wirkt er aber noch vollkommen klar und gut bei Verstand,* dachte Alexandra. Zudem war der ältere Herr in ihren Augen zwar gebrechlich, aber noch keinesfalls ein Tattergreis, sodass sie sich bereits mehrfach gewundert hatte, warum Walter überhaupt in die Einrichtung gegangen war. Er schien eigentlich noch ganz gut zurechtzukommen.

»Ach, ja …«, sagte Walter und zog die Worte in die Länge. Vermutlich überlegte er immer noch, um was es bei dieser erstaunlichen Geschichte genau ging. Dann verengten sich seine Pupillen. »Ich glaube, ich habe heute Nacht von einer

Walküre geträumt. Sie stand mir als Beschützer zur Seite, als ich tatsächlich einen Albtraum hatte. Es kam sogar die Gestalt aus der vorherigen Nacht darin vor.«

Für einen kurzen Moment verfinsterte sich Walters Miene bei der Erinnerung an diese Ereignisse. Doch die düsteren Gedanken schienen ihn nicht lange zu quälen. Schon machte sich auf seinem Gesicht wieder dieses herzliche Lächeln breit. Alexandra, die darüber erleichtert war, wollte etwas sagen, aber kam nicht dazu. Walter schien nun den roten Faden gefunden zu haben. Die Worte sprudelten plötzlich nur so aus ihm hervor.

»Ich habe von einem Weihnachtsessen bei meinen Eltern geträumt. Es war ein einsames Fest. Meine Anna war damals gerade seit einigen Wochen verstorben und meine Tochter befand sich wegen dringender Geschäfte in der Schweiz. Deswegen hatte mich meine Mutter überredet, Heiligabend bei ihr und meinem Vater zu verbringen, obwohl ich damals bereits kein gutes Verhältnis mehr zu meinen Eltern hatte. Doch ich schweife ab.«

Er holte kurz Luft und hob beide Hände nach oben.

»Plötzlich wurde es im Zimmer kalt und ich bin einfach ins Nichts gefallen und fand mich dann in einem leeren Raum wieder. Dort lauerte dieser bleiche, dürre Kerl auf mich. Doch dann brach plötzlich eine Walküre in schimmernder Rüstung durch die Wand. Aus diesem bleichen Mann wurde daraufhin ein Monster. Ich weiß, wie das klingt. Aber ich habe es genauso geträumt. Mutig stellte sich die Walküre der Bestie entgegen und hat diese nach einem harten Kampf schließlich besiegt. Davon bin ich zwar schweißgebadet erwacht, aber danach konnte ich endlich in Ruhe weiterschlafen. Heute Morgen fühlte ich mich wunderbar erholt.« Walter machte eine Pause. Dann nickte er und sah Alexandra dabei fest in die Augen. »Vielen Dank für deinen wunderbaren Rat! Nur tu mir bitte einen Gefallen und sag Jörg und vor allem diesem Klaus nichts von unserem Gespräch. Ich möchte auf keinen Fall, dass sie hiervon erfahren. Ich will ihnen nicht diese Genugtuung gönnen. Sie sollen nicht wissen, dass auch ich inzwischen einsehe, dass alles vermutlich nur ein böser Traum war. Ich würde mich schrecklich dafür schämen.«

Die junge Frau war sprachlos. Fasziniert hatte sie der Geschichte gelauscht und eine Gänsehaut bekommen, als Walter an dem Teil angelangt war, bei dem die Kriegerin die Bestie zur Strecke gebracht hat. Es dauerte einen Moment, bis sie alle Informationen verarbeitet hatte.

»Du musst mir nicht danken«, sagte sie schließlich. »Ich bin einfach froh, dass mein Ratschlag so gut geholfen hat.«

»Woher weißt du eigentlich so viel? Ich hatte bis gestern ein vollkommen falsches Bild von Walküren.«

Alexandra zuckte mit den Schultern. »Gut, du hast mich ertappt. Ich bin eben ein kleiner Nerd.«

Walter zog die Augenbraue hoch. »Ein was?«

Die junge Frau musste grinsen. »So nennt man jemanden, der sehr viele unnütze Dinge weiß. Glaub mir, ich könnte dir stundenlang von alten Königen und Fabelwesen erzählen, von denen du sicher noch nie etwas gehört hast.«

»So unnütz war dein Wissen über Walküren aber für meinen Traum nicht.«

»Nun, wenn es mal einen Nachmittag regnet, kann ich dir gerne noch mehr derartige Geschichten erzählen. Jetzt sollten wir aber wieder hineingehen. Es wird frisch.« Das Duo machte sich auf den Rückweg. Dabei stellte Alexandra fest, dass sie die letzten Parkbesucher waren, die der auffrischende Wind wieder hinein ins Innere des Heims trieb. Die Flure waren bereits in das kalte Licht der Neonlampen gehüllt und wie leergefegt.

»Manchmal finde ich diesen Bau einfach nur bedrückend«, sagte Walter und warf der jungen Frau einen vielsagenden Blick zu. Alexandra nickte und erwiderte leise: »Ich auch.«

Jeder ihrer Schritte hallte in den Fluren unangenehm nach und obwohl die Gänge gut ausgeleuchtet waren, hingen in den Ecken dichte Schatten. Alexandra kam es beinahe so vor, als würde sich der Schwermut, der nun in diesem kargen Bau hing, wie ein altes, muffiges Tuch über ihr Gemüt legen. *Wenn ich hier Tag für Tag und Nacht für Nacht allein wäre, nur davon unterbrochen, dass ab und an ein Pfleger mein Zimmer betritt, dann würden mich auch Albträume verfolgen.* Die Pflegeschülerin war erleichtert, als sie endlich mit Walter den Aufzug erreicht hatte und es ihr irgendwie gelang, diese trüben Gedanken hinter sich zu lassen.

Erst als der Lift mit einem Ruck zum Stehen kam und die Türen polternd beiseite glitten, entdeckten Alexandra und Walter wieder menschliches Leben: Frau Ludwig stand keine zehn Meter vom Aufzug entfernt und war in ein Gespräch mit einer etwa 60-jährigen Besucherin vertieft. Die Bewohnerin nickte Alexandra freundlich zu, dann setzte sie ihr Gespräch fort und schien für nichts anderes mehr Aufmerksamkeit zu besitzen. Walter ging wortlos an Frau Ludwig vorbei. Erst mit ein paar Metern Abstand drehte er sich zu seiner jungen Begleitung um und flüsterte. »Mir ist es sehr unangenehm, dass sie mitbekommen hat, wie ich mich wegen des schlechten Traums gefürchtet habe. Dass ich mich in meinem Alter noch mal genieren muss …« Er schüttelte den Kopf und hob die Hand, um eine abfällige Geste auszuführen.

»Wir haben alle unsere schwachen Momente. Ich glaube, wahre Größe besteht darin, diese Momente anzunehmen und nicht zu leugnen.«

»Sagt man das so unter Nerds?«

»Da ist jemand aber noch sehr schlagfertig heute Abend!« Alexandra musste grinsen. »Bei der nächsten Gelegenheit werde ich zu einem verbalen Racheakt ausholen.«

Stickige Luft erwartete das Duo, als es Walters Zimmer betrat. Der alte Mann rümpfte die Nase, während er sich der Pantoffeln entledigte und sich danach steif auf sein Bett setzte. »Ich weiß, dass diese paar Quadratmeter aller Voraussicht nach einmal mein Grab werden«, grummelte er verächtlich und machte dann eine Pause, in der er mit Alexandra Augenkontakt suchte. »Aber deswegen muss es nicht heute schon danach riechen. Wärst du so gut und könntest die Fenster ein wenig öffnen?«

Die junge Frau, die den gleichen Eindruck hatte, ging ohne Umschweife hinüber zu den Fenstern. In den Scheiben, die den Blick hinaus in den inzwischen stockfinsteren Park freigaben, sah sie das hellerleuchtete Zimmer, Walter und sich selbst als Spiegelung. *Ob uns wohl auch jemand von dort draußen sehen und uns womöglich sogar beobachten kann?* Der bedrohliche Gedanke ließ sie frösteln und eilig verbannte sie ihn in die Untiefen, aus denen er emporgekrochen war.

Als Alexandra das Fenster kippte, strömte sofort erquickende Frischluft ins Innere. Ihre Nackenhärchen stellten sich auf, als die kühle Luft sanft ihre Haut streifte. »Danke dir, meine Liebe«, sagte Walter aus ihrem Rückraum und sie konnte in der reflektierenden Scheibe sehen, wie er es sich im Bett gemütlich machte. Gerade als die Schülerin sich umdrehen und von Walter verabschieden wollte, entdeckte sie auf der Innenseite des Fensterrahmens Vertiefungen. Sie zögerte. *Da ist nichts. Geh zu deiner Schicht, nicht dass du noch zu spät kommst.* Es war die weinerliche Stimme, die Alexandra so verabscheute.

Unwillkürlich griff sie mit der Hand nach ihrem Pony und fuhr sich durch das widerspenstige, blonde Haar. Ihr Puls raste. Sie hörte, dass Walter mit ihr sprach, aber nahm es gar nicht richtig wahr. Mit einem Ruck beugte sie sich vor, um die Spur genauer in Augenschein zu nehmen. Der Rahmen wies dort eindeutig Kratzer auf, die zwar nicht tief, aber auch nicht zu übersehen waren. Entschlossen packte sie den Griff, drückte das Fenster zu und drehte die Vorrichtung um 90 Grad, sodass sie es vollständig öffnen konnte.

»Nein, das kann nicht sein«, flüsterte sie und beugte sich noch näher heran. Es waren keinesfalls nur leichte Kratzer, hier war der Rahmen durch die Hebelwirkung eines Werkzeugs deutlich deformiert. »Man muss nur genügend gegendrücken und schon geht die Scheibe auf und jemand …«

Weiter kam Alexandra nicht. Eine kalte Hand legte sich plötzlich auf ihre Schulter. Sie schrie auf und wirbelte herum. Walter starrte sie an, seine Augen waren vor Schreck weit aufgerissen. »Was geht hier nur vor?« Die sonst so tiefe und melodische Stimme des Mannes klang schrill.

»Ich weiß es nicht«, erwiderte Alexandra und schüttelte ratlos den Kopf. »Ich muss sofort Jörg holen.« Ohne ein weiteres Wort zu sagen, stürzte sie zur Tür hinaus. Dort machte sie abrupt Halt und musste sich am Rahmen festhalten, um nicht zu stolpern. »Du musst mitkommen, wir wissen nicht, ob hier noch jemand ist.«

Walter nickt und folgte der Schülerin wortlos. Kaum hatten beide den Raum verlassen und die Tür war zugefallen, da rannte Alexandra auch schon hinüber zum Stationszimmer. Ihre Haare wehten wie eine stolze Fahne hinter ihr her. Anscheinend hatte Jörg die lauten Schritte und das Stimmenwirrwarr bereits vernommen. Verdutzt streckte er das hagere Gesicht durch die geöffnete Tür.

»Was ist denn hier los?« Die Frage klang mehr überrascht als sorgenvoll.

Bevor Alexandra, die etwa drei Meter vor Jörg zum Stehen kam, etwas sagen konnte, hörte sie bereits Walters triumphierende Stimme. »Wie es scheint, schuldet mir jemand eine Entschuldigung!«

Jörg sah kurz an seiner Kollegin vorbei, hin zu dem alten Mann, aber ignorierte dessen Einwurf. Stattdessen schaute er wieder fragend zu Alexandra. »Ich habe Spuren eines Einbruchs an Walters – an Herrn Dobrindts Fenster entdeckt.«

»Ist noch jemand im Raum?« Der Gesichtsausdruck des erfahrenen Pflegers wurde ernst.

Alexandra schüttelte zaghaft den Kopf. »Ich denke nicht.«

»Ich werde nachsehen. Diebe sind in aller Regel nicht darauf aus, dass man sie bemerkt, und suchen eher wieder das Weite. Schnapp du dir bitte das Telefon und komm mit etwas

Abstand hinterher, damit du zur Not die Polizei rufen kannst.«

»Sollte ich das nicht sowieso machen?«

»Alexandra, ich habe inzwischen so einige Einbrüche in Altenheimen erlebt. Es ist immer das gleiche Muster: Die Diebe spionieren das Opfer aus, lernen dessen Gewohnheiten kennen und schlagen zu, wenn niemand im Raum ist. Mehr als ein paar Spuren findet man nicht – und es fehlen natürlich einige Wertgegenstände.«

»Ich wäre ja auch für die Polizei«, sagte Walter und schob mit einem Brummen ein verächtliches »Jungchen« hinterher. Kurz stahl sich deutlich sichtbare Wut auf Jörgs Gesicht. Doch dieser schien seinen Ärger schnell runtergeschluckt zu haben und antwortete ruhig: »Wir werden auch noch die Polizei rufen, aber das muss nicht mehr unbedingt so spät am Abend sein.«

Offensichtlich hatte der Pfleger keine Lust mehr, mit einer Schülerin und einem alten Mann zu diskutieren. Wortlos ging er an Walter vorbei und steuerte schnurstracks auf dessen Zimmer zu. Der Bewohner sah ihm nach, als Alexandra bereits mit dem Telefon zurückkehrte. »Lass uns hinterhergehen«, sagte er und setzte die Aufforderung sogleich in die Tat um.

Die junge Frau starrte währenddessen unschlüssig auf den Hörer. Es wäre so leicht – und vermutlich auch moralisch das Richtige – die Anweisung ihres Vorgesetzten zu missachten und die Polizei zu alarmieren. Doch das könnte beruflich schwerwiegende Konsequenzen nach sich ziehen. Als hätte Walter ihr den inneren Konflikt angesehen, sagte er mit tröstender Stimme: »Alexandra, lass es. Das können wir immer noch tun, wenn es nötig ist. Ich möchte nicht, dass die dir hier noch Probleme bereiten.«

Beide blickten sich im stillen Einverständnis an und folgten Jörg. Als sie das Ende des Flurs erreicht hatten, kehrte der Pfleger auch schon mit versteinertem Gesichtsausdruck aus Walters Zimmer zurück. Er holte tief Luft, aber sagte zunächst nichts. Unschlüssig schaute er umher. »Es ist definitiv niemand mehr hier. Es wurde aber scheinbar rein gar nichts durchsucht, und das beunruhigt mich doch etwas. Vielleicht habt ihr die Täter gestört und sie mussten den Einbruch abbrechen, als ihr sie aufgeschreckt habt.«

In dem ohnehin stark durchfurchten Gesicht schienen sich innerhalb der vergangenen Minuten weitere Sorgenfalten niedergeschlagen zu haben. Er kam Alexandra plötzlich wesentlich älter und ausgelaugt vor. »Wenn ihr noch etwas früher zurückgekommen wärt …« Jörg brachte den Gedanken nicht zu Ende. Seine Stimme klang mechanisch, als er fortfuhr: »Herr Dobrindt, mir tut es leid, dass Ihnen niemand geglaubt hat. Nur es sah einfach alles danach aus, als hätte Ihnen schlaftrunken Ihre Fantasie einen bösen Streich gespielt. So etwas passiert nun einmal und dafür muss man sich nicht schämen oder versuchen, es zu vertuschen.«

Jörg fuhr sich mit der Zunge über die Lippen, während er sich die nächsten Worte gut zurechtlegte. »Außerdem ist es ja auch sehr verwunderlich, dass wir erst heute Spuren finden, nachdem vergangene Nacht nichts Ungewöhnliches zu sehen war. Vermutlich hat der Vorfall von vorgestern nichts mit dem Einbruchsversuch von heute zu tun. Oder haben Sie in der Zwischenzeit doch noch irgendwas bemerkt? Ist Ihnen irgendetwas Ungewöhnliches aufgefallen?«

Alexandra lag es auf der Zunge, den erneuten Albtraum anzusprechen, von dem Walter ihr gerade eben erst berichtet hatte. Wieder einmal bewies der alte Mann viel Menschenkenntnis und sah die junge Frau aus den Augenwinkeln verschwörerisch an: *Sprich es nicht aus.* Jörg schaute währenddessen immer noch fragend drein. »Da kann ich Ihnen leider auch nicht weiterhelfen«, gab Walter ihm zur Antwort und spielte den Ahnungslosen. Er zuckte mit den Schultern und sah nachdenklich auf den Boden.

»Nun gut. Es wird sich alles klären, glauben Sie mir. Jetzt werden Alexandra und ich Ihnen helfen, ein paar Sachen in das ehemalige Zimmer von Herrn Gruyter zu bringen. Sie können ja schlecht in Ihrem bleiben, wo das Fenster frisch geknackt wurde. Danach werde ich umgehend die Polizei verständigen und ein paar Anrufe tätigen. Hier sind zu viele Ungereimtheiten geschehen. Da kann mir die gute Frau Koch zur Not gerne den Buckel runterrutschen, wenn sie damit ein Problem hat. Und jetzt los, wir haben eine lange Nacht vor uns!«

11. Die große Halle

Ruckelnd und mit kreischenden Rädern legte sich die Regionalbahn in die Kurve und schaukelte sogleich zurück. Das Gesicht des Sammlers war so nahe an der Scheibe, dass sein flacher Atem sie in einem langsamen Rhythmus beschlagen ließ. Noch einmal neigte sich der Zug zur Seite, dann gaben die vorbeiziehenden Häuserfassaden das Panorama auf die Silhouette der hellerleuchteten Großstadt preis. Inmitten dieses Lichtermeers ragte grimmig der Dom auf. *Was die Menschen alles errichten, um die Zeit selbst herauszufordern,* dachte der Sammler und starrte weiter auf das imposante Bauwerk, das für ihn nicht nur ein Mahnmal vergangener Zeiten, sondern zugleich das Ziel seiner nächtlichen Reise war.

Der Zug hatte nun die Eisenbahnbrücke erreicht. Der Rhein floss als schwarze Masse stoisch unter ihr dahin. In dem mächtigen Fluss spiegelten sich die Lichter der hochaufragenden Gebäude. *Dieser Strom war hier, bevor die ersten Menschen an seinen Ufern siedelten und er wird noch immer dahinfließen, wenn auch diese Betongeschwüre längst zu Staub zerfallen sind.*

Während der Sammler seinen Gedanken nachhing und das Stechen in seiner Schulter, so gut wie möglich ignorierte, näherte sich die Regionalbahn beständig dem Dom, der in immer waghalsigere Höhen emporragte. Bald schon konnte der graue Mann ihn nicht mehr vollständig von seinen Grundfesten bis zu den majestätischen Türmen betrachten. Er schüttelte sachte den Kopf. »Auch du wirst dereinst vor der Zeit selbst niederknien und dein stolzes Haupt in Demut neigen.« Die Worte kamen so leise über seine dünnen Lippen, dass das Geratter und Ächzen des Zuges sie vollkommen übertönte. Dann schlossen sich die himmelhohen Fassaden wie ein Tunnel um die Regionalbahn, als sie die Brücke hinter sich ließ und wiederum in eine Häuserschlucht eintauchte. Der Sammler wandte den Blick ab.

Er konnte es nicht länger leugnen, da er seinem Schöpfer nun so nahe war. Er besaß kein Urvertrauen zu ihm. Wie würde Kronos reagieren, wenn er von den Ereignissen um diesen einen Menschen mit Namen Walter Dobrindt erfuhr? Wie würde er reagieren, wenn er erfuhr, dass ein Mensch Zeuge geworden war, wie ihm die Erinnerungen extrahiert wurden? Wie würde er reagieren, wenn er erfuhr, dass dieser bestimmte Mensch sich dem Versuch, alle Erinnerungen an den Sammler zu tilgen, gewaltsam und überaus erfolgreich erwehrt hatte? Der graue Mann starrte wieder in die Fensterscheibe und sah sich selbst. Seine Miene erinnerte ihn an die Gesichtszüge von Menschen, die unter Angst und Sorgen litten. *Was geschieht nur mit mir?* Er verstand diese Emotion nicht. Sie fühlte sich so falsch an. Hier ging es doch lediglich um einen Menschen – und noch dazu um ein altes und schwaches Exemplar, das in der Geschichte der Zeit nicht einmal ein Staubkorn war!

Der Sammler ballte seine Rechte zur Faust. Dann rückte er den markanten Hut mit der breiten Krempe zurecht, obwohl dies eigentlich gar nicht nötig gewesen wäre, denn immerhin hatte die Kopfbedeckung ganz akkurat auf seinem Haupt geruht. Woher kamen nur diese unerklärlichen Sorgen? Kronos war sein Schöpfer und er würde ihm helfen. Statt diese aufkeimende und so befremdliche Furcht zu empfinden, sollte der Sammler nun eigentlich zuversichtlich einem guten Ausgang dieser Geschichte entgegensehen.

Er kannte Kronos' Macht – und das seit ewigen Zeiten. Unauslöschlich hatte sich die Erinnerung in den Geist des Sammlers gebrannt, als er sich das allererste Mal seiner eigenen Existenz bewusst geworden war und er in die Augen der Unendlichkeit geblickt hatte. Neben Kronos' Antlitz verblasste alles, jede Freude und jede Sorge. Dabei war es unerheblich, ob sie nun menschlichen Ursprungs – und daher extrahiert war – oder der Sammler sie, wie er dies neuerdings tat, selbst in diese Welt geboren hatte.

Ein erneuter Protestlaut der Bremsen kündigte derweil an, dass der Zug in den Bahnhof einfuhr. Der Sammler ließ seine Gedanken ruhen. Rasch erhob er sich und spannte all seine Muskeln und Sehnen entschlossen an. Heute Nacht würde er diesen grässlichen Schlamassel beseitigen und seine Schuld begleichen.

Außer dem grauen Mann befanden sich nur wenige Reisende in der Regionalbahn. Es war die letzte, die in dieser Nacht in die Stadt fuhr, und der Sammler hatte sie ganz bewusst ausgewählt, um bei seiner Anreise keinesfalls erneut Spuren zu hinterlassen. Das Erlebnis mit Walter Dobrindt hatte ihn stark an seinen Fähigkeiten zweifeln lassen. Vielleicht war nicht einmal mehr darauf Verlass, dass er unbeachtet zwischen den Menschen umherwandeln konnte?

Argwöhnisch schritt er auf die Tür zu, ging an den wenigen Mitreisenden vorbei, die noch immer auf ihren Plätzen saßen, und entdeckte in ihren Gesichtern lediglich absolute Leere. Sie schienen ihn gar nicht wahrzunehmen. *Es wird sich alles zum Guten wenden, habe Vertrauen,* sprach er sich selbst im Stillen gut zu. Doch es half nur bedingt. Blinder Glauben lag dem Sammler nicht.

Anders als die Menschen machten er und seine Brüder sich nichts daraus, einer sonst wie gearteten Religion zu folgen. Warum auch? Sie kannten ihren Schöpfer und akzeptierten seine Geheimnisse. Wie er seine Kinder erschaffen hatte und wer ihn selbst wiederum in diese Welt gebracht hatte, das behielt Kronos für sich. Diese Unkenntnis hatte den grauen Mann allerdings nie beunruhigt, denn was sollte ein zeitloses Wesen auch über seine Existenz nachsinnen? Woher er kam, war nicht von Belang, wenn die Frage, wohin er gehen würde, nicht zum Tragen kam. Er war existent. Dieser Zustand reichte als sinnstiftendes Element vollkommen aus. Oder nicht?

Seit er geblutet hatte, seit er gedacht hatte, er würde einen gewöhnlichen Tod finden, quälten den Sammler dennoch jene existenziellen Sorgen der Menschen. Er hatte dies bis dato nicht gekannt. Wieso brachte sein Verstand nun jedoch tausende von diesen quälenden Fragen hervor? Mochte das alles womöglich der Grund sein, warum der Mansch dazu neigte, Schöpfungsmythen und romantische Jenseitsfantasien zu kreieren, um mit ihnen auf all die offenen Fragen eine Antwort geben zu können?

Ruckelnd kam der Zug schließlich zum Stehen. Verwirrt stieg der Sammler aus. Er war dankbar für die eisige Dezemberluft. Sie half ihm, einen klaren Kopf zu bekommen. Nachdem er einige Male tief eingeatmet hatte, folgte er dem Bahnsteig zum nahen Fußgängertunnel. Hier waren noch deutlich mehr Menschen unterwegs, als der beinahe leere Zug hatte vermuten lassen. Der Sammler schenkte ihnen aber keinerlei Beachtung und ging stoisch in Richtung Domplatte weiter.

Als er auf den Platz trat, legte er wie unzählige Male zuvor den Kopf in den Nacken, um die Ausmaße der Türme auf sich wirken zu lassen. Zögerlich schritt der graue Mann näher an das gotische Bauwerk heran. Seine Augen fielen auf eines der gewaltigen Eingangsportale, über dem Wasserspeier Wacht hielten. Er kannte alle Details dieser prunkvollen Steinmetzarbeit. Ihm waren all diese Szenen von Himmel und Hölle, von Vergebung und Verdammnis bestens vertraut, die dort in den Basalt geschlagen worden waren.

Mit kalter Faszination glitten seine Augen über die dämonischen Züge der steinernen Wächter. *Wieso hat der Mensch sich einen Schöpfer ersonnen, der so wenig Nachsehen mit ihnen hat und all ihre Schwächen, jene Makel, die er ihnen ja selbst einst in die Wiege gelegt hat, so gnadenlos bestraft?* Der Gedanke an diesen unerbittlichen Vater betrübte ihn und nährte seine Sorgen. Erst das Grölen zweier Männer, die offenbar betrunken waren und in einiger Entfernung unbeholfen über die Domplatte torkelten, riss den Sammler aus seiner Starre.

Er wandte sich ab und beachtete die Randalierer nicht weiter. Stattdessen ging er in Richtung des angrenzenden Museums. Für dieses erübrigte er aber allenfalls Geringschätzung. *Wie sehr die Menschen immerzu versuchen, ihre Welt zu konservieren. Doch egal, wie sehr sie sich auch mühen, letztlich zögern sie ihren Verfall allenfalls ein wenig hinaus.*

Mit langen Schritten eilte der Sammler an dem Gebäude vorbei und steuerte auf die Einkaufsstraßen zu. Im Zickzackkurs bahnte er sich seinen Weg durch die labyrinthischen Passagen. An einer unscheinbaren Fassade blieb er stehen.

Im Vergleich zu den meisten anderen Häusern in der näheren Umgebung wirkte dieses Exemplar unscheinbar und geradezu winzig. Kaum zehn Meter maß das gerade einmal zweistöckige Gebäude in seiner Länge. Die Front war schmucklos und zum Teil bröckelte schon der Putz herab. In ihrem Zentrum war eine schlichte Tür eingelassen, links und rechts vom Eingang erinnerten trübe Fensterscheiben an blinde Augen. Im schwachen Licht der nächstgelegenen Straßenlaterne waren der Schlier und Schmutz auf den Glasflächen deutlich zu erkennen.

Der Sammler schritt auf die Eingangstür zu, während er die Klingel fixierte. Die Knöpfe für den ersten und zweiten Stock waren abgeklebt. *Nokowsky* stand auf dem untersten Schild. Dann sah der graue Mann sich verstohlen um. Als er sicher sein konnte, dass ihn niemand beobachtete, klingelte er einmal kurz, zählte bis drei und klingelte dann noch zweimal schnell hintereinander. Es dauerte nicht lange und er hörte Schritte hinter der Tür, dann vernahm er das Klackern des Schlosses. Einen Spalt weit, mehr wurde der Eingang nicht geöffnet.

Durch den Schlitz sah ihm ein blasses, langes Gesicht entgegen. Die Augen lagen in tiefen Höhlen und hatten einen gleichgültigen Ausdruck angenommen. Ein schwarzer Rollkragenpullover hüllte Brust und Hals ein. »Du kommst früh. Die Zusammenkunft ist erst für übermorgen anberaumt«, kam es der Gestalt ruhig über die schmalen Lippen. Die nüchterne Feststellung passte zu ihrem apathischen Blick. Der Sammler zwang sich zur Ruhe, bevor er antwortete: »Bruder, dies ist mir bewusst. Ich bin aus einem anderen Grund hier. Ich möchte unseren Vater sprechen.«

Die dünnen Augenbrauen seines Gegenübers hoben sich leicht. »Unser Vater ist erst heute aus Übersee eingetroffen.

Er wird diese Unterredung ablehnen. Bruder, warte bis zur Zusammenkunft und trage dein Anliegen dann vor, so wie es sich geziemt.«

Der Sammler hatte bereits damit gerechnet, dass er diese heikle Angelegenheit leider nicht so diskret handhaben könnte, wie es sein Wunsch war. Auch hatte er das Verhalten seines Bruders vorausgeahnt, sodass er schnell seinen Fuß zwischen Rahmen und Tür brachte, als dieser sie schon wieder zuwerfen wollte.

»Du erregst Aufsehen.«

»Wenn diese Angelegenheit bis zur Zusammenkunft warten könnte, wäre ich nicht hier. Öffne mir nun die Türe, Bruder. Ich bin mir sicher, dass unser Vater mit größtem Zorn reagieren wird, wenn er andernfalls erst in zwei Tagen von meinem Besuch erfährt. Dir sollte bewusst sein, dass ich mich in diesem Fall gezwungen sehen werde, ihn darüber in Kenntnis zu setzen, wer mir heute den Zugang verweigert hat.«

Das Gesicht schaute den Sammler immer noch starr und ausdruckslos an. Allenfalls die Lippen schienen – falls dies überhaupt möglich war – noch einmal etwas schmaler zu werden, als sein Bruder schließlich langsam nickte. Dann öffnete er wortlos die Tür und trat auf Seite. Mit einer einladenden Geste forderte er den Sammler dazu auf, einzutreten. Zögernd kam der graue Mann der Anweisung nach. Ein muffiger Geruch strömte ihm entgegen, als er die Schwelle passierte. Obwohl er bereits dutzende Male an diesem Ort gewesen war, musterte der Sammler aufmerksam seine Umgebung. Es schien ihm beinahe so, als würde *etwas* in ihm dazu den Befehl erteilen, sich derart verstohlen umzusehen.

Wie auf ein geheimes Zeichen hin richteten sich die Härchen auf seinen dünnen Armen und am Rücken steil auf, als sein Bruder die Türe schloss.

»Du kennst dich aus?« Die Frage glich mehr einer Feststellung. »Ich würde es vorziehen, meinen Dienst nun wieder entsprechend meiner Pflicht aufzunehmen.« Kaum hatte er die Worte geäußert, da wandte sich der Wachposten auch schon wieder der verschlossenen Türe zu, die Beine hüftbreit auseinandergestellt und die Arme vor der Brust verschränkt.

Der Sammler hielt es nicht für nötig, sich zu verabschieden. Stattdessen durchquerte er den düsteren Flur. Die schwarzen Bodenfliesen waren gesprungen und auch die Wände waren in einem schrecklichen Zustand. Das grobe Mauerwerk kam an vielen Ecken bereits deutlich zum Vorschein. *Es hat sich nichts geändert,* stellte der graue Mann mit einer gewissen Genugtuung fest.

Am Ende des Ganges erwartete ihn rechts eine niedrige und schmale Tür, die hinab in den Keller führte. Dieser Durchgang, so eng, schief und krumm, zeugte deutlich vom beachtlichen Alter des Hauses. Es besaß seine eigene Geschichte. Errichtet worden war es vermutlich gegen Ende des 19. Jahrhunderts und wurde beim letzten Bombenangriff während des zweiten Weltkriegs bis auf seine Grundrisse zerstört. Schließlich hatten die Menschen es wieder auf den Trümmern des ursprünglichen Gebäudes aufgebaut.

Dass noch weit mehr unter der Oberfläche verborgen lag, ahnten sie indes nicht. Doch inzwischen hatte Kronos es für sich erwerben lassen. Anscheinend war auch er nicht mehr gewillt gewesen, sich wie eine Ratte heimlich in seine eigenen hohen Hallen schleichen zu müssen.

Der Sammler musste den Hut abnehmen und sich ducken, als er sich durch den schmalen Türrahmen zwängte. Seine Hand tastete nach dem Lichtschalter und aktivierte ihn. Die Stufen der alten Holztreppe ächzten während seines Abstiegs klagend auf. Nackter Steinboden und kahle Wände erwarteten ihn, als er den Keller betrat. Von einem zum anderen Ende maß der schlichte Raum wohl gut zehn Meter. In seiner Mitte war in den Boden eine Eisenluke eingelassen. Daneben standen batteriebetriebene Grubenlampen bereit.

Der graue Mann ging näher und beugte sich über den versperrten Durchgang. Dann umschlossen seine Finger den runden Griff. Er musste sich anstrengen, bis er den Schließmechanismus begleitet von einem lauten Quietschen endlich in Bewegung setzte. Keuchend öffnete er die schwere Luke und schaute in den engen Schacht, dessen Seitenwände aus grobem Mauerwerk bestanden. Die Sprossen einer Eisenleiter führten hinein in die Finsternis. Der Sammler rückte sich den Hut zurecht und setzte seinen Abstieg gewappnet mit einer der Lampen fort. Das Klackern der Absätze auf den Leitersprossen und sein stoßweiser Atem hallten dabei laut wider.

Besser als der ehemalige Zugang durch die Kanalisation ist es allemal, sagte sich der Sammler, der aber auch den neuen Weg ungerne zurücklegte. Doch heute schien diese Abneigung ein neues Maß erreicht zu haben. Jeder Schritt tiefer hinab war ihm ein Graus.

Schließlich kam er wieder auf festem Steinboden zum Stehen, als er aus dem Schacht hinauskletterte. Ein leerer, dunkler Korridor gähnte ihm entgegen. Auch hier dominierten Wände aus grobem Stein das Bild. Vereinzelt tropfte es von der Decke herab. Es roch stickig, so als würde die Luft hier schon seit Jahren nicht mehr zirkulieren. Der Sammler hob die Lampe an. Weiter als etwa zehn, allenfalls fünfzehn Meter reichte der Lichtschein allerdings nicht.

Zögerlich ging er auf diese Wand aus tiefster Finsternis zu. Etwas in ihm drängte ihn zur Umkehr, obwohl er hier schon so oft gewesen war. Diese Empfindung war dabei anders als jenes befremdliche Gefühl von Furcht, das er erst jüngst gefühlt hatte. Diesmal rührte der Drang von viel tiefer her und der Sammler konnte nur mühsam den Impuls unterdrücken, einfach umzudrehen und so schnell wie möglich an die Oberfläche zu fliehen.

Plötzlich hörte er Schritte und sah ein Licht, dessen Schein beständig stärker wurde. Sie hatten ihn bemerkt. Eine Umkehr war nun ohnehin ausgeschlossen. Gegen den Lichtpunkt, der in der Dunkelheit grell aufleuchtete, konnte der Sammler zwei schwarze Schemen erkennen.

»Brüder, seid gegrüßt!«, rief er in den Gang hinein. Seine Worte klangen wegen der ungewöhnlichen Akustik dumpf.

»Was führt dich zu uns? Noch ist es nicht an der Zeit!«, rief ihm eine Stimme entgegen. Sie klang schneidend.

»Ich muss mit unserem Vater sprechen.« Die Worte hallten im Gang nach. Es erfolgte keine Antwort. »Es duldet keinen Aufschub«, fügte der Sammler hinzu.

»Dann setze deinen Weg fort. Wir werden die große Halle vorbereiten und unseren Vater über deine Ankunft unterrichten«, sagte nun eine weitere Stimme in einem ebenso abweisenden Tonfall wie die erste. Daraufhin wurde der Lichtpunkt schließlich schwächer, bis die Dunkelheit ihn verschluckte.

Hier unten, wer weiß viele Meter unter der Stadt, herrschte ein eigenes Klima. In der Regel war es angenehm kühl, doch heute schien es dem Sammler, als näherte er sich einem Glutofen. Der Schweiß hatte längst sein Hemd durchnässt, das sich eng an seine Haut schmiegte und buchstäblich an ihr klebte. Wieder kam ihm der Gedanke, einfach umzudrehen und …

Und dann? Diese Angelegenheit mit Walter Dobrindt muss geregelt werden. Ich kann mein Volk nicht hintergehen. Der Sammler nickte stumm vor sich hin und setzte den Weg fort.

Etwa fünfzig Meter später konnte er ein flackerndes Licht erkennen. Es erhellte den Gang nun beinahe vollständig, sodass es ihm möglich war, seine Lampe auszuschalten. Der Weg mündete schließlich in das hohe Gewölbe, das er und seine Brüder die große Halle nannten. Säulen, die den Umfang eines kräftigen Mannes besaßen, ragten hier in gewaltigen Dimensionen auf, gingen in der Höhe in einen schwungvollen Bogen über und formten einen imposanten Arkadengang, der die Gewölbedecke stützte.

Mit jeweils einigen Metern Abstand zueinander waren Nischen zu beiden Seiten in die mächtigen Wände eingelassen. Sie führten zu kleineren Nebenräumen. Dort standen seine Brüder geduldig Spalier. Es mussten insgesamt über zwanzig von ihnen versammelt sein, die in Kronos' Gefolge gereist waren. Sie hielten Fackeln in den Händen. Der Lichtschein offenbarte ihre ausdruckslosen Gesichtszüge. Sie starrten den Neuankömmling an.

Vor Kopf, auf einer Empore von gewaltiger Höhe, saß Kronos auf einem steinernen Thron. Die hochgewachsene Gestalt trug eine schlichte graue Robe und hatte den

Oberkörper nach vorne gereckt. Der linke Arm ruhte auf dem nackten Stein, der rechte war angewinkelt und die Hand zur Faust geschlossen. Auf dieser hatte Kronos sein Haupt gestützt. Die Fackeln knisterten leise. Sonst war es vollkommen still.

Der Sammler mühte sich, einen souveränen Eindruck zu erwecken, als er unsicheren Schrittes weiterging. Was mochte nur in Kronos vorgehen? An seinem Gesicht, dessen kantige Züge vollkommen reglos waren, ließen sich die Gedanken seines Vaters nicht ablesen. Die harten Züge hätten genauso gut selbst aus Stein gemeißelt sein können, so wie es der Thron war.

»Was führt dich bereits heute in diese ehrwürdigen Hallen, mein Sohn?«, fragte die mächtige Gestalt und verzog weiterhin keine Miene. Ihre Stimme, so tief und mächtig, ließ den Kiefer des Sammlers leicht vibrieren.

»Vater, ich benötige leider den Beistand in einer heiklen Angelegenheit, die ich im Privaten mit dir bereden möchte.«

Die zackigen Brauen wölbten sich vor, als Kronos seine Augen verengte. »Ich habe keine Geheimnisse vor meinen Kindern, so wie sie auch keine vor mir haben sollen. Sprich nur und lasse deine Brüder an unserer Unterredung teilhaben.« Langsam lehnte sich die schlanke Gestalt zurück und strich sich durch die langen, grauen Haare, die wellenförmig über die Schultern hinabfielen. Dann legte Kronos den Kopf schief und Ungeduld zeichnete sich in seinem fahlen Gesicht ab.

Dutzende Male hatte sich der Sammler diesen Moment ausgemalt und fieberhaft wegen der passenden Worte mit sich gerungen. Doch nun, da er seinem Schöpfer gegenüberstand, da schien ihm jedes Wort so unpassend und falsch wie das andere. Wie konnte er sein Versagen nur erklären, ja vielleicht sogar rechtfertigen?

Kronos reckte das Kinn vor. »Ich höre?«

Der Sammler glaubte, Spott in der Stimme vernommen zu haben. Er holte tief Luft, dann sprach er: »Ein Mensch, Walter Dobrindt genannt, hat mich beim Extrahieren bemerkt.« Der graue Mann schnappte nach Luft. Der dicke Kloß in seinem Hals raubte ihm den Atem. Er musste etwas sagen, er musste berichten, was dann geschehen war. Doch es kam ihm kein einziges Wort über die Lippen. Beschämt senkte er das Haupt.

Kronos lächelte sanft, doch aus diesem Lächeln sprachen weder Freude noch Mitgefühl oder Verständnis. »Nun, wenn es mich nicht täuscht, wäre es doch ein wahrhaftig leichtes Unterfangen gewesen, ihn am folgenden Tag dieser Traumerinnerung zu berauben, um unsere Existenz weiterhin vor den Menschen zu verbergen! Was treibt dich demnach wirklich hierhin?«

Der Sammler schwieg.

Die Gestalt auf dem steinernen Thron schenkte ihrem Sohn ein weiteres kaltes Lächeln. »Du bist noch jung. Ich habe dich erst viel später als die meisten deiner Brüder erschaffen. Vielleicht muss ich etwas mehr Nachsicht mit dir walten lassen. Tritt näher, mein Sohn. Ob ich in zwei Tagen oder bereits heute die von dir gesammelten Erinnerungen koste, ist schließlich einerlei. Zudem könnte es für dich, da es dir offensichtlich an den richtigen Worten mangelt, um deine Notlage zu beschreiben, äußerst vorteilhaft sein. Somit kann ich mir selbst ein Bild von dieser Sache machen.«

Kronos senkte den Blick und seine Augen trafen die des Sammlers. Aus den schwarzen Flächen sprang vollkommene Leere, gierig und unersättlich, hervor. Mit zitternden Beinen kam der Sammler dem Befehl seines Vaters schließlich nach. Stufe um Stufe näherte er sich dessen Thron. Auf der letzten fiel er auf die Knie und verneigte demütig das Haupt, wobei sein Hut zu Boden fiel.

Dann spürte er zwei kalte Hände auf seinen Wangen. Für gewöhnlich nahmen er und seine Brüder nichts davon wahr, wenn sie ihren Vater mit den gesammelten Träumen nährten. Doch was war in den vergangenen Tagen überhaupt an Gewohnheit übriggeblieben? Der Sammler spürte deutlich, wie sich die Kälte in ihm ausbreitete. Er wollte schreien, doch er konnte es nicht. Die eisigen Finger seines Vaters gruben sich tiefer in sein Gesicht, ließen die Haut unter ihrer frostigen Berührung brennen. *Bitte, aufhören! Bitte, aufhören!,* wimmerte der Sammler im Geiste, doch brachte keinen einzigen Laut hervor.

Dann wurde ihm schwarz vor Augen.

»Ihnen fehlt nichts? Sind Sie sich sicher?« Jörgs Gesicht zeigte eine Miene, aus der Alexandra nicht schlau wurde. Sie hatte fast den Eindruck, er hoffte, dass etwas gestohlen worden war. Sie sah hinüber zu Walter, der inzwischen sein Ersatzquartier bezogen und sich dort auf dem Bett niedergelassen hatte. Der alte Mann schaute grimmig drein. »Wie oft soll ich es denn noch wiederholen? Es hat nichts gefehlt. Wer auch immer sich die Mühe gemacht hat, mein Fenster auszuhebeln, er hat nichts erbeutet.«

»Vielleicht haben Sie ja nur etwas vergessen, das kann im Alter ja …«

Walter schnitt dem Pfleger energisch das Wort ab: »Immer diese Bequemlichkeit, alles auf meine Vergesslichkeit zu schieben!« Er schnaubte.

»Das ist kein Grund, ausfallend zu werden«, erwiderte Jörg kühl.

Alexandra, die noch am Schrank stand, in dem sie erst vor wenigen Minuten Walters Kleidung verstaut hatte, trat näher an Jörg heran. »Ich denke, er hat allen Grund, sich aufzuregen. Hätte man ihn direkt ernst genommen, dann …«

»Herrje!« Der Pfleger machte eine abfällige Geste mit der Hand. »Es war ein schlechter Traum, der nun schon zwei Tage zurückliegt! Wir haben die Spuren aber erst heute gefunden und gestern gab es nicht das geringste Anzeichen, dass jemand in das Zimmer eingedrungen sein könnte. Demnach haben wir doch ein eindeutiges Zeitfenster, in dem das alles passiert sein muss. Und dieses Zeitfenster betrifft allenfalls die vergangenen 24 Stunden.«

Jörg machte eine Pause und schaute Alexandra dabei tief in die Augen. »Ich will von dieser Albtraum-Sache nichts mehr hören! Hilf Herrn Dobrindt lieber, sich hier einzurichten. Die anderen Bewohner brauchen auch meine Aufmerksamkeit. Wenn hier alles erledigt ist, komm zu mir.« Wortlos verließ Jörg das Zimmer.

Alexandra hatte schon den ersten Schritt gemacht, um ihm zu folgen, als sie Walters Stimme vernahm. »Lass ihn. Ihm ist die Sache unangenehm und er will nicht mehr darüber nachdenken müssen, ob es ein Fehler war, meine Sorgen nicht ernst zu nehmen. Vermutlich reagiert er deswegen so empfindlich.« Der alte Mann schwieg einen Moment und ein schiefes Lächeln erschien auf seinem Gesicht. »Es freut mich aber, dass du ihm die Leviten lesen wolltest. Nur achte lieber etwas besser auf dich. Ich möchte nicht, dass etwas Schlechtes auf dich zurückfällt, wenn du mir um jeden Preis helfen möchtest. Du bist ein viel zu guter Mensch, um wegen mir in Schwierigkeiten zu geraten.« Verlegen fuhr sich Walter mit der Hand durch den lichten Haarkranz und hinterließ einige weiße Wirbel.

Alexandra schüttelte den Kopf. »Ich passe schon auf mich auf und außerdem ist es nicht gut, wenn ich solche Dinge zu lange in mich hineinfresse. Sie nagen dann an mir und alles wird nur noch schlimmer. Ich habe zwar mein Regal, um wichtige Dinge erst einmal gedanklich abzulegen und später zu regeln, aber manche Ereignisse kann ich nicht so einfach ruhen lassen.«

»Dein Regal?«

»Es ist eine mentale Übung, ähnlich wie jene, mit der du den Albtraum vertreiben konntest. Wenn ich etwas am liebsten sofort angehen möchte, aber es in diesem Moment nicht kann, stelle ich mir bildlich ein Regal vor. Dort lege ich eine gedankliche Notiz ab, sodass ich es nicht vergessen kann. Das hilft mir, nicht immerzu das Gefühl zu haben, vor Aufgaben zu ersticken.«

»Wenn dein Vorschlag mit dem Beschützer nicht geholfen hätte, würde ich bei so einer absurden Idee vermutlich lachen«, sagte Walter, dessen Lippen bereits zuckten, als er den Satz beendet hatte. Schon prustete er entgegen seiner Worte lauthals los. Der Lachanfall schien eine kleine Ewigkeit zu dauern und Alexandra sah missmutig drein. »Mist«, entfuhr es Walter und er warf der jungen Frau einen traurigen Blick zu, der ganz bewusst vollkommen überzogen war. Alexandra versuchte ernst zu bleiben, doch es misslang ihr auf ganzer Linie. Plötzlich stimmten beide ein befreiendes Lachen an.

»Bring mich doch nicht so zum Prusten«, sagte sie und rieb sich über den Bauch. »Mein Zwerchfell ist das doch gar nicht mehr gewohnt.«

Walter gefror das Lächeln auf den Lippen.

»Was ist denn?«, fragte Alexandra. »So meinte ich das doch gar nicht.«

»Ach, ich habe mich gerade gefragt, was ich mache, wenn du diesen Bau verlässt. Die Tage haben sich wie Ewigkeiten angefühlt, jeder einzelne. Meine Tochter besucht mich ja kaum noch und meine Freunde sind dafür entweder zu krank oder liegen bereits unter der Erde. Manchmal bestehen die Höhepunkte meines Tages tatsächlich nur aus diesem furchtbaren Essen.« Alexandra setzte zu einer Antwort an, doch Walter ließ sie nicht zu Wort kommen. »Ich hätte das nicht sagen dürfen. Das war nicht richtig. So ist nun einmal der Lauf der Dinge. Kein Zustand hält ewig und irgendwann, da verblasst sogar die kostbare Erinnerung an unser größtes Glück.«

»Es geht wohl mehr um deine Anna?« Alexandra sah besorgt aus. »Kannst du dich immer noch nicht an ihr Aussehen erinnern?«

Die Trauer wich aus Walters Gesicht und ein leichtes Funkeln flackerte in seinen Augen auf. »Wenn ich mich konzentriere, dann sehe ich sie wieder vor mir. Das Bild ist allerdings undeutlich und so blass wie bei einer verblichenen und sehr alten Fotografie. Doch ich sollte dankbar sein. Ich hatte wirklich die Angst, ich wäre dieser schönsten aller Erinnerungen für immer beraubt worden.«

Walter biss sich auf die Unterlippe. Alexandra sah, wie es in seinem Gesicht arbeitete. »Es klingt wie der wirre Unsinn eines alten Mannes, ich weiß das, doch ich konnte mich erst wieder an Anna erinnern, als dein Beschützer meinen Albtraum beendet hatte.« Während er sprach, sah er beschämt zu Boden. Erst nachdem er merkte, dass auf seine Worte kein Lachen oder ein spitzer Kommentar folgte, schaute er zögerlich zu der jungen Frau auf. »Ich danke dir, Alexandra.«

»Du musst mir doch nicht dafür danken. Mich freut es einfach, dass ich helfen konnte, auch wenn ich gar nicht weiß, wie ich das eigentlich geschafft habe.«

Es klopfte an der Tür und Jörg streckte den Kopf hindurch. »Alexandra, so lange kann das doch nicht dauern. Die anderen Bewohner warten auch auf uns!«

Die Schülerin nickte zur Antwort und schon wurde die Tür wieder geschlossen. Sie sah hinüber zu Walter, der nur mit den Schultern zuckte, und sagte zu ihm: »Du hast ihn gehört. Anscheinend war das genug Aufregung außer der Reihe für einen Abend. Es wird wohl langsam Zeit, wieder zur Normalität überzugehen.« Alexandra bemerkte den ironischen Unterton in ihrer Stimme. Er gefiel ihr gar nicht.

Walter seufzte. »Mach dir nichts daraus. Ich werde einfach versuchen zu schlafen und …«

»… du möchtest dafür natürlich keine Medikamente haben.«

»Ganz genau, liebe Alexandra!« Der Bewohner musste schmunzeln. »Geh ruhig. Ich bin schon alt genug. Neuerdings kann ich sogar meine eigenen verrückten Albträume in die Flucht schlagen.«

»Schlaf gut«, sagte die Schülerin und wollte gerade durch die Tür nach draußen gehen, als sie sich noch einmal umdrehte. »Eines noch: Nenn mich in Zukunft bitte Alex.« Damit verabschiedeten sich die beiden schließlich voneinander. Kaum hatte sie die Tür geschlossen, eilte Alex auch schon hinüber zum Stationszimmer, da sie dort Jörg vermutete. Sie sollte recht behalten. Der ältere Kollege legte gerade den Telefonhörer zur Seite, als er die Schülerin entdeckte.

»Ich ziehe mich nur eben um, dann trete ich meine Schicht an.«

»Das wird vermutlich nicht nötig sein. Frau Koch möchte mit dir reden. Sie ist unten in ihrem Büro.«

»Was macht sie denn hier?«

»Ich habe ihr natürlich mitgeteilt, was passiert ist und dass ich die Polizei alarmiert habe.«

Erst jetzt fiel Alex auf, dass sie eigentlich längst mit dem Eintreffen der Beamten gerechnet hatte. *Im Notfall kann man sich ja gar nicht auf die Polizei verlassen,* überlegte sie und der Gedanke, ausgerechnet jetzt zur Heimleitung beordert worden zu sein, gefiel ihr gar nicht. Das letzte Gespräch hatte ihr lange genug im Kopf herumgespukt. Jörg schien ihr diese Überlegungen anzusehen. »Mach dir aber keine Sorgen. Es hat vermutlich keinen dramatischen Hintergrund. Und verzeih bitte mein gereiztes Verhalten. Seit zwei Tagen herrscht hier nur Chaos, das hinterlässt auch bei meinem Nervenkostüm Spuren.«

Alex nahm die Entschuldigung an und erklärte ihrem Kollegen, dass sie dies verstehen könne. Danach machte sie sich rasch auf den Weg zur Heimleiterin. Sie wollte das Gespräch zügig hinter sich bringen. Egal was Jörg glaubte, sie selbst war sich sicher, dass ihre Sorgen durchaus begründet waren.

Das Heim scheint in dieser Nacht besonders still zu sein, dachte Alex, als sie das Treppenhaus betrat, um hinunter ins Erdgeschoss und von dort aus in den Personalflügel zu gehen. *Eigentlich würde es mich gar nicht wundern, wenn ich plötzlich hinter mir Schritte hören würde.* Unwillkürlich blieb sie mitten auf dem Treppenabsatz stehen und sah zurück. »Natürlich ist da niemand«, zischte sie in die Stille hinein. Dennoch konnte sie diesen Gedanken nicht ganz abschütteln. Was, wenn jemand erfolgreich durch das Fenster eingedrungen wäre und sich in der Einrichtung versteckt hätte?

Als sie endlich das Treppenhaus verlassen hatte und sich in den nicht weniger bedrückenden Personalbereich vorwagte, erschauderte sie. Der schmale Flur war in ein gespenstisches Zwielicht gehüllt. Einige der Türen waren nur angelehnt und manche standen sogar leicht offen. Jederzeit könnte dort ein Fremder hervorgestürzt kommen und … *Jacky hat mir eindeutig zu viel von diesem blöden Buch erzählt!* Alexandra holte tief Luft. Sie war doch kein Kind mehr, welches sich vor etwas Dunkelheit fürchtete!

Mit energischen Schritten durchquerte sie den Flur und erreichte schließlich mit deutlich zu hohem Puls das Büro von Frau Dr. Koch. Auch ihre Türe stand einen Spalt breit offen. Aus diesem drang jedoch Licht hervor. Anscheinend hatte die Heimleiterin Alexandra bereits erwartet. Als die Schülerin nach der Türklinke greifen wollte, kam ihr die wie immer adrett gekleidete Frau zuvor.

»Es ist einfach nur furchtbar und mir tut leid, was passiert ist«, sagte Frau Koch, die in der geöffneten Tür stand und dabei nachdenklich den Kopf schüttelte. Ihr Gesicht hatte eine kalkige Farbe angenommen. »Komm rein und setz dich, Alexandra«, fuhr die Mittvierzigerin fort und ging zurück zu ihrem Bürostuhl.

Wortlos nahm die Schülerin Platz. Angespannt hatte sie die Handflächen auf ihre Oberschenkel gepresst.

»Einbrüche kommen in Altenheimen immer wieder vor. Für Diebe bieten sich dabei oft gute Bedingungen. Sie nutzen es schamlos aus, dass ältere Menschen leichte Opfer sind. Es ist ein Glück, dass ihr in diesem Fall genau zur rechten Zeit kamt, um Schlimmeres zu verhindern.«

Mit ausdrucksloser Miene beugte sich die Heimleiterin über den Tisch näher zu Alexandra heran. »Ihr wart keine Minute zu spät und vor allem auch keine Minute zu früh. Für gewöhnlich möchten Einbrecher kein Aufsehen erregen und werden deswegen nicht gewalttätig. Wer weiß, was passiert wäre, wenn ihr den Übeltäter auf frischer Tat ertappt hättet?«

Die sonst so souveräne Frau fuhr sich angespannt mit der Zunge über die Oberlippe. »Es war ein Fehler, für den Anbau nicht direkt Sicherheitsfenster in Betracht gezogen zu haben. Ich habe nach den Ereignissen in der vorherigen Nacht bereits veranlasst, dass Herr Dobrindt als erster Bewohner ein abschließbares Sicherheitsfenster erhält. Dieses ist auch schon bestellt, da wir dachten, er hätte sein Fenster schlichtweg gedankenverloren über Nacht nicht zugemacht. Hiervon bin ich im Übrigen immer noch überzeugt. Die aktuellen Entwicklungen bedeuten ja keinesfalls, dass bereits vor zwei Tagen Einbrecher am Werk waren. Ich gehe weiterhin davon aus, dass Herr Dobrindt einfach dazu neigt, verwirrt zu sein und Dinge zu vergessen. Doch eigentlich sind die Gründe auch ganz egal. Wichtig ist nur eine Sache: Das neue Fenster lässt sich nicht so leicht aushebeln und ist abschließbar. Sicher ist sicher.«

»Aber es ist doch naheliegend, dass schon beim ersten Mal Einbrecher bei Herrn Dobrindt im Zimmer waren!« Alex war fassungslos. Wie ignorant konnte man sein?

»Nein, das ist es nicht. Warum sollte man dort einsteigen, wo sich gerade einer der Bewohner in seinem Zimmer befindet? Warum sollte ein Dieb, wenn er dieses Risiko wirklich auf sich nimmt, nicht einmal etwas entwenden, sondern stattdessen lieber einen Angriff auf Herrn Dobrindt ausüben?«

Alexandra hielt das nicht mehr aus und wurde lauter. »Und woher kam der rätselhafte Knopf? Und wer hat die Vase umgeworfen?«

Die Heimleiterin verzog das Gesicht. »Eigentlich hatte ich keinesfalls vor, mit einer Schülerin über diese Ereignisse zu diskutieren. Deswegen bin ich garantiert nicht hier. Ich habe schon längst mit der Polizei gesprochen. Sie werden Jörg zu der ganzen Sache vernehmen und ein Sachverständiger wird sich gleich morgen früh das Fenster ansehen, bevor es ausgewechselt wird.« Ihr Gesicht wurde hart. »Niemand kann mit Sicherheit sagen, was in der ersten Nacht geschehen ist. Da gebe ich dir recht. War es ein Albtraum und Herr Dobrindt, der schließlich wegen seiner zeitweisen Verwirrtheit hier ist, hat das Fenster nicht verschlossen? Oder war es wirklich ein Einbruchsversuch, den ein dreister Dieb gerade einmal zwei Tage später vollendet hat? Wir wissen es nicht. Wir wissen dafür aber ganz sicher, dass es einen Berg an Konsequenzen bedeuten würde, wenn wir der zweiten Sichtweise Glauben schenken und diese offiziell äußern.«

»Was soll das heißen?« Alex' Augen verengten sich.

»Dass ich das Gleiche zu Protokoll gegeben habe, was auch Jörg sagen wird. Er hat die Spuren in Augenschein genommen und dann gleich darauf die Polizei informiert. Es wurde nichts gestohlen. Sollten dich die Beamten auch noch sprechen wollen, dann bleib bitte bei dieser einfachen Version der Abläufe!«

Frau Dr. Koch hatte den Befehl wie beiläufig geäußert, doch der Ausdruck auf ihrem Gesicht war so schroff wie eine felsige Steilküste. Alex glaubte nicht daran, sie umstimmen zu können. Dennoch durfte sie diese Entscheidung nicht einfach so hinnehmen! Schließlich hatten sich die Dinge doch ganz anders zugetragen.

»Sollten wir den Beamten nicht …«

»Nein, sollten wir nicht«, fiel ihr die Heimleiterin verärgert ins Wort. »Wir sind eine private Einrichtung und müssen wirtschaftlich arbeiten. Nur wenn es uns gut geht – und dafür dürfen sich die Gerüchte nicht verbreiten, dass einer der Bewohner womöglich von einem Einbrecher attackiert wurde und wir ihm dies nicht geglaubt haben –, nur dann können wir auch gut für unsere Angestellten sorgen. Das gilt natürlich auch für unsere Auszubildenden, die ebenfalls Geld kosten.«

Alex registrierte, dass sich ihre Finger wie kleine Folterwerkzeuge mit jedem Wort tiefer in ihre Beine gegraben hatten. Das durfte doch nicht wahr sein! Doch was sollte sie tun? Die Drohung war eindeutig gewesen und diesbezüglich hatte sie ihre Lektion gelernt.

Während die Schülerin das Gehörte noch immer verarbeitete, ergriff die Heimleiterin wieder das Wort: »Geh jetzt nach Hause, du siehst furchtbar blass aus. Ich werde eine Vertretung organisieren.«

»Das ist nicht nötig«, sagte Alex eilig. Sie wollte nicht gehen und Walter allein zurücklassen.

»Ich weiß. Dennoch werde ich es tun. Denk später darüber nach, was ich dir zu dieser ganzen Sache gesagt habe. Doch jetzt genug davon. Ich muss noch einige Dinge wegen der Versicherung regeln und habe dadurch noch sehr viel Arbeit vor mir.« Als wäre das Gespräch damit beendet, wandte sie sich daraufhin wieder ihrem PC zu. Alex verstand. Wortlos erhob sie sich und verließ den Raum.

13. Ein unerwarteter Anruf

Gedankenverloren nippte er an seinem Bier. Es war das erste an diesem Abend. Stolz warf er einen Blick auf die Uhr. Immerhin hatte er es nach dem Dienst eine Stunde ausgehalten, ohne sich zu betäuben. Darauf konnte man stolz sein, wenn man diesen beschissenen Tag als Maßstab nahm. Zufrieden streckte er sich auf der Couch aus, während im Fernsehen die Wiederholung einer Serie lief, an deren Namen er sich nicht erinnern konnte. Doch das war auch vollkommen egal. Es ging bei der verdammten Glotze nur darum, dass er Stimmen und Geräusche um sich herum hörte. Stille konnte er schon lange nicht mehr ertragen. Die Stille brachte quälende Fragen mit sich.

Seine Wohnung lag bis auf den Schein des Fernsehers in Dunkelheit. Und sie war leer. Eigentlich glich sie mit etwas Fantasie hinsichtlich ihrer Ausstattung sogar einem Kerker. Manchmal fragte er sich, ob er das alles hier überhaupt bräuchte. In den USA lebten sie doch auch in Trailern und sparten dadurch eine Menge Geld. Wenn er sich von dieser unnützen Wohnung trennen würde, dann bliebe ihm vielleicht genug übrig, damit er wieder von Dosenbier auf Frischgezapftes aus der Kneipe umsteigen könnte?

Einen Moment malte sich der Mann die Idee aus: Er hatte die Eigentumswohnung mit ihren ungeliebten Erinnerungen verkauft und im Tausch für den seelischen Ballast auch noch eine lukrative Summe erhalten. War das nicht ein guter Deal? Dafür hatte er sich ein Wohnmobil gekauft. Wann auch immer ihm zukünftig ein Ort gegen den Strich ging, fuhr er einfach los und ließ sich woanders hintreiben.

Er nickte. Das war ein guter Gedanke. Als wollte er mit sich selbst darauf anstoßen, griff er nach der Dose, um einen Schluck zu nehmen. Das Metall schmeckte bitter, das Bier lag schal auf seiner Zunge. *Wenn mir nicht einmal mehr das schmeckt, wird es ernst,* dachte er und rollte sich auf der Couch auf den Rücken, sodass seine Augen hinauf zur schlecht tapezierten Decke blickten.

Ihm fielen langsam die Augen zu, als sein Handy brummte. So früh hatte er nicht damit gerechnet, dass er einschlafen würde und das Gerät deswegen noch nicht auf stumm geschaltet. Er sah auf das Display und runzelte die Stirn. Frau Dr. Koch versuchte, ihn zu erreichen. Das war eigenartig und bedrohte seinen wohlverdienten Feierband.

»Ja, was gibt es?«, knurrte er übellaunig in den Hörer. »Ich bin quasi erst zur Tür rein nach der verdammten Spätschicht.« Klaus hatte es längst aufgegeben, die Abneigung gegen seinen Job zu verbergen. Er wusste, wie weit er gehen konnte und reizte diese Linie mit Vergnügen aus. Mehr als dieses Laster sowie schlechtes Dosenbier schien das Schicksal für ihn ja ohnehin nicht vorgesehen zu haben.

»Hallo, Klaus, verzeihen Sie die Störung zu dieser späten Stunde. Sie können sich denken, dass ich nicht angerufen hätte, wenn es nicht von großer Dringlichkeit wäre.«

Er nickte. Als ihm auffiel, dass die Frau am anderen Ende der Leitung dies natürlich nicht sehen konnte, sog er seufzend die Luft ein und presse ein genervtes »Ja!« hervor.

»Es ist zu einem weiteren Zwischenfall bei Herrn Dobrindt gekommen.«

Ausgerechnet bei dem alten Sack, ging es Klaus durch den Kopf. Er erinnerte sich noch gut an den Streit mit dieser hochnäsigen Göre. Nur weil sie mal ein paar Semester erfolglos studiert hatte, wollte sie ihm sagen, wie er seinen Job machen sollte? Er hatte mit dem Alten schon genug Scherereien erlebt, da sollte sich eine Besserwisserin, die noch mitten in der Ausbildung steckte, einfach raushalten. Er musste nur an Alexandra denken, da beschleunigte sich bereits sein Puls und die Zornesröte kroch über seine hängenden Wangen.

»Der scheint das Glück ja magisch angezogen zu haben. Was ist dieses Mal passiert? Hat er sich an etwas verschluckt und wieder geglaubt, der Schwarze Mann hätte es auf ihn abgesehen?« Seine Stimme war voll von bösem Spott.

»Nicht ganz, Klaus«, erwiderte Dr. Koch kühl. »Dieses Mal ist wirklich eingebrochen worden. Herr Dobrindt und unsere Schülerin Alexandra haben Spuren gewaltsamen Eindringens am Fensterrahmen gefunden. Jörg hat den Vorfall der Polizei gemeldet. Sie können sich vorstellen, was hier also derzeit los ist. Zumal unsere liebe Alexandra darauf beharrt, den Beamten auch von dem ersten Ereignis von vor zwei Tagen berichten zu wollen. Sie erinnern sich sicherlich an die Nacht, als wir alle dachten, Herr Dobrindt hätte schlecht geträumt und wäre verwirrt aufgewacht.«

»Das war ja auch so! Ich bin selbst ins Zimmer gestürmt, als das alles passiert ist. Da war niemand, das können Sie mir glauben. Nur der Alte war da und kämpfte heldenhaft mit seiner Bettdecke«, warf Klaus ein, der unruhig wurde. Er hatte inzwischen eine unangenehme Vorahnung, in welche Richtung das Gespräch verlaufen könnte.

»Wir können weder das eine noch das andere verifizieren, wenn wir ehrlich sind. Was ich jedoch mit Sicherheit sagen kann, diese ganze Angelegenheit wird definitiv kein gutes Licht auf unsere Einrichtung werfen, sollte die Öffentlichkeit davon Wind bekommen. Wissen Sie eigentlich, wie viel Leerstand wir derzeit haben?«

»Zwölf Zimmer«, sagte Klaus, der sich immer freute, wenn er eine Tür ignorieren konnte und dahinter kein erwachsenes Baby darauf wartete, gefüttert zu werden oder den Arsch abgeputzt zu bekommen.

»Ganz richtig. Sie wissen sicher auch, wie viel es einen Bewohner beziehungsweise seine Angehörigen kostet, eines dieser Zimmer mit unseren daran angebundenen Leistungen monatlich zu mieten?«

Klaus besaß davon nicht einmal eine vage Vorstellung. Grundsätzlich war es ihm auch gleichgültig. Seine Eltern waren beide verhältnismäßig früh an Lungenkrebs gestorben. Daher hatte das Thema für ihn keine Rolle gespielt. Genauso wenig wie ein Altenheim für ihn selbst einmal eine Rolle spielen sollte. Wenn er an den Alltag im Heim dachte, wusste er, dass er auf keinen Fall aller Würde beraubt in einer solchen Einrichtung enden wollte. Zynisch sagte er: »Sicher eine ganze Menge.«

»Ganz richtig, Klaus. Eine ganze Menge. Und wissen Sie was? Zwölfmal eine ganze Menge ergibt eine verdammt große Menge. Deswegen können wir es uns nicht erlauben, nach den umfangreichen Investitionen negative Schlagzeilen einzufahren. Wir müssen wachsen, um endlich schwarze Zahlen zu schreiben. Ich muss auch gleich noch diese gottverdammte PR-Agentur anrufen, damit die …«

Koch machte eine Pause. Ihre Stimme war mit jedem Wort lauter geworden, sodass Klaus sein Handy bereits weiter weg vom Ohr gehalten hatte. Ihr langes Ausatmen war trotzdem mehr als deutlich zu hören.

»Warum erzähle ich Ihnen das eigentlich? Ich weiß anscheinend gerade nicht, wo mir der Kopf steht. Allerdings brauche ich hier Hilfe. Ich musste Alexandra nach Hause schicken. Vielleicht kann ich so verhindern, dass sie der Polizei brühwarm davon erzählt, dass es – womöglich! – bereits in einer vorherigen Nacht einen Einbruch samt Angriff auf Herrn Dobrindt gegeben haben könnte. Sollten wir Alexandra dazu bekommen, diese ganzen Vermutungen für sich zu behalten, können wir mit etwas Glück einfach nur Anzeige gegen Unbekannt erstatten und ein Sachverständiger sieht sich morgen die Spuren an.«

»Frau Koch, das klingt aber gar nicht koscher. Damit hätte ich bei Ihnen nicht gerechnet.«

»In einem anderen Leben könnte mir der Umstand, Sie überraschen zu können, vielleicht etwas Freude abringen. Jetzt ist mir das aber, ganz offen gesagt, recht egal. Mir geht es um etwas anderes. Haben Sie sich bereits die Kante gegeben?«

Klaus merkte, wie ihm bei der Frage die Schamesröte ins Gesicht stieg. Mit einem Ruck setzte er sich auf.

»Ich weiß nicht, wie Sie darauf kommen, ich könnte … und selbst wenn, was geht Sie das an?«

»Klaus, als mein Arbeitgeber in diese Einrichtung hier investiert, sie privatisiert und damit vor dem Bankrott gerettet hat, habe ich mich natürlich auch über das Personal informiert, das ich übernehmen musste. Dass Sie oft genug mit eindeutiger Alkoholfahne zu Ihrer Schicht erschienen sind, ist ein offenes Geheimnis. Unter normalen Umständen hätte

Sie das den Job gekostet, aber ich weiß auch, dass Ihr Onkel im Aufsichtsrat sitzt. Sollten die angesprochenen Umstände jedoch publik werden, dann ist es unumgänglich, als Folge der wirtschaftlichen Konsequenzen, Personal abzubauen. Wissen Sie, was ein Sozialplan ist?«

Klaus wusste nicht, ob er eine pampige Erwiderung in das Handy raunen oder das Gerät am besten im hohen Bogen gegen die nächste Wand werfen sollte. Wie konnte diese Hexe nur so mit ihm reden? Er ließ sich doch nicht erpressen!

Während er noch überlegte, wie er reagieren sollte, ergriff Frau Dr. Koch wieder das Wort: »Ich sehe schon, Sie haben verstanden und sind nun sicherlich etwas eingeschnappt. Aber noch mal: Es geht darum, unser Heim wirtschaftlich auf Erfolgskurs zu bringen, um Stellenabbau, von dem nicht nur Sie betroffen wären, zu verhindern. Sollten Sie sich übrigens der naiven Hoffnung hingeben, dass Ihre privaten Beziehungen Ihnen in diesem Fall helfen könnten, dann irren Sie. Sollte es zu dem genannten Szenario kommen, ist sich jeder selbst der Nächste und Ihre Argumente sind im Gegensatz zu denen Ihrer älteren Kollegen mit Familie recht dürftig.«

Sie endete.

Klaus konnte beinahe das höhnische Grinsen und den vernichtenden Blick der kleinen Frau vor sich sehen. »Was wollen Sie?« Er hatte von diesen Spielchen genug. Sie sollte auf den Punkt kommen.

»Ich möchte, dass Sie sich nun bereitmachen und herkommen, um Alexandra zu vertreten. Ich erwarte zudem äußerste Diskretion, was diese Angelegenheit betrifft. Für die morgige Spätschicht suche ich Ihnen eine Vertretung, damit die Belastung nicht zu groß wird. Am besten wechseln Sie deswegen von morgen an einfach in die Nachtschicht. Dann dürften Sie bald wieder einen regulären Rhythmus haben.«

Klaus hasste die Nachtschichten. Die meisten Unfälle in Bezug auf das Wasserlassen und den Stuhlgang ereigneten sich genau dann. Zudem war das Team in dieser Schicht am dünnsten besetzt, sodass wirklich jede unangenehme Arbeit an ihm hängenbleiben könnte. »Ach, wenn wir schon gegen jede Arbeitsschutzbestimmung verstoßen, damit ich heute wieder bei Ihnen antanzen kann, dann können wir mit dem Schichtwechsel auch noch ein Auge zudrücken.«

»Sie können nicht, abgesehen von dieser kurzen Pause, die Sie jetzt gerade hatten, 16 Stunden durcharbeiten, dann gerade einmal knapp acht Stunden schlafen und schon wieder zur Spätschicht antreten.«

»Hören Sie, ich musste mir eben viel anhören – jetzt bin ich dran. Sie haben recht. Für den Fall, dass Stellen abgebaut werden, sieht es für mich schlecht aus. Aber die Drohung lässt mich relativ kalt. Als ob ein weiterer Tiefpunkt in meinem Leben nun der wäre, der mir den Rest gibt? Da ich dennoch darauf verzichten kann, mir was Neues suchen zu müssen, werde ich Ihnen und den ach so lieben Kollegen aber aus der Patsche helfen. Doch ich habe zwei Bedingungen.«

Klaus' Herz pochte zwar immer noch schneller als normal, aber inzwischen war er dabei, sich zu beruhigen. Der Anruf hatte ihn zunächst vollkommen unvorbereitet getroffen. Doch nun war er wieder Herr der Lage und wusste, was er wollte. Sollte Sie ihm doch andernfalls den Buckel runterrutschen. »Ich möchte weiterhin die Spätschicht machen. In dem Zusammenhang möchte ich außerdem ab jetzt grundsätzlich keine Nachtschichten mehr machen müssen. Geht das klar?«

Am anderen Ende der Leitung zischte es. »Einverstanden. Was noch?«

»Außerdem ist eine halbjährige Bonuszahlung sicher mehr als angemessen.«

»Sie wissen, dass ich das nicht alleine entscheiden kann.«

»Ja, das weiß ich. Aber wie ich wieder einmal gemerkt habe, halten Sie sich doch für clever. Wenn Sie das regeln können, haben wir einen Deal.«

Die Frau seufzte. »Abgemacht. Und jetzt kommen Sie her. Ich muss mich auch noch um andere Dinge kümmern.« Mit diesen Worten legte die Heimleiterin auf.

Klaus konnte sich ein Grinsen nicht verkneifen, als er sich ihren angesäuerten Gesichtsausdruck vorstellte. Schwerfällig erhob er sich, wobei die Wolldecke von seinen Schultern herabrutschte. Die Kälte in seiner Wohnung ließ ihn augenblicklich frösteln. Kurz sah er in Richtung Schlafzimmer. Dann verwarf er den Gedanken, sich wieder des Jogginganzugs zu entledigen und in Jeans und Pulli zu schlüpfen. Sein Kasack lag ohnehin bei ihm im Spint. Rasch griff er nach seiner Winterjacke und zog sich die Turnschuhe an. Als er sich dafür nach vorne beugte, meldete sich sein rechtes Fußgelenk. »Ich weiß, für dich ist das nicht gerade ideal, Kumpel.« Klaus machte noch ein genervtes Geräusch, dann verließ er seine Wohnung.

Teil 4

Ein neues Leben

14. Sündenfall

Es ist kalt, dachte der Sammler, als sein Bewusstsein langsam zurückkehrte. Zudem pochten sein Rücken und seine Schulter vor Schmerz unerbittlich. Kaum hatte er diese ersten ernüchternden Eindrücke zur Kenntnis genommen, da schälten sich auch schon allmählich schwache Umrisse aus der Schwärze hervor. Während diese mehr und mehr Gestalt annahmen, kehrte auch die Erinnerung des grauen Mannes zurück. Sein Vater hatte sich an ihm gelabt, um einen ungetrübten Einblick in die jüngsten Ereignisse zu erhalten. Und er hatte dadurch eine schreckliche Pein verursacht – ganz gleich, ob dies hätte sein dürfen oder nicht.

»Ich bin nach dem, was mir dein Geist gezeigt hat, nicht überrascht, dass dir nicht die passenden Worte eingefallen sind, um von dieser Angelegenheit angemessen zu berichten.« Kronos beugte sich näher heran, sodass der Sammler durch den Dunstschleier, der noch immer seine Sicht trübte, die Enttäuschung auf dessen Gesicht sehen konnte. »Du hast scheinbar zu viel von den menschlichen Gefühlen gekostet und dies hat dich schwach werden lassen.«

Der Sammler wollte etwas erwidern, um den Vorwurf zu entkräften. Doch noch immer konnte er keine klaren Gedanken fassen. Wirr und chaotisch lösten sie sich in wilder Folge ab. »Ich … «, stammelte er, um die Worte seines Vaters wenigstens nicht ohne jede Reaktion im Raum stehen zu lassen.

»… du musst dich trotz deiner Verfehlungen nicht sorgen, mein Sohn.« Schlagartig ergriff Kronos die Hand des Sammlers und mit einem Ruck brachte er sein Kind wieder auf die Beine.

Augenblicklich schienen schwarze Punkte im fahlen Licht umher zu tanzen, sodass der graue Mann lieber rasch die Augen zusammenkniff, um diesem Spuk Einhalt zu gebieten. Erst nachdem er mehrmals tief durchgeatmet hatte, öffnete er sie erneut. Nun, da er wieder aufrecht stand, blendeten ihn die unzähligen Fackeln. Es dauerte eine Weile, bis er innerhalb des Lichtbogens, der ihn umgab, Details wahrnehmen konnte. Seine Brüder hatten sich um die Szene mit einem respektvollen Abstand versammelt, um den folgenden Ereignissen beiwohnen zu können.

Der schmerzende Rücken und das Brennen in seiner ohnehin schon verletzten Schulter ergaben nun langsam einen Sinn. Der Sammler hatte inzwischen erkannt, dass er unterhalb der Stufen, die hinauf zum Thron führten, wieder zur Besinnung gekommen war. *Hat mir der Blick in meine Erinnerungen derart große Kraft abverlangt, dass ich tatsächlich von dort hinuntergestürzt bin?* Die steinerne Miene seines Vaters erweckte bei ihm keinesfalls den Eindruck, als wäre es klug, ihn danach zu fragen. *Ob es für die Menschen ebenfalls ein derart traumatischer Prozess oder gar noch eine schlimmere Qual ist?*

»Mein Sohn, bevor ich auf deine Verfehlungen zu sprechen komme, möchte ich dir versichern, dass wir deinen Fehler bereinigen werden. Kein Mensch wird jemals von uns erfahren, oder besser gesagt, sich an unsere Existenz erinnern können.« Dann erhob Kronos mahnend den Zeigefinger. »Allerdings lasse dir auch gesagt sein, ich werde derartige Eskapaden nicht noch einmal dulden. Ich habe schon sehr lange befürchtet, dass dies geschehen könnte, wenn wir uns dem menschlichen Dasein zu sehr anpassen. Deswegen verlange ich von dir, dass du unverzüglich zurück zu einer angemesseneren Lebensweise kehrst. Überdenke zudem auch deine Vorliebe für feine Genüsse. Der Preis, den sie dir abverlangen, ist viel zu hoch! Merke dir das!«

»Aber Vater, es ist all die Jahre ohne Zwischenfälle möglich gewesen! Dieser Vorfall hätte sich mit jedem anderen Menschen, ja auch Kindern, ereignen können. Er geschah ungeachtet dessen, wie ich lebe oder welche Kost ich bevorzuge!«

Ein amüsiertes und abschätziges Lächeln erschien auf Kronos' Gesicht. »Es geht weniger darum, dass dich der Traumwächter eines alten Mannes in die Flucht geschlagen hat. Auch deine Brüder, ja selbst ich, mussten sich manch starkem Geist bereits geschlagen geben. Für mich und meine Sorgen sind viel mehr jene Konsequenzen verantwortlich, die sich aus dieser Niederlage für dich ergeben haben. Ich hoffe, ich muss nicht mit dir vor deinen Brüdern über deine Unpässlichkeit reden?«

Im ersten Moment war der Sammler bei diesen Worten verwirrt. Was konnte sein Vater damit nur meinen? Doch schon einen Wimpernschlag später konnte er die Querverbindung herstellen. Nach der Attacke in Walter Dobrindts Traum hatte er geblutet. Sammler tun dies nicht.

»Nein, Vater.« Er senkte das Haupt. »Ich habe verstanden und akzeptiere deinen Willen.«

Kronos klatschte einige Male gefällig in die Hände. »Einsicht ist der erste Schritt zur Läuterung. Der zweite Schritt besteht darin, dass du meinen Anweisungen Folge leistest und von nun an mehr Abstand zu den Menschen wahrst!«

»Ja, Vater.« Die Antwort des Sammlers war kaum mehr als ein Flüstern.

»Gehe nun und packe deine Sachen. Es wird Zeit, dass du diese falsche Art der Existenz hinter dir lässt und auf den rechten Weg zurückkehrst. Wir werden derweil alles für die Zusammenkunft vorbereiten. Von dieser bist du im Übrigen freigestellt. Derzeit bringst du mir keine Kost, die für mich in irgendeiner Weise bekömmlich ist.«

Verstohlen sah sich der Sammler um. Beinahe erwartete er, dass seine Brüder tuschelten oder sogar mit den bleichen Fingern auf ihn zeigten. Doch dergleichen geschah nicht. Dafür waren sie, da nun ihr Vater vor ihnen stand, viel zu sehr auf Gehorsam aus. Ohne jede Regung hatten sie das Schauspiel beobachtet.

Kronos wandte sich wortlos von ihm ab und befehligte mit einer kurzen Geste einen der anderen Sammler herbei. Er gehörte zu seinen ältesten Kindern, wie sowohl die prachtvolle zeremonielle Robe mit den blauen Emblemen als auch der schlichte Ring an seiner rechten Hand verrieten. Die Worte, die Kronos sprach, waren nicht zu verstehen, doch schnell erklärte sich ihr Inhalt aus dem Kontext. Der Herbeigerufene sollte seinen Bruder zurück an die Oberfläche begleiten.

Nachdem der Sammler seinen Hut ergriffen hatte, kehrten sie der großen Halle gemeinsam den Rücken zu. Als sie diese durch den langen Korridor verließen, erloschen die Lichter der Fackeln. »Hier, nimm«, sagte seine Begleitung und reichte dem grauen Mann die Grubenlampe. Diese hatte er bei all der Aufregung ganz vergessen. Gewappnet mit dem schummrigen Licht bahnten sie sich einen Weg bis zu dem Schacht, durch den der Sammler hinabgestiegen war. »Vielen Dank für deine Mühen, Bruder. Ich werde es von hier an aber auch allein schaffen.« In der Stimme des Sammlers klang ein böser Unterton mit. War sein Stolz verletzt? Konnte er überhaupt Stolz empfinden? In einem hatte sein Vater jedenfalls recht: Die Gefühle, die sich seit einiger Zeit unkontrolliert in ihm manifestierten, machten ihn schwach. Es war das eine, eine bestimmte Emotion gleich einem guten Wein in gesunden Dosen zu kosten. Doch es war etwas ganz anderes, wenn sich diese schrecklichen Gefühle zum Herrn aufschwangen und unkontrolliert über ihn hereinbrachen.

»Ich habe Anweisungen und werde dich bis zur Türe begleiten.« Die monotone Stimme seines Gegenübers riss den Sammler aus seinen Gedanken. Er sah zu seinem Bruder hinüber. Der entschlossene Ausdruck in dem Gesicht des Ältesten ließ keinen Zweifel daran, dass dieser die ihm auferlegte Aufgabe gewissenhaft ausführen würde.

»Also gut«, sagte der Sammler und griff nach den ersten Sprossen. »Ich werde vorangehen.«

Obwohl der Aufstieg körperlich weitaus beschwerlicher als der vorangegangene Abstieg war, fiel es ihm nun wesentlich leichter, die Leiter zu überwinden. Mit jeder Stufe hatte er das Gefühl, ein zentnerschweres Gewicht abzuwerfen. Kaum hatte der Sammler den letzten Schritt hinaus aus dem Schacht getan, da folgte ihm sogleich der Älteste. Seine Miene war noch immer stoisch und er schwieg. Ohne weitere Worte zu wechseln, verließen sie den Keller und gingen hinauf zum Wächter. »Wie ich sehe, hat deine Unterredung nicht so lange gedauert?« Auf seinen Zügen lag leichter Spott – sollte er denn zu so einer Regung fähig sein.

»Sie hat lange genug gedauert«, entgegnete der Sammler kurz angebunden und wartete nicht darauf, dass man ihm die

Tür öffnete. Stattdessen griff er selbst zur Klinke und ging rasch hinaus in die Nacht. Auf der Schwelle hob er noch einmal seinen Hut und empfahl sich.

Der Aufenthalt in der großen Halle hatte zwar nicht die gesamte Nacht beansprucht, aber dennoch war es bereits nach vier Uhr am frühen Morgen, als der graue Mann den Bahnhof erreichte. Demnach sollte schon bald wieder die erste Regionalbahn in Richtung Norden fahren. Er war erleichtert und wollte einfach nur noch zurück zu seinem Unterschlupf.

Die kalte Dezemberluft hatte auch keinesfalls mehr diese erquickende Wirkung auf ihn. Vielmehr fühlte er sich an die eisige Leere erinnert, die er gespürt hatte, als Kronos sich an seinen Erinnerungen zu schaffen gemacht hatte. Unwillkürlich zog er den Kragen seines schlichten Mantels noch ein Stück weit höher, um sich gegen die frostige Luft zu schützen. Unstet schritt er den Bahnsteig entlang.

Woher kommt diese Unruhe? Dein Vater hat dir gesagt, er werde sich um alles kümmern, und deshalb musst du dir auch keine Sorgen mehr machen. Alles wird nun wieder seinen gewohnten Gang nehmen!

Die Gedanken schienen richtig und doch gleichermaßen falsch zu sein. Wie sehr seine Welt doch nur aus den Fugen geraten war in dieser kurzen Zeitspanne! Zaghaft tasteten seine Finger über die verwundete Schulter. Selbst diese leichte Berührung quittierte die geschundene Körperstelle noch immer mit einem heißen Brennen. Der Sammler biss die Zähne zusammen.

Konnte Kronos recht haben und dies alles geschah, weil er sich so intensiv mit den Menschen befasst hatte? Seine neuerdings aufkeimenden Gefühlsregungen mochten durch diese Theorie zu erklären sein. Aber seine Verletzung? Insgeheim hatte der Sammler sogar Sorge gehabt, sein Vater könnte deswegen voller Zorn sein. Dass er diesen Umstand jedoch nur missbilligend zur Kenntnis genommen und einen Tadel samt Warnung ausgesprochen hatte, war unerwartet gewesen – und es machte den Sammler stutzig. Hatte er sich womöglich einfach geirrt oder steckte mehr hinter diesem überraschenden Verhalten?

Derweil kündeten die fernen Lichter davon, dass der Zug bald eintreffen würde. Nur wenige Sekunden später war bereits die Lok zu erkennen. Der Sammler blickte sich um. Außer ihm befanden sich nur wenige Reisende auf dem Bahnsteig. Er war es nicht anders gewohnt. Mit schrecklichem Radau kam der Zug zum Stehen und der graue Mann, der einige Meter abseits der anderen Passagiere gestanden hatte, betrat ein leeres Abteil. Der Geruch von Alkohol hing schwer in der Luft.

Da die Regionalbahn hier einen Aufenthalt hatte, dauerte es ein wenig, bis sie sich schließlich in Bewegung setzte. Als sich die Türen schlossen und das Gefährt träge aus dem Bahnhof hinaus in die Nacht rollte, ließ die Unruhe langsam vom Sammler ab. Seine Miene war starr, als er hinüber zur Stadt sah. Das funkelnde Lichtermeer, so prächtig und beeindruckend es aus der Nähe auch gewesen sein mochte, schien mit jedem Meter wachsender Distanz kleiner und unbedeutender zu werden, bis von ihm nur noch ein kleiner Lichtpunkt in der Dunkelheit zu sehen war.

Dem Sammler entfuhr ein tiefes, zufriedenes Seufzen. Dann zog er den Hut tiefer, sodass die Krempe die Augen verbarg und schloss diese, um sich ein wenig auszuruhen und besser seinen Gedanken nachgehen zu können. Er wusste nicht, ob und wie lange er tatsächlich geruht hatte, doch überrascht hörte er – und es kam ihm beinahe so vor, als wäre der Zug gerade erst losgefahren –, dass die Regionalbahn ihr Ziel erreicht hatte. Erschöpft stand der Sammler auf und verließ den Wagon. Wieder ließ ihn die kalte Luft frösteln. Er war dies keinesfalls gewohnt. *So plötzlich ist alles verkehrt,* dachte er, als er zielstrebig auf den Fußgängertunnel zueilte. Dieser führte ihn unter der Hauptstraße hindurch, die zu dieser Stunde noch immer verlassen war. Auch in dem angrenzenden Stadtteil waren allenfalls vereinzelt einige Menschen unterwegs. Der Sammler beachtete sie gar nicht. Er konnte nur an diese erbärmliche Kälte denken. Die Kälte beherrschte alles.

Hastig bog er um die nächste Ecke ab. Dann um noch eine. Es war noch weit zu seiner Wohnung, aber er hatte schon ein gutes Stück des Weges gemeistert. Seine Absätze klackerten unter seinen schweren Schritten unermüdlich auf dem Asphalt. Doch … da stimmte etwas nicht. Er kannte dieses Geräusch in jeder noch so feinen Variation. Heute klang es falsch. Er blieb stehen und sah sich verstohlen um. Hier standen die bedrückenden Betonbauten dicht beieinander. Allenfalls kleine Einbahnstraßen führten durch sie hindurch. Oftmals waren es aber nur Fußgängerwege, die als schmale Gassen zwischen den Häuserschluchten hindurchführten. Er konnte niemanden entdecken. Spielte sein Verstand ihm einen bösen Streich?

Zögerlich blickte der Sammler zu der Gasse, die direkt vor ihm lag. Sie war so schmal, dass zwei Passanten nur mühsam aneinander vorbeigehen konnten. Durch den engen

Gang erreichte man eine stillgelegte Bahntrasse, die eine ideale Abkürzung darstellte. Der graue Mann war diesen Weg bereits unzählige Male gegangen. Was ließ ihn heute zögern?

Vorsichtig ging der Sammler voran und lauschte. Jeder Schritt – und war er auch noch so klein – schien ein Echo nach sich zu ziehen. Einer plötzlichen Eingebung folgend, beschleunigte er seine Schritte und wurde dann wieder langsamer.

Das Manöver führte er in einem ungleichmäßigen Wechsel aus und erkannte dadurch den Trick, auf den er hereingefallen war. Jemand war ihm im gleichen Tempo gefolgt, um den Klang der eigenen Schritte auf diese Weise verbergen zu können. Kaum hatte der Sammler seine Schlussfolgerung gezogen, erklangen nun von jenseits der nächsten Ecke eilige Schrittfolgen. Sein Verfolger hatte somit wohl erkannt, dass er entdeckt worden war. Die Jagd hatte begonnen.

Wie von Sinnen rannte der graue Mann los. Sein Mantel flatterte, der Atem ging schon bald stoßweise. Er wagte es nicht, sich umzusehen, während die Häuserzeilen an ihm vorbeiflogen. Schon hatte er die schmale Gasse erreicht. Seine Schritte hallten in ihr laut wider, sein Atem brach sich an den Wänden. Doch er hörte auch seinen Verfolger, dessen lautes Keuchen, das sich schnell näherte.

Mit gewaltigen Schritten schoss der Sammler aus der Gasse hervor. Nur wenige Meter entfernt sah er schon die Brücke vor sich, über die jene stillgelegte Trasse entlanglief. Er musste nur noch den engen Fußgängertunnel durchqueren, der durch den dicken Brückenpfeiler verlief, und dann auf der anderen Seite eine kleine Treppe emporsteigen. Dort würde er die alten Schienenstränge erreichen und könnte der

Trasse ein kleines Stück folgen, um sich in einem der Gebüsche des nahen Grünstreifens zu verstecken. Er rannte so schnell, dass er sich verschätzte und mit der linken Schulter die Mauer streifte, als er unter der wuchtigen Konstruktion hindurch zur Treppe lief. Der kurze Moment reichte aus, damit sein Verfolger zu ihm aufschließen konnte.

Der Sammler hörte noch, wie ein sausender Laut die Luft zerschnitt. Dann spürte er den Einschlag. Der Schmerz zwischen den Schulterblättern raubte ihm den Atem. Ein trüber Schleier legte sich vor seine Augen und er geriet ins Straucheln. Ungelenk stürzte er auf die nächste Wand zu. Er konnte sich nur notdürftig an ihr abfangen, da steckte er schon den nächsten Schlag ein. Dieses Mal traf der Angriff seine reche Seite und ein Brennen bahnte sich von dort einen Weg hinüber in Rücken und Bauchraum. Der Sammler sackte kraftlos zusammen. Alles drehte sich. Dann packten ihn erbarmungslose Finger, die sich tief in sein Fleisch gruben und wirbelten ihn herum.

Fassungslos blickte er in das Gesicht seines Angreifers. Es war der Älteste, der ihn aus den Tiefen der großen Halle wieder hinauf an die Oberfläche begleitet hatte. Sein Ausdruck zeugte noch immer von vollkommener Gleichgültigkeit. Allenfalls die Anstrengung stand ihm ins Gesicht geschrieben. Schweißtropfen perlten von seiner gedrungenen Stirn, der Mund war weit geöffnet und presste dicke Atemwolken hervor. *Warum nur?* Kaum war dem Sammler die Frage in den Sinn gekommen, da traf ihn auch schon der schwere Stiefel seines Bruders mit ungehemmter Wucht in den Magen. Bitterer Geschmack legte sich auf die Zunge des grauen Mannes. Sein Bauch verkrampfte sich rhythmisch.

Schon traf ihn eine weitere Attacke. Sein Bruder hatte erneut auf die Seite gezielt, auf die er bereits mit der Faust eingeschlagen hatte. Ein heiseres Husten entwich dem Unterlegenen. Er schmeckte Blut. Dann wurde alles um ihn herum dunkel.

Doch außer der aufkommenden Schwärze nahm der Sammler auch noch etwas anderes wahr. Sein Herz raste und wie ein heißer Strom schoss eine neue Empfindung durch seine Adern. Die Zeit selbst schien langsamer zu vergehen, der Schmerz verblasste für einen kurzen Moment und durch den Tränenvorhang, der seine Sicht trübte, konnte er wie in Zeitlupe erkennen, dass der Stiefel ein weiteres Mal heranraste. *Wenn er dich noch einmal trifft, dann war es das. Er wird dich töten.* Der Feuerstrom in seinen Adern begehrte jäh auf und entfesselte eine letzte Kraftreserve.

Ein lautes Keuchen entfuhr dem Sammler, als er sich aufraffte und mit seinem gesamten Gewicht gegen das Standbein seines Angreifers warf. Dieser war zu überrascht, um sich auch nur auf irgendeine Weise vor der unerwarteten Gegenwehr zu schützen. Mit großer Genugtuung registrierte der graue Mann, wie sein Bruder ins Wanken geriet und ungelenk zu Fall kam.

Der Moment des Triumphs war jedoch so schnell verstrichen, wie er gekommen war. Kaum war sein Bruder auf dem Boden aufgeschlagen, da hatte er sich auch schon herumgerollt und war dabei, sich aufzurichten. Gerade als er die Hände auf den nackten Steinboden gedrückt hatte, um sich abzustützen, trat der Sammler zu, der ebenfalls noch auf dem Boden lag. Er traf die Stirn seines Angreifers, der wiederum das Gleichgewicht verlor und ungebremst stürzte.

Ein grässlicher Schmerzenslaut entfuhr ihm, als das Kinn mit einem lauten Knirschen auf den harten Stein aufschlug.

»Sag mir, warum wir uns das antun müssen, Bruder!« Jedes Wort bereitete dem Sammler eine Qual. Aber er besaß immer noch einen Funken Hoffnung, dass die Frage seinen Bruder vielleicht irgendwie zur Vernunft bringen könnte. Dieser richtete sich jedoch schwerfällig auf und schüttelte lediglich den Kopf.

»Also gut, doch sei dir sicher, ich werde nicht so leicht aufgeben!«

Beide standen sich nun in gekrümmter Haltung gegenüber. Plötzlich schoss der Älteste vor, seine Hand schnellte auf die Kehle des Sammlers zu, der zu spät reagierte und nur den Unterarm zu greifen bekam. Überrumpelt von der vehementen Attacke geriet er ins Schwanken. Sein Bruder nutzte diese Schwäche gekonnt aus und drängte ihn zurück, bis der Sammler mit dem Rücken gegen die Wand prallte. Dann drückte der Älteste immer fester zu, hatte nun beide Hände um den Hals seines Opfers geschlungen und zitterte vor purer Anstrengung. Der graue Mann riss den Mund auf und japste nach Luft. Doch es war vergebens. Der Griff war viel zu eng und viel zu stark.

Ich will nicht sterben.

Der Sammler ließ die Unterarme seines Bruders los. Er hatte erkannt, dass er ihn auf diese Weise nicht aufhalten konnte. Stattdessen ballte er die Hände zu Fäusten und schlug mit all seiner verbleibenden Kraft nach dem Ältesten. Einmal, zweimal und wieder und wieder. Doch zu mehr, als seinem Widersacher ein gelegentliches Keuchen abzuringen, reichten seine verbleibenden Kräfte nicht mehr aus. Der

Sammler merkte, wie seine Muskeln zu versagen drohten. Ihm schien es, als sinke er in ein dunkles Loch. Alles wurde undeutlich.

Ich will leben!

Wieder durchflutete der lodernde Feuerstrom den grauen Mann und endlich erkannte er, was dort vor sich ging. Es war reine Todesangst. Was immer dieses Ereignis mit Walter Dobrindt für eine Veränderung für den Sammler nach sich gezogen hatte, es hatte ihm nicht nur diese furchtbaren Leiden eingebracht, sondern ihm auch ein Geschenk gemacht: die Erkenntnis, dass er leben wollte und die Bereitschaft, dafür zu kämpfen. Wieder hob er seine Fäuste nach oben. Doch er besaß keine Kraft mehr, um sie zu schwingen. Die dunklen Augen seines Bruders fixierten ihn kalt und emotionslos. Der Sammler dachte nicht nach, als er die zitternden Hände millimeterweise näher an das Gesicht des Ältesten heranführte, bis seine Finger es schließlich berührten.

Ich …

Die Finger glitten an der langen Nase entlang, hin zu den Augen in ihren tiefen Höhlen.

… will …

Der Sammler spürte die feuchte, irgendwie feste und doch auch elastische Oberfläche der Augäpfel auf seinen Fingerkuppen. Vor Schreck riss sein Bruder die Augen weit auf. Doch es war bereits zu spät.

… leben!

Voller Inbrunst trieb der Sammler seine Finger tief in diese dunklen Abgründe. Seinem Bruder entwich ein markerschütternder Schmerzensschrei. Im gleichen Moment lockerte sich der Griff. Gierig schnappte der graue Mann nach

Luft und bemerkte nur beiläufig, dass der Älteste wild um sich schlug, ins Stolpern geriet und erneut stürzte.

Der Sammler ging in die Hocke und stützte sich mit den Händen auf den Oberschenkeln ab. Mit rasselndem Atem besah er sich das grausige Schauspiel, das sein Bruder keine zwei Meter entfernt aufführte. Wimmernd, fluchend und verzweifelt trat die gekrümmt daliegende Gestalt um sich, aber traf doch nur immer wieder ins Leere.

Als sich das Pulsieren in seinem Schädel und das laute Rauschen des Blutes in seinen Ohren langsam beruhigten, setzte das rationale Denken beim Sammler wieder ein. Eilig ließ er den Blick schweifen. Beinahe hatte er befürchtet, dunkle Schemen auf ihrem Weg zur Unterführung zu entdecken. Doch die Nacht war – wenn man einmal von dem unermüdlichen Wehklagen seines Bruders absah – immer noch friedlich.

Die Miene des grauen Mannes war grimmig, als er sich über den wehrlosen Ältesten beugte. Er benötigte Antworten. So erbarmungslos, wie er selbst zuvor stranguliert wurde, drückten nun die Hände des Sammlers zu. Dem Blinden entwich lediglich ein kurzer Schreckenslaut, bevor seine Stimme versagte. Dann versuchte auch er, irgendwie nach seinem Angreifer zu schlagen. Doch die Hiebe mit den schwachen Fäusten waren ziel- und nutzlos. Allmählich spürte der graue Mann, wie die vergebenen Atemzüge des Ältesten schwächer wurden und nur noch in unregelmäßigeren, immer größeren Abständen aufkamen. Ausdruckslos sah er mit an, wie sein Bruder reglos zusammensank.

Nein, noch ist es nicht so weit, dachte der Sammler. Er lockerte den Griff etwas, damit die Atmung erneut einsetzen und den Körper am Leben halten konnte. Nun nahm er eine Hand vom Hals des Ältesten und führte sie hinab zu dessen Brust. Dann tauchte er ein in die Erinnerungen seines Bruders. Dieser war viel zu geschwächt, um sich irgendwie gegen den Eindringling zur Wehr setzen zu können.

Zunächst sah der Sammler nur Schwärze, doch rasch nahm er die ersten Details wahr. So als würde er stückweise ein Bild zusammensetzen, ließ er immer mehr Eindrücke auf sich wirken. Dann erkannte der graue Mann, dass er sich wieder in der großen Halle befand. Dabei sah er die vergangenen Ereignisse aber nicht aus seinen Augen, sondern aus denen des Ältesten. Jäh spürte der Sammler eine kalte, kräftige Hand auf seiner Schulter. Es war Kronos, der ihn näher an sich heranzog.

»Die Liebe deines Bruders für die Menschen ist zu groß geworden. Er ahmt ihr Leben nach, er dringt immer tiefer in ihre Gedanken vor. Es hat ihn schwach gemacht und eine Kette ist nur so stark wie ihr schwächstes Glied. Um den Fortbestand unseres Volks zu sichern, müssen er und dieser Walter Dobrindt sterben. Du bist eines meiner ältesten Kinder, dir obliegt diese Ehre. Doch gehe diskret vor. Ich will nicht, dass deine Brüder von diesen traurigen Ereignissen erfahren und ihr Gemüt mit derlei Dingen belasten müssen.«

Stumm starrte Kronos ihn an. Seine Augen waren wie ein Strahl klirrender Kälte. Ein unerbittliches Brennen, das alles zerfraß, was sich ihm in den Weg stellte. Dann verengten sich die Pupillen plötzlich zu schmalen Schlitzen und ein höhnisches Grinsen erschien auf seinem Gesicht.

Keuchend taumelte der Sammler zurück und blickte auf den bewegungslosen Körper seines Bruders. Dessen

Brustkorb hob und senkte sich kaum merklich. Der graue Mann fuhr sich mit den Händen über die Schläfen und bemerkte erst jetzt, dass er bei der Auseinandersetzung seinen Hut verloren hatte. Er lag einige Meter entfernt verwaist auf dem Boden. Er ging hinüber zu seinem treuen Weggefährten und hob diesen auf, wobei er den Schmutz abklopfte. Mit den so geübten Handgriffen rückte er den Hut und dessen Krempe zurecht. Dann ging er wieder hinüber zu seinem Bruder.

Ein Zittern durchfuhr seinen Leib, als er daran dachte, was nun zu tun sei. Zögerlich beugte er sich nieder. Er konnte den schwachen Atem hören, das leise Säuseln in der eisigen Luft. Er schloss die Augen, als er seine Hand auf Mund und Nase des Ältesten legte. Zunächst geschah nichts. Dann entwich dem schwachen Körper ein Wimmern. Als wollte der sterbende Leib seine finale Niederlage nicht eingestehen, begehrten seine Muskeln noch einmal kurz auf.

Doch es war vergebens.

Der Älteste hauchte sein Leben aus.

Sie konnte regelrecht spüren, wie das Blut durch die Adern in ihrem Hals raste.

Beruhige dich!

Doch es half nicht, denn eigentlich wollte sie gar nicht ruhig sein. Sie wollte sich aufregen. Was fiel dieser Frau nur ein? Hatte sie ihr wirklich gedroht?

Beruhige dich! Du hast aus der Vergangenheit gelernt. Nicht jeder Kampf ist es wert, dass man ihn austrägt.

Die rationale Stimme in ihrem Kopf regte Alex allerdings nur noch mehr auf. Sie ballte ihre Hände inzwischen derart fest zu Fäusten, dass ihre Arme zitterten. Wie eine Sturmfront rauschte die Schülerin hinaus in den Innenhof. Sie wusste, dass dort Jörg stand. Der glimmende Punkt in der Dunkelheit hatte den Raucher verraten.

»Bist du auch der Meinung, dass wir den ursprünglichen Vorfall totschweigen sollen?«

Jörg nahm einen tiefen Zug seiner Zigarette. Der Lichtpunkt glomm nun hell auf und zeigte sein regungsloses Gesicht. »Hallo, Alexandra, schön dich zu sehen.«

»Es tut mir leid, dich so zu überfallen, aber ich soll heimgehen und …« Alex brach mitten im Satz ab, so als fehlten ihr die Worte, um die Tatsachen auszusprechen.

»… und keinen Ton darüber verlieren, dass Herr Dobrindt dachte, jemand wäre in seinem Zimmer gewesen. Ich weiß.«

»Es scheint dich ja nicht besonders zu stören?« Ihre Stimme war nun leiser, aber dafür voller Trotz. »Es ist falsch, das weißt du.«

Jörg gab einen undeutbaren Laut von sich. Dann nahm er noch einen tiefen Zug von seiner Zigarette, bevor er den Stummel im Aschenbecher zerdrückte, der zu seinen Füßen stand.

»Ich habe dir bereits gesagt, dass wir nicht wissen können, was in dieser Nacht tatsächlich passiert ist – ob du dies nun für falsch oder richtig hältst. Dass die Polizei wegen der Einbruchsspuren die Ermittlungen aufnimmt, ist schlimm genug. Würde sie nun auf einen reinen Verdacht hin weitere Ermittlungen anstellen, könnte das hier für alle Beteiligten richtig schwere Konsequenzen bedeuten.«

Jörg ging auf sie zu. Mit ernstem Gesichtsausdruck sah er zu der Schülerin hinab, die ihm gerade einmal bis zum Kinn reichte. »Es tut mir leid, das so sagen zu müssen, aber es ist doch klar, dass du dir den Luxus leisten kannst, idealistisch zu sein. Ich war vor vielen Jahren noch genauso wie du. Du wirst jedoch schnell merken, dass es auch in diesem Job letztlich nur um Profit geht. Die allmächtigen Zahlen. Das ist doch überall gleich.« Seine Stimme klang bitter und er schüttelte den Kopf.

»Aber …«

»Bitte, Alexandra, sieh es ein! Wenn du etwas ändern willst, dann wird es alles nur noch viel schlimmer werden. Das musst du mir glauben! Es ist nicht meine Meinung, nicht mein Wunsch, sondern einfach nur der Rat, den ich dir als erfahrener Kollege geben möchte. Jetzt geh nach Hause und ruh dich etwas aus. Diese ganze Angelegenheit ist schwer genug mit einem kühlen Kopf zu ertragen, selbst für mich. Ich kann mir kaum vorstellen, wie es dir damit im Moment gehen muss.«

Er legte der jungen Frau die Hand auf die Schulter und senkte den Blick verlegen zu Boden. Im ersten Moment wollte Alex sich empört der Berührung entziehen. Dann merkte sie jedoch, wie die schlichte Geste sie beruhigte. Still nickte sie.

Schließlich ging Jörg wortlos davon. Als er die Tür durchschreiten wollte, blieb er kurz stehen und drehte sich noch einmal um: »Ich werde Herrn Dobrindt sagen, dass Frau Koch dir einen Abend Ruhe gönnen wollte. Du musst also nicht noch einmal hochgehen, um dich zu verabschieden. Und mach dir keine Sorgen. Wir werden gut auf ihn aufpassen.«

Kaum hatte Jörg den Satz beendet, da war er auch schon verschwunden und Alex blieb allein in der Dunkelheit zurück. Über ihr funkelten die Sterne in der kalten und klaren Winternacht. Erschöpft lehnte sie sich an den Baum und rutschte dann am Stamm hinab, bis sie auf dem Boden saß. Die Steinplatten waren eisig, doch das störte sie nicht. Ihr Kopf qualmte von all den Gedanken, von all diesen vielen unterschiedlichen Ansichten, die um die Vorherrschaft kämpften.

Was wäre, wenn Frau Dr. Koch, Jörg und sogar Klaus recht hatten? Vielleicht hatte Walter nur schlecht geträumt? Konnte sie also tatsächlich auf einen reinen Verdacht hin die Existenz so vieler Menschen gefährden? Dass es Konsequenzen nach sich ziehen würde, wenn sie offen über alle Ereignisse sprach, war ihr durchaus bewusst.

Alexandra kniff die Augen zusammen. Dann sah sie wieder Walters panischen Blick vor sich. Konnte jemand ohne Grund eine solche Angst haben? »Nein«, flüsterte sie in die

Nacht hinein. Es musste etwas geschehen sein und dass dies nun totgeschwiegen werden sollte, war schrecklich. Schwerfällig erhob sie sich. Es war an der Zeit, zu gehen. Ändern ließe sich im Moment an der Situation nichts.

»Hoffentlich passen sie nun wenigstens besser auf dich auf«, sagte die junge Frau, als sie den Innenhof verließ und in Richtung Ausgang schlurfte. Der Rückweg war lang und die Kälte kroch ihr durch die Jacke. Kurz hatte Alex überlegt, ein Taxi zu rufen, da der nächste Bus erst in knapp einer Stunde kam. Doch letztlich tat ihr die eisige Luft auf gewisse Weise auch gut. Sie wollte es nicht bequem haben, sondern einfach nur die trüben Gedanken vertreiben – und das mit allen Mitteln. Nach und nach gelang ihr dies sogar, denn bald schon war sie in einen monotonen Trott versunken.

Vor ihr zeichnete sich die triste Fassade des mehrstöckigen Hauses gegen den dunklen Himmel ab. Sie war überrascht, wie schnell so ein Weg doch zurückgelegt ist, wenn man nicht über seine Schritte nachdenkt. Mit kraftlosen Bewegungen öffnete sie die Eingangstür und schleppte sich zu ihrer Wohnung. Da es Abend war, rechnete sie fest damit, in ein ausgelassenes Gelage von Jacky und ihren Kommilitonen zu geraten. *Nein, danke. Ich hatte einen schlechten Tag und möchte weder Ablenkung noch darüber reden,* legte sie sich einige Antworten zurecht. Der Schlüssel klapperte im Schloss, dann trat Alex auch schon ein.

Der Flur war dunkel. Sie betätigte den Lichtschalter. Ein prüfender Blick genügte, um ihr zu zeigen, dass ihre Mitbewohnerin vermutlich schon etwas länger außer Haus war. Die Wohnung lag so da, wie sie diese zurückgelassen hatte. Wahrscheinlich war Jacky mit ihren Kommilitonen bereits in den frühen Abendstunden losgezogen. *Umso besser,* dachte sich Alex und ignorierte die erdrückende Stille in der Wohnung. Sie machte sich auch nicht die Mühe, die anderen Lichtschalter zu aktivieren und ging im Halbdunkeln hinüber zu ihrem Zimmer. Dort sank sie mit hängenden Schultern auf ihr Bett, eine blonde Strähne rutschte ihr ins Gesicht. Mit einem genervten Gesichtsausdruck pustete sie das lästige Haar aus ihrem Sichtfeld.

Ich kann dem Ganzen ein Ende setzen und mich einfach meinerseits bei der Polizei zu dem Vorfall melden. Ich muss nur sagen, was passiert ist – bis hin zu dem sanften Hinweis, ich sollte den Vorfall besser verschweigen.

Alexandra schloss die Augen. Darüber dachte sie schon länger nach. Sie konnte in dieses Wespennest hineinstechen und damit leben, dass es Folgen für sie haben würde. Es wäre aus ihrer Sicht das moralisch richtige Handeln. Doch es gab auch die weinerliche Stimme in ihr, die Stimme, die immer noch wie ein ängstliches kleines Mädchen klang.

Was für Folgen wird es für dich denn haben? Kannst du wirklich mit all diesen Konsequenzen leben? Fünf Jahre Studium hast du dir mit deinem dummen Idealismus bereits versaut. Dieses Mal darfst du nicht wieder scheitern. Du musst die Welt nicht besser machen, wenn die Welt sich dagegen mit aller Macht wehrt. Alex hielt das nicht mehr aus. Hektisch sprang sie auf und tigerte in ihrem kleinen Reich auf und ab. Ließ sie sich gerade wirklich erfolgreich bedrohen? Sie hasste dieses Gefühl der Ohnmacht und kam sich fast so vor, als wäre sie nur eine willenlose unbedeutende Marionette, die tanzen musste, wann immer es den feinen Damen und Herren beliebte. Dann blieb sie jäh stehen. Es gab doch noch eine dritte Sichtweise, oder?

Ich bin nicht machtlos, ich kann mich frei entscheiden. Die Frage ist hierbei nicht, welche Folgen es für mich hat, wenn ich den Vorfall verschweige. Die Frage ist doch die, was es Walter bringt, wenn ich davon berichte? Ob die Polizei irgendwas machen kann, wenn sie davon erfährt, ist bestenfalls fraglich. Nicht einmal der Knopf könnte letztlich ein konkreter Hinweis auf einen Täter sein. Wie denn auch? Dafür müssten sich auf ihm Fingerabdrücke befinden und diese müssten wiederum zu einem Straftäter aus einer Datenbank passen. Das ist alles reine Spekulation. Demnach hat Walter nicht viel davon – außer vielleicht das Gefühl von Genugtuung. Das könnte aber auch für ihn mit einem hohen Preis einhergehen: Ich würde sicher unter einem Vorwand versetzt oder entlassen werden und Walter würde den ganzen Groll der Pfleger und Heimleitung zu spüren bekommen.

Traute sie ihnen das zu? Alex ging in sich. Auch wenn sie noch jung war, hatte sie in dieser Hinsicht schon ihre Lektionen gelernt. Man durfte von jedem anderen Menschen nur das Schlimmste erwarten. Andernfalls würde man bitter enttäuscht werden. Insofern hielt sie es keinesfalls für abwegig, dass Walter der eigentliche Leidtragende sein könnte, wenn sie ihren Verdacht offiziell melden würde.

Alex setzte sich erneut aufrecht hin, winkelte die Arme an und legte die glühende Stirn in die Hände. Rational gesehen wäre es das Beste, die Dinge so hinzunehmen, wie sie waren. Nur warum fühlte sie sich dann so schlecht? Wieso glich ihr Magen einem riesigen Eisklumpen, während ihre Haut so heiß brannte, als stünde sie in Flammen?

Die Antwort ist doch ganz einfach, dachte Alexandra. *Du ekelst dich vor dir selbst. Rede morgen mit Walter darüber. Vielleicht weiß er einen Rat?* Oder erhoffte sie sich von ihm etwa insgeheim Absolution für ihr feiges Verhalten? Sie sah den alten Mann vor sich, der sich in den vergangenen Tagen ihr gegenüber immer freundlicher, ja sogar herzlich gezeigt hatte. Er würde ihr ganz bestimmt sagen, dass sie recht habe und es nur zu seinem Besten sei. Doch wäre dies auch wirklich seine ehrliche Meinung?

Wieder begann sich das Gedankenkarussell wild zu drehen. Trotz und Angst, Wut und Resignation glitten als wirre Gedankenfetzen ineinander über. Ohne darüber nachzudenken, griff Alex nach dem Nachttisch, der neben dem Kopfende ihres Bettes stand und zog die unterste Schublade heraus. Ihre Finger wussten, wonach sie suchen mussten und zogen rasch die Packung mit dem Schlafmittel hervor. Erschrocken hielt Alex inne. Wollte sie das wirklich?

Ihr wurde mulmig zumute und der Raum schien zu schrumpfen, drehte sich langsam um sie herum. Ein Gefühl von Kälte kroch ihr den Rücken hinab, während gleichsam der Schweiß aus ihren Poren drang. Sie machte einen tiefen Atemzug, aber hatte das Gefühl, keine Luft zu bekommen. Mit zitternden Fingern nestelte sie an der Packung herum.

»Geh schon auf, du Scheißding!«

Der Klang ihrer eigenen schrillen Stimme machte alles noch schlimmer. Je mehr sie sich beeilte, um den Tablettenstreifen aus der Hülle hervorzuziehen, desto weniger kontrolliert waren ihre Bewegungen. Da! Sie hatte ihn endlich freigelegt. Nun mussten nur noch die verdammten Tabletten aus ihrer Plastikhülle befreit werden. Begleitet von einem Fluchen fiel der Streifen zu Boden.

Alex stürzte auf die Knie. Der kurze Schmerz in den empfindlichen Gelenken war nur eine Randnotiz. Natürlich waren die Tabletten unter das Bett gefallen – in solchen

Situationen schien die Schwerkraft gerne nach ihren ganz eigenen Regeln zu spielen. Wild fuchtelte sie mit den Armen umher, versuchte irgendwie die Packung greifen zu können. Endlich tasteten ihre Finger das kleine Stück Plastik und erleichtert zog Alex den Medikamentenstreifen hervor.

Ruhig, befahl sie sich und atmete einmal tief durch. Dann erst versuchte sie es erneut. Obwohl ihre Finger immer noch unkontrolliert zitterten, gelang es ihr, drei Tabletten durch die Plastikummantelung zu drücken. Mit einem seligen Seufzen legte sie die Medikamente unter ihre Zunge und der vertraute, leicht bittere Geschmack breitete sich aus. Gleich würde sie diese böse Welt wenigstens für kurze Zeit hinter sich lassen.

Vollkommen entkräftet ließ sich Alexandra auf ihr Bett fallen. Die Gedanken an Walter, an seinen Albtraum und auch an Frau Dr. Koch waren zwar immer noch nicht ganz verstummt, aber sie waren nur noch ein leises Flüstern in einer dumpfen Schwärze. Mit dem Tablettenstreifen in der rechten Hand schlief Alexandra ein.

16. Buße

Um ihn herum herrscht Dunkelheit. Er konzentriert sich, um in diesem einzigen Eindruck von Schwärze vielleicht ein Geräusch hören oder irgendetwas anderes wahrnehmen zu können. Doch die Dunkelheit ist allumfassend, nicht einmal ein leichter Lufthauch weht heran.

Besitzt das Dasein hier überhaupt eine Dimension?

Die Frage gellt noch kurz in seinen Gedanken nach, dann ist sie vergessen, als einige Meter entfernt ein schwaches Licht aufflackert. Es scheint zu einem Feuer zu gehören. Wie in Trance geht er näher – oder kommen die Flammen auf ihn zu? So ganz sicher ist er sich diesbezüglich nicht. Der Schein wird nun immer intensiver. Schließlich erkennt er den Boden unter seinen Füßen, der aus großen Steinplatten besteht. Die Seitenwände und Decke liegen jedoch weiterhin im Verbogenen, so als wäre der Raum, in dem er sich befindet, von gewaltigen Ausmaßen.

Inzwischen sieht er, dass dort vor ihm in einer Schale ein Feuer lodert. Die Holzscheite knacken laut, während die Flammenzungen gierig über sie lecken. Vor der Feuerschale steht eine große, schlanke Gestalt, die dem Sammler den Rücken zugekehrt hat. Sie trägt eine graue Robe und hat die Kapuze über das Haupt gezogen.

»Wo bin ich?« Die Frage des grauen Mannes weht ziellos durch das Zwielicht und verhallt ungehört. Zumindest erscheint es so, denn der Fremde reagiert nicht. Noch immer hat er sich dem Feuer zugewandt und steht reglos da.

»Wer bist du?« Auch auf diese Frage erhält er keine Antwort, sodass er zaghaft näher herangeht.

Es sind nur noch wenige Meter bis zu der Gestalt in der grauen Robe. Das Feuer schlägt ihm inzwischen heiß entgegen und der Sammler fragt sich, wie der Fremde so nahe an den Flammen stehen kann, ohne sich die Haut zu versengen.

Dann hebt die Gestalt langsam die Arme und verharrt in dieser Haltung wie ein Prophet alter Tage. Die langen und bleichen Finger beginnen sich zu bewegen, tanzen wild in der Dunkelheit und werfen dabei ein schauriges Schattenkabinett an die Wände. Jetzt ist es um ihn herum auch nicht mehr finster, wie der Sammler erkennt. Überall züngeln Fackeln hell auf. Seine Lippen formen ein stummes *Oh*, als er sich umsieht. Er befindet sich wieder in der großen Halle, doch sie scheint noch imposanter zu sein als in seiner Erinnerung. Er kommt sich geradezu jämmerlich und klein vor.

Der graue Mann benötigt einen Moment, um die zahlreichen Eindrücke sacken zu lassen. Doch da ist es schon geschehen. Die Gestalt, die eben noch an der Feuerschale gestanden hat, ist verschwunden. Der Sammler fährt herum. Wieder und wieder dreht er sich um die eigene Achse und sucht die Halle ab. Von dem Fremden fehlt jede Spur.

»Ich bin, der ich bin«, sagt eine volle Stimme direkt hinter ihm. Wieder wirbelt der graue Mann herum, doch er erblickt lediglich die gigantischen Wände, die im Schein der Fackeln kühn aufragen. Waren sie näher an ihn herangekommen? Konnte das sein?

»War ich nicht immer gut zu dir? Habe ich dir nicht gegeben, was du brauchtest, um zu existieren?«

Nun scheint die Stimme direkt über ihm zu sein. Der Sammler reißt den Kopf empor, doch dort ist nicht mehr als die Decke, in deren Ecken die Schatten lauern.

»Ich habe dich erschaffen. Ich kann deine Existenz auch negieren.«

Als hätte sich ein Loch im Hier und Jetzt aufgetan, erscheint die hünenhafte Gestalt in ihrer grauen Robe direkt vor ihm. Innerhalb eines Wimpernschlags ist ihr rechter Arm nach vorne geschossen und starke Finger schließen sich eng um den Hals des Sammlers. Dann hebt der Fremde ihn mit spielerischer Leichtigkeit an. Hilflos zappeln seine Beine, als er über dem Boden baumelt. Er japst nach Luft, doch die Finger drücken mit eherner Gewalt zu. Verzweifelt schlägt er nach dem Arm seines Angreifers, aber er hätte genauso gut auf Granit einprügeln können. Unbeirrt hält der Fremde ihn in die Höhe gereckt fest.

Dann greift die Gestalt mit der Linken nach ihrer Kapuze und zieht diese ohne jede Eile zurück. Zuerst kommt silbriges Haar unter ihr zum Vorschein. Dann folgt ein kantiges, fahles Antlitz, in welchem zwei dunkle Augen wie die Ewigkeit selbst lauern. Ein kaltes Lächeln erscheint auf Kronos' Gesicht.

»Dachtest du, du könntest der Zeit selbst entkommen? Mehr als einen kurzen Aufschub hast du dir nicht erkauft.«

Kronos' Züge verzerren sich zu einer grausamen Perversion ihrer selbst. Er öffnet den Mund zu einem breiten Grinsen und offenbart dabei lange, spitze Zähne. Dann holt er mit der Rechten zum Wurf aus und schleudert den Sammler wie eine Puppe davon, hinein in die Dunkelheit.

Ein ungeborener Schrei lag dem grauen Mann auf den Lippen, als er hochschreckte. Panisch blickte er sich um und konnte das friedliche Bild zunächst nicht akzeptieren, als er sich in seiner Wohnung vorfand.

»Ich war da, ich habe es gespürt. Wie kann das …«

Er vollendete den Satz nicht. Der helle Schein, der sich durch die Vorhänge einen Weg in den Raum bahnte und diesen in ein angenehm schummriges Licht hüllte, verriet dem Sammler, dass er lange geschlafen haben musste.

Habe ich etwa geträumt … wie ein Mensch? Ungläubig schüttelte er den Kopf und versuchte, sich das Bild vor Augen zu rufen, als sein Vater ihn gepackt und davongeschleudert hatte. Doch es verblasste schon. *Das darf nicht sein!* Kaum merkte er, dass ihm die Erinnerung entglitt, da sprang der Sammler auch schon auf und stürzte hinüber in sein Arbeitszimmer. Rasch waren Pinsel und Farbe zur Hand und er machte sich daran, die Szene auf die Leinwand zu bannen.

Wie von Sinnen ließ der Sammler den Pinsel über die weiße Fläche fahren. *Ich darf keine Details vergessen,* ging es ihm immer wieder durch den Kopf. Erst als das hereinfallende Licht einen rötlichen Ton angenommen hatte, trat er einen Schritt zurück und warf einen prüfenden Blick auf sein Werk. Grimmig nickte er. Kaum sah er das Bildnis, da keimte Furcht in ihm auf. *Es soll mir ein Mahnmal sein*, dachte er und war zufrieden.

Entkräftet und dennoch auf eine gewisse Art erleichtert schleppte sich der graue Mann in die Küche, wo er etwas Wasser trank und versuchte, über die Situation nachzudenken. Es war erst wenige Stunden her, da hatte er im Kampf seinen Bruder getötet. Notwehr hin oder her – er hatte seinesgleichen umgebracht und achtlos in der Gosse wie Müll liegen lassen. Noch nie war Derartiges geschehen.

Oder vielleicht doch? Vereinzelt gab es ja diese Zwischenfälle, wenn einer seiner Brüder nicht zu den Versammlungen erschien und es hieß, er sei in die ewige Starre verfallen und für immer verloren. Womöglich war dies alles eine große Lüge? Noch nie hatte er einen seiner Brüder in dieser Starre gesehen. War es womöglich so, dass Kronos die Kinder töten ließ, die er für schwarze Schafe hielt? Der Sammler spürte, wie sich seine Härchen aufrichteten.

Wenn dies so wäre, dann hätten vielleicht noch andere Älteste bereits das Blut ihres eigenen Volkes vergossen. Würde Kronos demnach weitere Häscher nach ihm ausschicken, um dies alles zu vertuschen? Unwillkürlich wanderte sein Blick in Richtung Eingangstür und er lauschte. Doch was hatte er zu hören erwartet? Da war nichts – oder zumindest nichts, das er bemerkte.

Als könnte ihn selbst das kleinste Geräusch verraten, erhob sich der Sammler daraufhin und spähte aus dem Fenster hinab zur Straße. Ein kleiner Teil von ihm rechnete damit, schlanke und blasse Gestalten zu sehen, die dort unten auf ihn warteten. Doch außer der gewöhnlichen Menschen konnte er nichts entdecken. Zu seiner Beunruhigung stellte er jedoch fest, dass die Sonne bereits tief stand. In maximal zwei Stunden würde die Nacht hereinbrechen.

Ich muss fliehen, hier ist es nicht mehr sicher.

Mit entschlossenen Schritten eilte er auf den Schrank zu, um die wenigen Habseligkeiten, die er nicht zurücklassen wollte, zusammenzupacken. Dazu gehörten neben dem weltlichen Tand wie Geld und Dokumenten vor allem seine ersten Werke, die er sorgsam in seiner Erinnerungsschachtel aufbewahrt hatte. Zügig hatte er alles in jenem Koffer verstaut, in dem er immerzu all seinen Besitz transportiert hatte, bevor er sesshaft geworden war.

Als er zur Tür hinausgehen und diesem Dasein Lebwohl sagen wollte, ließ ihn eine zaghafte Empfindung zögern. Es war, als hielte ihn eine undefinierbare Kraft auf und ließe ihn nicht gehen – oder zumindest noch nicht. Er stellte den Koffer ab, warf noch einmal einen Blick hinaus und stellte fest, dass die Sonne inzwischen hinter der gegenüberliegenden Häuserfront verschwunden war. Es wurde düster in der Straße und die Schatten wuchsen in die Länge.

Als wüssten seine Füße, was noch fehlte, trugen ihn ihre Schritte zielsicher hin zu seinem Arbeitszimmer. Im Halbdunkeln erschien sein neuestes Werk, das seine eigene Albtraumszene zeigte, noch bedrohlicher. Er schenkte ihm nur so viel Beachtung wie nötig und wandte sich lieber rasch ab. Auf der anderen Seite des Raums stand das Bildnis von Walter Dobrindts Traum, das friedliche Idyll des Bergdorfes. Zögerlich trat der Sammler näher.

Ich kann es nicht hierlassen, wurde ihm bewusst. Er klemmte sich die Leinwand unter den Arm und schüttelte ob seiner eigenen Dummheit den Kopf. Mit diesem lästigen Anhängsel bot er ein leichtes Ziel. Andererseits wäre dieser Moment für immer dahin, sollte dem Bildnis etwas zustoßen. Er hielt es mit etwas Abstand von sich in die Höhe und betrachtete es. All diese feinen Details eines nahezu perfekten Augenblicks, konserviert für die Ewigkeit. Nein! Er musste dieses Werk retten.

Entschlossen nahm er das Bild an sich, kehrte dem Arbeitszimmer den Rücken zu und ging rasch zur Haustür zurück, wo der verwaiste Koffer auf ihn wartete. Dann flammte plötzlich ein Funke in seinem Geist auf und entzündete ein wildes Feuer, das rasch übergriff, bis der Gedanke alle anderen Überlegungen verblassen ließ.

»Ich muss auch ihn retten.«

Mit Schrecken dachte der Sammler an jenen furchtbaren Moment zurück, als Kronos in seinen Erinnerungen gestöbert hatte. Wie würde es sich dann erst für Walter Dobrindt anfühlen, sollten sein Vater oder einer der Ältesten dessen Erinnerungen gänzlich auslöschen? Wie wäre es für diesen armen Menschen, wenn er allem beraubt würde, was ihn ausgemacht hat, jeder Erinnerung und jedem Charakterzug? Der Sammler kannte die Antwort. Er hatte davon einen schrecklichen Vorgeschmack erhalten: eine kalte, leere und ewige Dunkelheit.

»Ich werde das nicht zulassen«, hörte sich der Sammler sagen und war über seine eigenen Worte verwundert. Doch ungeachtet dieser Verwunderung fühlten sich die Worte schlichtweg richtig an. »Selbst wenn meine Tat nicht mehr sein mag als ein Sandkorn im Stundenglas der Zeit, so werde ich Walter Dobrindt nicht für meine Fehler büßen lassen.«

Der graue Mann rückte den Hut zurecht. Dann verließ er mit Koffer und Bild die Wohnung.

17. Böses Blut

Alex stieg aus der Schwärze eines traumlosen Schlafes empor und erwachte langsam in ihrem Bett. Nur schwerfällig setzten die ersten rationalen Gedanken ein und sie erinnerte sich an das, was geschehen war.

Oder war es doch alles nur ein Traum?

Die Frage schien, da sie noch mit geschlossenen Augen auf ihrem Nachtlager ruhte, durchaus ihre Berechtigung zu haben. Doch die Realität gewann gnadenlos an Schärfe und genauso widerwillig, wie Alex die Lider hob, akzeptierte die junge Frau schließlich die Ereignisse des vergangenen Tages.

Sie sah, dass es bereits später Mittag sein musste. Helles Licht strömte durch die Rollläden herein. Es war frostig im Zimmer, weil sie das Fenster nicht geschlossen hatte. Mit einem Schnauben riss sie die Decke zur Seite und der leere Tablettenstreifen fiel zu Boden. Beschämt griff sie danach und hätte sich beinahe schuldbewusst umgesehen. Es war doch absurd. Wer sollte schon von ihrer Schwäche Zeuge geworden sein? Dennoch zitterte sie leicht, als sie den Raum verließ und schnurstracks ins Bad ging. Erst als sie die Packung in den kleinen Mülleimer geworfen und als Tarnung einige Blätter Toilettenpapier darüber gelegte hatte, fühlte sie sich etwas besser.

Im Wohnzimmer traf sie auf Jacky, die mit einem Lehrbuch auf der Couch saß und einen müden Eindruck machte. Die sonst so lebhaften Augen sahen matt aus, die roten Locken hingen ihr in wilden Wirbeln quer im Gesicht. Alexandras Mitbewohnerin murmelte eine Begrüßung und widmete sich dann direkt wieder ihrem Buch.

»Ich möchte dich nicht stören, aber du siehst nicht gut aus. Vielleicht solltest du etwas mehr schlafen.«

Jacky senkte das Buch und blickte zu Alex. Ihr Gesicht sprach Bände. »Das sagt die Richtige! Du siehst selbst aus, als hättest du dich für ein Casting als Zombie zurechtgemacht. Ganz ehrlich, du bist furchtbar blass. Wie oft habe ich dir schon gesagt, dass du etwas mehr auf dich achten sollst und dass dir dieser Job nicht guttut.«

Sie machte eine kurze Pause und strich sich einige der Haare aus dem Gesicht. »Aber vermutlich hast du recht. Die letzten Tage waren hart. Ich habe es mal wieder geschafft, mein Zeitmanagement alles andere als gut zu wählen. Aber jetzt muss ich es eben nachholen. Wenn du mich also bitte weitermachen lässt, Frau Doktor!« Kaum hatte Jacky die Worte ausgesprochen, streckte sie Alex die Zunge raus.

»Du weißt, dass ich …«

»… kein Arzt bin. Du wärst aber besser einer. Ich weiß, ich wiederhole mich.«

»Ja, das tust du. Da ich von dir heute wohl nichts Neues mehr hören werde und du jetzt besser lernst, werde ich mich in den Südflügel zurückziehen.«

»Den Südflügel?« Jacky zog eine Augenbraue hoch.

»Die Küche«, erklärte Alex mit einem Grinsen, winkte ihrer Mitbewohnerin spielerisch zu und verließ dann den Raum.

Ihr war es eigentlich ganz recht, ihre Ruhe zu haben. Sie musste einige Dinge verarbeiten. Doch vorher brauchte sie einen Kaffee. Ein kleiner Teil von ihr – zu der allerdings nicht ihr Magen gehörte – hoffte inständig, dass Jacky wieder einmal Batteriesäure aufgekocht hatte. Sie setzte sich mit einer Tasse an den Küchentisch und schwenkte die Kanne prüfend hin und her. Tatsächlich befand sich in ihr ein Rest des besonders starken Getränks, das auch schon bald Wirkung erzielte. Zwar war die hohe Konzentration an Koffein keinesfalls eine sanfte Methode zum Wachwerden, doch das war Alexandra in diesem Moment herzlich egal. Sie wusste, dass sie zu viele der Tabletten genommen hatte und diese törichte Handlung nun ihren Tribut forderte. *Es ist, als tauchte man in einen dunklen, kalten See ein – still, friedlich und schwarz*, dachte sie. Es war nicht leicht, von diesem stillen Ort zurückzukehren und manchmal hielt die Wirkung der Tabletten über den Schlaf hinaus an und lähmte sie beinahe den gesamten nächsten Tag. *Gerade ich müsste doch wissen, dass eine Eigenmedikation keine gute Idee ist. Schon gar nicht, wenn man auf gut Glück ein paar von den Dingern schluckt.*

Ihre Überlegungen drifteten ab zu der leeren Verpackung, die sie in den Müll geworfen hatte. Ein weiterer Streifen lag noch in der Nachttischschublade. Acht Tabletten, acht Eintrittskarten für den stillen Ort. *Ich sollte sie wegwerfen – zur Sicherheit!* Alexandras Finger trommelten nervös auf der Tischplatte herum. Sollte sie das wirklich tun? Gestand sie sich dann nicht ihre Niederlage ein? Musste sie ihren Dämonen nicht in offener Schlacht gegenübertreten, um …

… *erneut zu scheitern?* Die weinerliche Stimme wusste genau, wann sie sich zu Wort melden musste, um Alexandra in Rage zu versetzen. Sie ballte die Hand zur Faust. Es war nur ein Ausrutscher, einer nach Wochen, in denen sie dieser teuflischen Substanz ansonsten immer erfolgreich getrotzt hatte. Sie würde es wieder schaffen. »Komm runter und beruhig dich. Einmal ist noch kein Grund zur Sorge.« Sie ließ ihre geflüsterten Worte einen Moment nachklingen. Nun lag es an ihr, damit es bei diesem einen Mal bliebe. Vielleicht würde sie sich ja schon wieder besser fühlen, sobald sie mit Walter gesprochen hatte? Sie musste wissen, wie er zu der ganzen Angelegenheit stand. War er damit einverstanden, den Vorfall, mit dem der gesamte Spuk angefangen hatte, unter den Teppich zu kehren? Oder wollte er, ungeachtet der möglichen Konsequenzen, damit an die Öffentlichkeit gehen?

Der Tag zog träge dahin. Immer noch müde hatte Alexandra versucht, zu lesen – und war daran grandios gescheitert. Die Worte waren als einzelne Informationseinheiten dahingeglitten, ohne Bilder zu formen oder gar einen Sinn zu ergeben. Schließlich hatte sich die Frau vor den Fernseher gesetzt, um die Nachmittagsprogramme auf sich wirken zu lassen. Dabei waren ihr mehrmals die Augen zugefallen. Die kurzen Momente reichten bereits aus, um ihr Sequenzen der vergangenen Tage zu zeigen.

Es kam ihr wie eine Erlösung vor, als es endlich spät genug war, um zum Heim aufbrechen zu können, ohne dass es unter ihren Kollegen als unnormal aufgefallen wäre. Ihr war durchaus bewusst, dass vermutlich schon die ersten Gerüchte ihr zu frühes Erscheinen an den letzten Abenden kommentiert hatten. Sie wollte diesen Spekulationen nicht noch mehr Nährboden als nötig bieten.

Mit einem Kribbeln auf der Haut verließ Alexandra schließlich die Wohnung. Über der Stadt hing dichter Nebel, der das Geräusch ihre Schritte auf dem Asphalt schluckte. Sie mochte dieses Wetter. Als Kind hatte es sie immer zum Träumen angeregt. Als hätte in den dichten Nebelfeldern der Auftakt zu großen Abenteuern auf sie warten können, hatte sich die kindliche Alex die wildesten Geschichten von Seeräubern, Rittern und Schmugglern erdacht. Heute regte der Nebel sie nicht mehr zum Träumen an, sondern beschwor allenfalls dieses melancholische Gefühl in ihr herauf, welches sie schon seit Wochen verspürte.

Während Alexandra ihren Gedanken nachhing, hatte sie einen großen Teil des Weges zurückgelegt. Unvermittelt zeichneten sich die ersten Umrisse des Heims gegen das Weiß ab. Es war circa neunzehn Uhr, ungefähr eine halbe Stunde, bevor die Schülerin offiziell ihren Dienst antreten musste. Ein mulmiges Gefühl breitete sich in Alexandras Magen aus, als sie den alten Bau betrat, der ihr jeden Tag bedrückender vorkam. Doch sie musste nach Walter sehen. Es wäre falsch, ihrer Angst nachzugeben und sich nicht mehr um sein Wohlergehen zu sorgen. Die junge Frau ging zielstrebig durch den Empfangsbereich und hatte für Marianne nur ein kaltes Lächeln übrig. Die Empfangsdame war sichtlich überrascht und der neugierige Gesichtsausdruck war plötzlich verschwunden. Beschämt sah sie zu Boden und hantierte demonstrativ mit einigen Dokumenten herum.

Alex passierte die Tür zum Personalbereich und ging mit langen Schritten zu ihrem Spint. Eilig streifte sie den Kasack über und machte sich dann auf den Weg zum Treppenhaus. Ihr Atem ging schnell und ein bitterer Geschmack lag ihr auf der Zunge, als sie die Station betrat.

»Was machst du denn schon hier?« Obwohl Monikas Worte wenig erfreut, sondern schlichtweg überrascht klangen, lächelte sie Alexandra zu. Die Schülerin war der Anfang 40-jährigen Kollegin direkt in die Arme gelaufen. Auf dieses Treffen hätten vermutlich beide gut verzichten können.

»Ich wollte zu Herrn Dobrindt, um vor dem Dienst schon einmal nach ihm zu sehen. Du hast ja sicher mitbekommen, dass es gestern etwas chaotisch war.«

Die schwarzhaarige Frau verengte die Augen und das Lächeln gefror ihr auf den Lippen. »Ja, von so etwas hört man unter den Kollegen natürlich schnell. Na ja, wenn du meinst, dann sieh nur nach ihm. Er liegt wieder in seinem eigenen Zimmer. Vor etwa zwei Stunden sind die Handwerker gegangen, sodass wir ihn umquartieren konnten.«

Als wäre das Gespräch damit beendet, wandte sich Monika ab und ließ die Schülerin einfach stehen. Alexandra versuchte, den aufkommenden Groll niederzukämpfen. Es gab nun Wichtigeres. Eilig schritt sie den Flur ab, hin zu Zimmer 03. Sie klopfte, aber wartete keine Antwort ab, sondern trat ungeduldig ein. Der Raum war dunkel.

»Walter?«, sagte Alex leise in die Stille hinein und passierte den Durchgang. Sie legte nur einen Lichtschalter um, sodass lediglich die passive Beleuchtung am Kopfende des Betts aktiviert wurde und das Zimmer in schummriges Licht hüllte. Walter, der eingewickelt in eine Decke auf dem Bett lag, hatte den Kopf zum Fenster gewandt. Alex ging näher. »Ich will dich nicht stören. Es tut mir leid, aber ich muss mit dir reden.«

Es kam keine Antwort – also nicht im engeren Sinne. Der alte Mann brummte ein wenig und die Schülerin sah, dass er sich schwerfällig auf den Rücken und dann zu ihr drehte. Die Augen waren halb geschlossen, die Gesichtszüge schlaff. Er sah furchtbar müde aus.

»Wer …«, stammelte Walter und seine Stimme klang heiser.

»Ich bin es«, erwiderte Alex. Eine Gänsehaut überzog ihren Rücken. Sie hatte den Bewohner noch nie derart apathisch gesehen.

»Ach so«, raunte Walter, dessen schlaftrunkene Augen nun einen wachen Ausdruck annahmen. »Ich freue mich, dass du da bist. Es ist so lange her.« Eine Träne lief seine Wange herab und seine Lippen formten ein beinahe gequältes Lächeln.

»Ich verstehe nicht«, hauchte Alexandra ins Dunkel.

Walter schien es gar nicht gehört zu haben. »Es ist so schön, dass du wieder hier bist, Luisa«, sagte er, während weitere Tränen sein Gesicht hinabliefen. »Es ist so lange her, dass du einmal hier warst.«

Alexandras Kehle entwich ein leises Wimmern, als sie verstand, welchem Irrtum der alte Mann unterlag. Auf seinem zu einer lächelnden Grimasse entstellten Gesicht kämpften weiterhin Trauer und Freude vehement um die Vorherrschaft. Alex wollte die Verwechslung aus der Welt räumen, aber ihr versagte die Stimme. Der Kloß in ihrem Hals schien jeden Laut zu ersticken.

»Es ist … so … schön«, drang Walters Stimme dumpf hervor, während ihm die Augen mehrfach zufielen. Die letzten Worte waren nur noch ein einziges Nuscheln. Alex sagte keinen Ton, sondern stand einfach nur starr da. Kaum hatte der alte Mann die Augen wieder geschlossen und sein Atem wurde flacher, da machte sie kehrt und löschte das Licht. Dann verließ sie Walters Zimmer.

»Was ist mit ihm?«, raunte sie Monika quer über den Flur zu, die sich mit zwei leeren Tablettenschubern auf dem Weg zum Stationszimmer befand.

Die Kollegin blieb stehen und legte den Kopf schief.

»Was ist mit Walter? Er ist vollkommen weggetreten! Er hat mich sogar mit seiner Tochter Luisa verwechselt«, wiederholte Alex mit schriller Stimme, als keine Antwort erfolgte.

Inzwischen hatte die junge Frau zu Monika aufgeschlossen und sah, wie sich ihr Gesicht leicht regte. Vom Modus *genervt* hatte ihr Ausdruck nun zu *gelangweilt* gewechselt. »Er kam mit dem Übergangszimmer nicht gut zurecht. Bereits gestern Nacht, so hat man mir erzählt, muss er sich unmöglich verhalten haben. Heute Morgen soll es noch schlimmer gewesen sein. Als er aufwachte und das Zimmer nicht sofort erkannte, dachte er, er wäre wieder in seiner Wohnung in Düsseldorf. Danach bekam er Panik.«

»Aber das ist doch kein Grund, ihn ruhigzustellen.«

»Nein, das ist es sicher nicht. Er war aber auch heute Nachmittag äußerst … schwierig.«

»Und schwierig bedeutet, ihr gebt ihm einfach Tabletten?« Alex musste an den leeren Streifen denken, den sie erst heute Mittag im Müll versteckt hatte, und kam sich wie eine Heuchlerin vor. Die Schülerin hoffte, dass dieser Gedanke nichts an dem grimmigen Gesichtsausdruck änderte, den sie machen wollte. Sie ging noch einen Schritt näher und wusste, dass sie nun für ein normales Gespräch viel zu dicht vor ihrer Kollegin stand. Diese grinste nur süffisant.

»Manchmal verstehe ich, warum dir so viel an Herrn Dobrindt liegt. Ihr seid euch verdammt ähnlich.« Monika machte eine Pause. Das Grinsen erstarb. »Um dich aber zu beruhigen, ich habe ihm kein Schlafmittel gegeben, obwohl Herr Dobrindt mich heute sehr stark aufgeregt hat.«

»Wer war es dann?«, fragte Alex und war über ihren auf einmal sehr kleinlauten Tonfall selbst überrascht.

»Klaus hatte heute einen sehr schlechten Tag. Er sah auch wirklich furchtbar aus. Er schien jedenfalls für Diskussionen über Albträume, Einbrüche und all die anderen Dinge, die hier angeblich in letzter Zeit noch so vor sich gehen, keinen Nerv gehabt zu haben. Er hat mit einem Arzt gesprochen und dieser hat die Medikation angeordnet.« Monikas Gesichtszüge wurden härter. »Und ich habe auch keinen Nerv mehr für diesen ganzen Quatsch! Und wo steckt eigentlich Klaus? Soll er doch seine Entscheidung rechtfertigen.«

Monika ging mit Alexandra den Korridor ab. »Ich bekomme den Kerl heute schon die halbe Zeit nicht zu Gesicht«, sagte die Pflegerin verächtlich und schnitt eine Grimasse. »Klaus!«, rief sie wütend, doch es kam keine Reaktion. Alex sah, wie sich die Mundwinkel auf Monikas Gesicht noch einmal ein ganzes Stück weiter nach unten zogen.

»Klaus, komm her! Verdammt!« Dieses Mal war der Ruf noch lauter. Es dauerte nicht lange und aus dem Lagerraum drang eine dumpfe Antwort hervor. Kurz darauf verließ Klaus selbigen und schaute verärgert drein.

»Mensch, du musst nicht so schreien! Wir hatten keine Spritzen mehr griffbereit und ich dachte, ich fülle den Bestand besser auf.« Alexandra entging weder, dass der Pfleger leicht mit dem rechten Bein hinkte, noch entging ihr, dass er sie offenkundig voller Feindseligkeit musterte. »Wenn du mich nun entschuldigst«, sagte Klaus und wollte sich davonschleichen.

»Nein, ich lasse dich jetzt nicht gehen.« Monikas Ton war kalt. »Ich habe das Gefühl, dass Linda, Robert und ich heute besonders viel tun, während ein gewisser Kollege so vorausschauend ist und seine Arbeitszeit damit verbringt, Spritzen griffbereit hinzulegen. Deswegen wird dieser Kollege nun auch Alex erklären, warum er Herrn Dobrindt etwas zur Beruhigung gegeben hat.«

Mit fassungslosem Blick wandte sich Klaus der Schwesternschülerin zu. Sein Mund stand leicht offen und rote Flecken zeichneten sich auf den fleischigen Wangen ab. »Ich wüsste nicht, was dich das angeht. Wir mussten eine Entscheidung außerhalb deines Dienstes treffen und du steckst noch mitten in deiner beschissenen Ausbildung!«

»Du hast diese Entscheidung mit dem Arzt ganz allein getroffen«, korrigierte Monika ihren Kollegen und verschränkte die Arme vor der Brust.

»Ach, Monika, jetzt tu nicht so, als hättest du nicht auch darüber nachgedacht. Er war vollkommen wirr, hat was von seiner alten Wohnung gefaselt, davon, dass er hier raus wolle, und war schon drauf und dran, sich nur mit Pantoffeln auf und davon zu machen.«

»Die Bewohner sind keine Gefangenen«, fuhr Alex wütend dazwischen und warf einen Seitenblick hinüber zu Monika. Ihr starrer Gesichtsausdruck ließ sich nicht deuten.

Klaus seufzte und erwiderte trotzig: »Natürlich sind sie das nicht. Aber wir können einen offensichtlich desorientierten alten Mann, der sich immer mehr in seine abstrusen Ideen reinsteigert, nicht einfach gehen lassen. Wir hätten ihn ja auch fixieren können.«

»Fixieren wäre ja gleich noch besser gewesen! Ich glaube langsam, dass Walter sich nicht nur wegen der Einbrecher Sorgen machen muss.«

»Hier muss sich niemand wegen irgendwelcher Einbrecher sorgen«, sagte Monika. »Dieses Thema kotzt mich langsam an! Es ist nicht mal etwas gestohlen worden und die Fenster werden ja auch schrittweise ausgetauscht. Damit ist es nun aber auch mal gut.«

»Monika, es geht ja nicht nur um normale Einbrecher, sondern auch um Monster, die unter dem Bett oder im Schrank auf den armen Herrn Dobrindt lauern«, sagte Klaus spöttisch.

Die Kollegin musterte ihn voller Verachtung. »Manchmal würde ich es dir echt gönnen, wenn du in ein paar Jahren auch langsam dement wirst.«

»Wieso schieben eigentlich immer alle jede Ungereimtheit auf Walters Demenz?«, fragte Alex. »Bis auf heute habe ich keine Anzeichen dafür bei ihm gesehen. Er war immer vollkommen klar bei Verstand!«

»Weil Herr Dobrindt nun einmal hier ist, da er wegen seiner Desorientierung für sich selbst und auch für andere zur Gefahr wurde.« Inzwischen hatte auch Monikas Gesicht wieder einen genervten Ausdruck angenommen. »Alexandra, wir kennen ihn wesentlich länger als du. Er hat nun einmal seine schlechten Tage. Du hast doch selbst gesagt, dass er dich eben nicht erkannt hat.«

»Aber das lag doch nur daran, dass er wegen der Beruhigungsmittel vollkommen weggetreten ist!«

Klaus winkte ab. »Dann hättest du ihn mal ein paar Stunden früher erleben sollen. Er fing wieder mit seinem Albtraum an und beharrte darauf, jemand wäre schon damals an seinem Bett gewesen. Du weißt selbst, dass dort niemand war. Du warst doch dabei!«

Alex wollte gerade eine Erwiderung an Klaus richten, als Monika ihr das Wort abschnitt. »Von dieser ganzen Räuberpistole habe ich die Schnauze nun wirklich gestrichen voll! Als ob hier jemand eindringen, einen alten Mann fast mit seiner Decke ersticken und dann ohne jede Spur verschwinden würde.«

Monikas Augen fixierten Alex. Dann verschränkte sie die Arme erneut vor der Brust. »Ich habe als junge Pflegerin in einer anderen Einrichtung miterlebt, was passiert, wenn die Medien sich auf ein Heim einschießen. Es war eine richtige Hexenjagd, die zur Folge hatte, dass drei Mitarbeiter gehen mussten. Bevor du also weiter die wirren Theorien eines Mannes unterstützt, der nun einmal bekanntermaßen an Demenz erkrankt ist, solltest du überlegen, was das hier für uns bedeuten könnte!«

»Ach, das interessiert die Besserwisserin doch nicht«, sagte Klaus und machte eine abfällige Geste. »In ein paar Tagen geht es für sie wieder zurück zu ihrer geliebten Pflegeschule, wo sie sich auf jede Frage meldet und ungeduldig mit dem Finger schnippt, damit sie endlich drangenommen wird!«

»Könntest du mal aufhören? Du nervst mich heute auch gewaltig! Ich habe echt genug – von euch beiden!« Monika schnaubte noch einmal, dann machte sie sich davon und verschwand im Stationszimmer, um einige Dinge in den Rechner einzutippen. Das wütende Klackern der Tastatur war quer über den Flur zur hören.

»Ich werde dann auch mal …«

»Ich weiß. Die Spritzen müssen ordnungsgemäß weggelegt und Bewohner unter Drogen gesetzt werden.«

»Hätte ich nicht wegen deiner Mutter-Teresa-Nummer gestern Nacht für dich einspringen müssen, würde ich mir das nicht bieten lassen! Aber jetzt habe ich wirklich keine Lust, mich kurz vor Feierabend noch mit einer dummen Schülerin rumzuärgern!« Klaus drehte sich um und stapfte davon.

»Als ob ich gesagt hätte, dass Frau Koch dich rufen soll! Ganz ehrlich, selbst wenn ich gestern freiwillig heimgegangen wäre, hätte ich niemals gesagt, man solle dich holen. Wie man sieht, sind die Bewohner ohne dich besser dran!« Mit jedem Wort war Alexandra lauter geworden, bis ihre Stimme in dem Flur unangenehm dröhnte.

Klaus ging stur weiter. Ohne sich umzudrehen, hob er den rechten Arm und zeigte Alexandra den Mittelfinger. Dann verschwand er ebenfalls im Stationszimmer. Die Schülerin hörte, dass sich die Diskussion dort lautstark fortsetzte.

Alexandra konnte das alles nur noch schwer ertragen. Um dem verhassten Kollegen für die verbleibende Zeit aus dem Weg zu gehen, beschloss sie, noch eine kurze Visite beim Innenhof durchzuführen und sich erst danach zu den Umkleiden zu begeben. Mit der hohen Dosis an Medikamenten war es sowieso aussichtslos, mit Walter über das weitere Vorgehen zu reden.

Für Alexandra fühlte es sich befremdlich an, allein durch die schummrigen Gänge der Einrichtung zu wandern. Sicherlich hatte sie dies schon öfter getan. Doch war das zarte Band, das ihr das Gefühl gegeben hatte, zu ihren Kollegen zu gehören, nun endgültig zerrissen. Dass Walter zudem kaum ansprechbar war und sie nicht einmal erkannt hatte, war der letzte Dolchstoß gewesen. Was brachte ihr die Arbeit hier, wenn Bewohner nach Belieben ruhiggestellt werden konnten, unbequeme Fragen unter den Teppich gekehrt wurden und jedes Aufbegehren gegen die Hierarchie mit offenen Drohungen der Vorgesetzten endete?

Es bringt gar nichts, dachte sich die junge Frau, die mit hängenden Schultern zum Innenhof schlich. Dort stand die Linde und ragte stolz in der Dunkelheit empor. Sie trat ins Freie. Der Blick nach oben war ernüchternd. Der Himmel war wolkenverhangen, sodass die Sterne ihr verborgen blieben.

Sie war überrascht, als sie auf die Uhr schaute: Es war schon beinahe wieder an der Zeit, um sich auf die Schicht vorzubereiten. Sie konnte nicht abschätzen, wo denn nur all diese Minuten geblieben sein sollten. Mit einer gewissen Besorgnis erkannte sie, dass sie vollkommen in Gedanken versunken dagestanden hatte. Doch waren es keine sinnvollen Gedanken gewesen, sondern viel mehr ein träger Fluss unzusammenhängender Überlegungen. »Das kann ja eine wunderbare Nachtschicht werden«, wisperte sie der Linde zu, und sollte damit recht behalten.

18. Komplikationen

Es war seltsam, an diesen Ort zurückzukehren. Vieles schien ihm vertraut, so als hätte er das zerfallene Haus nie verlassen. Doch einige Räume kamen ihm regelrecht fremd vor, so als könnte sich seine Wahrnehmung nicht so recht entscheiden. Inzwischen war die Sonne fast untergegangen. Durch die mit krummen Holzbrettern vernagelten Fenster fiel nur noch ein schwaches, rötliches Glimmen herein. Es reichte kaum aus, um die Schatten aus den Winkeln der hohen Zimmer zu vertreiben. Doch der Sammler kannte seinen ehemaligen Unterschlupf zumindest noch gut genug, um sich auch im Zwielicht zuverlässig orientieren zu können.

Er durchschritt den schmalen Flur und die Dielen ächzten unter seinen Schritten, als er ein Geräusch aus Richtung der Eingangstür hörte. Zwar hatte er das Stück Holz, das nur noch schief in den Angeln hing, wieder angelehnt, doch ein aufmerksamer Beobachter mochte ihn beim Eintreten entdeckt haben. Der graue Mann blieb reglos stehen, hielt den Atem an. Dann knarrte und quietschte es wieder. Den Geräuschen folgten ein eisiger Lufthauch sowie eine Katze. Das schwarzweiße Tier lugte vorsichtig um die nächste Ecke und schrak sofort zurück, als es den Sammler erblickte. *Ich sehe schon Gespenster*, dachte sich der graue Mann und schüttelte heftig den Kopf. Dieses neue Konzept der Angst war für ihn noch sehr gewöhnungsbedürftig.

Als der Schreck ihm nicht mehr die Glieder lähmte, ging er weiter. Am Ende des Flurs bog er rechts ab. Hinter einem Durchgang lag sein ehemaliger Wohnbereich oder vielmehr der Raum, der am wenigsten verfallen gewesen war, als er die

Ruine damals entdeckt und bezogen hatte. Noch immer stand an der linken Wand der wuchtige Eichenholzschrank, auf dem er damals in der Pappschachtel seine Schätze aufbewahrt und versteckt hatte. Vor Kopf – begraben unter einer dicken Staubschicht – stand ein altertümliches Sofa, dessen ausgeblichener Stoff allenfalls noch erahnen ließ, dass es einstmals grün gewesen sein musste. Vor der Sitzgelegenheit war ein kleiner Beistelltisch platziert, auf dessen Platte sich ebenfalls der Staub von Jahren angesammelt hatte.

Langsam ließ der Sammler den Blick schweifen. Er wusste nicht mehr, wie viele Monate und Jahre er damals an diesem Ort verbracht hatte. Doch er konnte sich noch gut daran erinnern, wie oft er bereits auf dem Sofa gelegen hatte, eingewickelt in eine Schicht aus Decken und bibbernd vor Kälte. Es war kein gutes Leben gewesen. Er seufzte einmal kurz, dann verstaute er den Koffer und das Bild, das er vorsichtshalber in ein Tuch eingewickelt hatte, im Schrank.

Seine Finger berührten die polierte Holzoberfläche und zeichneten in den Staub hinein eine liegende Acht – das Zeichen für Unendlichkeit. Der Sammler legte den Kopf schief und ein gespenstisches Lächeln erschien auf seinen dünnen Lippen. Mit einer raschen Handbewegung verwischte er die schlichte Zeichnung und verließ dann eilig das Gebäude. Es gab noch viel zu tun.

Draußen war es inzwischen pechschwarze Nacht geworden. Der hohe Zaun, der das große Grundstück mit seinen kahlen Bäumen umschloss, zeichnete sich als schwarze Silhouette gegen das Licht der entfernten Straßenbeleuchtung ab. Ohne sich noch einmal umzudrehen, ließ der Sammler den einst so vertrauten Ort zurück und wandte sich zielstrebig nach rechts. Es war ein Fußweg von einer knappen Stunde, um zu der Pflegeeinrichtung zu gelangen. Er musste sich sputen.

Nachdem die vergangenen Nächte klar gewesen waren, brachte diese einen dichten Abendnebel mit sich. Die dicke Suppe schluckte das laute Klackern, das seine Absätze von sich gaben, als er mit riesigen Schritten nur so dahinsauste. Ein ums andere Mal hätte er beinahe einen Passanten angerempelt, der seinen Weg nicht rechtzeitig ändern und der eiligen Gestalt ausweichen konnte. Bald schon hatte sich ein klebriger Schweißfilm auf der Stirn des Sammlers gebildet. Doch er durfte einfach nicht langsamer werden, er musste diese letzte Sache rasch vollenden! Erst dann konnte er versuchen, vor der Zeit selbst davonzulaufen.

Seine Schritte wurden zögerlich, als er am Ende der Straße das Heim erblickte, das sich dort drohend erhob. Der prunkvolle Bau überragte die anderen Villen in der noblen Straße deutlich. Kurz bevor der Sammler das Eingangstor erreicht hatte, schlug er einen abrupten Haken und zwängte sich durch das dichte Gebüsch, hin zum Park. An einer Linde blieb er stehen und starrte hinauf zu Walter Dobrindts Fenster. Es brannte kein Licht im Zimmer, genau wie in den meisten anderen Räumen. Der graue Mann nickte entschlossen, dann überquerte er zügig die Rasenfläche und starrte auf die Feuerleiter.

Gleich habe ich es geschafft. Zuversichtlich erklomm der Sammler die Sprossen. Sein Herzschlag beschleunigte sich und das Blut raste wild durch seine Adern. *Gleich* …. *Gleich* … *Gleich* … Wie ein inneres Mantra wiederholte sich der Gedanke immerzu und die mentale Stimme wurde mit jedem Meter lauter, den der Sammler näher an sein Ziel kam. Endlich hatte er die Leiter überwunden und stand nun vor dem schmalen Sims. Mit bangem Blick sah er hinab und schwankte beachtlich, als ein sanfter Windhauch über ihn strich. Obwohl seine Beine und Arme zitterten, setzte er seinen Weg stoisch fort – Zentimeter für Zentimeter, dicht an die Fassade gepresst.

Mit einem Mal frischte der Wind auf. Es war zu spät: Zwar suchten die Finger des Sammlers noch aufgeregt nach Halt, doch bekamen sie nur noch Luft zu packen. Dann segelte sein Hut davon und fiel in der Dunkelheit zu Boden. Ein Schauer jagte seinen Rücken hinab, als er daran dachte, dass genauso gut er selbst hätte stürzen können. Mehr als einen Moment Pause gönnte sich der graue Mann jedoch nicht, schon zwang er sich zum Weitergehen.

Geschafft! Mit einem mächtigen Triumphgefühl erreichte der Sammler schließlich die Fensterfront. Er starrte angestrengt hinein. Der Raum war fast vollkommen dunkel, doch das wenige Licht im Inneren reichte aus, damit er den Umriss des friedlich schlafenden Mannes erkennen konnte. *So hat es angefangen und so werden wir alles wieder ins Lot bringen.*

Immer noch zitternd schlossen sich die Finger um den Griff des Schraubendrehers, der in den Tiefen seiner Manteltasche geduldig auf seinen Einsatz gewartet hatte. Mit routinierten Bewegungen setzte der Sammler die Arbeitsfläche des Werkzeugs an den Rahmen an. Er wusste genau, wo sich dessen Schwachstelle befand. Dann klopfte er mehrfach gegen den Griff. Bei jedem Schlag sah er sorgenvoll durch die Scheibe und hatte Angst, der Bewohner könnte von den dumpfen Geräuschen geweckt werden. Doch schien er so tief zu schlafen, dass er das Treiben draußen in der Nacht nicht wahrnahm. Derweil trieb der Sammler die dünne Metallspitze mit einem weiteren Schlag tief zwischen Rahmen und Fenster. *Gleich habe ich es geschafft.*

Gleich …

Er drückte zu und nichts geschah. Vor Ungläubigkeit weiteten sich seine Pupillen. Dann wiederholte er seine Bemühungen und wandte nun deutlich mehr Kraft auf. Doch noch immer rührte sich das Fenster nicht einmal einen Millimeter, der Rahmen ächzte lediglich protestierend auf. Erschrocken unterließ der graue Mann augenblicklich sein Tun und sah sich verstohlen um. Es dauerte einen Moment, bis er sicher war, dass ihn niemand bemerkt hatte.

Komm, geh auf! Noch einmal legte der Sammler Hand an den Schraubendreher und keuchte schon bald vor Anstrengung, als er sich wütend gegen das Werkzeug lehnte. Er ließ erst von ihm ab, als er bemerkte, wie der dünne Metallstab sich langsam verformte. Missmutig blickte der graue Mann durch das Glas in den dunklen Raum. Er musste sich einen neuen Plan zurechtlegen.

Der Sammler verstaute den Schraubendreher wieder in seiner Manteltasche und wischte sich mit dem Handrücken den Angstschweiß von der Stirn. Auch jetzt, da er daran dachte, den Sims wieder entlangbalancieren zu müssen, um zur Feuerleiter zurückzukehren, packte ihn ein Schwindelgefühl. Vorsichtig setzte er einen kleinen Schritt vor den anderen. Der Rückweg wurde zur Geduldsprobe. Wie konnten wenige Zentimeter nur zu einer solchen Qual werden? Ein erleichtertes Seufzen entfuhr ihm, als er endlich nach dem Geländer greifen konnte.

Unwillkürlich wanderten seine Augen nach unten und schauten hinein in tiefste Schwärze. Der Sammler hatte dieser Form der Furcht in vielen, vielen Träumen beigewohnt – und sie war ihm jedes Mal so fremd und unverständlich erschienen. Warum sollte ein Mensch Furcht davor empfinden, in die Tiefe zu fallen? Das Risiko eines Sturzes ließ sich doch mit bewussten, vorsichtigen Schritten auf ein Minimum reduzieren. Nun aber, da kam es ihm wie die bitterste Ironie vor, dass er inzwischen selbst an dieser irrationalen Angst litt. Unsicher machte er sich daran, die Leiter hinabzusteigen und atmete erst wieder befreit auf, als er festen Boden unter seinen Füßen spürte.

Rasch wandte er sich nach rechts und fand dort schon bald seinen Hut. Als er diesen wieder aufgesetzt hatte, zog er sich in die dichten Büsche der Parkanlage zurück, um dort aus der Deckung heraus das Gebäude beobachten zu können. Der immer noch kühle Wind riss derweil die letzten Nebelfelder in Fetzen. Wie Gespenster huschten sie davon.

Ein schwaches Licht erhellte plötzlich Walter Dobrindts Zimmer. Der Sammler kniff die Augen zusammen und spähte angestrengt zu der Szene. Er konnte eine zierliche Frau mit blonden Haaren erkennen, die nahe an das Bett des alten Mannes herantrat. *Was tut sie da nur?* Der graue Mann konnte es auf die Entfernung nicht mit Bestimmtheit sagen, doch es machte den Eindruck, als ob sie die Decke fürsorglich weiter hochgezogen hätte. Dann verließ sie den Raum.

Zwar hatte er die Gesichtszüge der Frau allenfalls erahnen können und dennoch kam sie dem Sammler auf eigenartige Weise vertraut vor. Er schloss – auch wenn dies wegen der Dunkelheit eigentlich unnötig war – die Augen, um sich besser konzentrieren zu können. Er dachte an die wallende blonde Mähne und schon malte seine Fantasie sich den Rest des Bildes aus. Umgeben von einem feinen mentalen Dunstschleier nahm sie die Gestalt der stolzen Kriegerin an, die Walter Dobrindt im Traum beschützt und den grauen Mann verletzt hatte. Kaum hatte er den Zusammenhang erkannt, flammte wie eine Warnung der Schmerz in der Schulter erneut auf und der graue Mann verzog schlagartig das Gesicht zu einer leidenden Maske. Er schnaubte, als eine Hitzewelle ihm durch die Glieder fuhr und die Welt sich mit einem Mal zu drehen schien.

Dann zwang er sich dazu, tief Luft zu holen. Allmählich beruhigte er sich und konnte wieder klare Gedanken fassen. Wenn diese real existierende Frau eine solche Macht in Walter Dobrindts Geist entfacht hatte, dass dieser den Sammler hatte bezwingen können, dann spielte sie vielleicht noch eine große Rolle. *Womöglich bietet sich durch sie eine Möglichkeit,* dachte der graue Mann, aber war sich dabei durchaus bewusst, wie riskant eine Planänderung sein könnte.

Zitternd lehnte er sich an den Stamm der Linde. Er musste diese schwere Entscheidung noch nicht gleich treffen. Noch bliebe etwas Zeit, um das Für und Wider sorgsam abzuwägen. Und so verharrte der graue Mann stumm in der Dunkelheit und ging seine verschiedenen Handlungsmöglichkeiten durch.

19. Nächtlicher Besuch

Alexandra musste grimmig lächeln, als sie die Wohnung betrat und den Lichtschalter umlegte. Das Bild, das sich ihr darbot, passte gut zu ihrem Zustand nach einer scheinbar endlosen Nachtschicht mit einem äußerst schweigsamen Jörg: Flaschen, einige leer und andere zum Teil noch halbvoll, reihten sich auf dem Wohnzimmertisch eng aneinander. Der Aschenbecher quoll über. Leere Chipstüten komplettierten die Überreste der vergangenen Orgie. Scheinbar hatte Jacky nach dem Lernmarathon mit ihren Kommilitonen doch noch wild gefeiert.

Allein der Gedanke an Alkohol ließ Alexandras Magen verkrampfen. Schnell eilte sie in die Küche, um dort das Fenster einen Spalt zu öffnen. Sie hoffte inständig, dass der widerliche Gestank, diese penetrante Mischung von beißendem Alkoholgeruch und kaltem Tabakqualm, am nächsten Tag verflogen sein würde.

Apathisch schleppte sich die junge Frau in ihr Zimmer und sank kraftlos auf ihrem Bett nieder. Doch auch, wenn ihr Körper sich vollkommen erschöpft anfühlte, konnte sie die Ereignisse des Tages nicht abschütteln. Wieder sah sie Walter vor sich, sah die tränengefüllten Augen, als er sie für seine Tochter gehalten hatte.

Doch niemand will ihm glauben …

Der Gedanke quälte sie. Wie leicht es doch war, alle merkwürdigen Ereignisse auf seine vermeintliche Demenz zu schieben – vor allem, wenn man den wehrlosen Mann derart mit Medikamenten betäubt hielt, dass er tatsächlich keinen klaren Gedanken mehr fassen konnte.

Und wenn er dich ungeachtet der Medikation nicht erkannt hätte? Alexandra erinnerte sich an Monikas Behauptung, sie und die anderen Pfleger würden Walter besser kennen und dieser habe eindeutig Demenz. Natürlich waren dazu auch medizinische Untersuchungen durchgeführt worden. Diese hatten aber keinen eindeutigen Befund ergeben. Immerhin gehört es auch zu den normalen Alterserscheinungen, dass Menschen zunehmend vergesslicher werden. Was stimmte also? Schon drehte sich Alexandras Gedankenkarussell wieder mit voller Geschwindigkeit und die unterschiedlichen Sichtweisen der Ereignisse prasselten schonungslos auf sie ein.

Schlaf, ich brauche Schlaf! Sie sah zum Radiowecker hinüber. Inzwischen lag sie seit einer knappen halben Stunde im Halbdunkeln ihres Zimmers. Sie hätte der Zeitanzeige sogar geglaubt, dass sie dort bereits seit Stunden läge. Ihre destruktiven Überlegungen ließ sie Zeit und Raum vollkommen vergessen.

Du weißt, dass du dem Ganzen ein schlichtes Ende setzen könntest? Die weinerliche Stimme, jene Stimme, die sie besonders verabscheute, kämpfte sich zwischen all den umherwirbelnden Gedankengängen nach oben. *Du musst doch einfach nur schlafen. Morgen sieht die Welt doch schon anders aus!*

Alex hatte unwillkürlich den letzten verbleibenden Tablettenstreifen der Schlafmittel vor Augen. Ihr war bewusst, dass es falsch, ja vielleicht sogar gefährlich wäre, diese zu nehmen. Sie würde damit endgültig zugeben, dass sie rückfällig geworden war. Andererseits war dies eine Extremsituation. Womöglich könnte es ihr helfen, wenn sie die Medikamente nutzen würde, um sich zu erholen. Sollte sie nun ein zweites Mal in Folge auf die Tabletten zurückgreifen, wäre sie doch nicht gleich wieder abhängig? Dieser lähmende innere Disput ließ Alex die Fäuste ballen. Wütend schlug sie auf ihre Matratze ein und kam sich wie ein trotziges, kleines Kind vor. Das brachte das Fass für sie zum Überlaufen. Was wäre schlimmer? Wenn sie sich heldenhaft gegen die Tabletten wehren und vielleicht einen Nervenzusammenbruch erleiden würde oder wenn sie sich im schlimmsten Fall erneut von dem Medikament entwöhnen müsste? Das hatte sie bereits einmal geschafft. Sie würde ihre Dämonen auch ein zweites Mal besiegen.

Anders als am Vortag setzte sich Alexandra langsam auf und griff mit ruhiger Hand zum Nachttisch. Ohne jedes Zittern nahm sie einige der Tabletten aus der Verpackung – sie wusste, dass es viel zu viele waren, doch es kümmerte sie nicht – und legte diese unter ihre Zunge. Rasch zeigte das Mittel Wirkung und der tobende Gedankensturm wurde ruhiger, bis er nur noch ein leises Flüstern war. Ein dichter Nebel legte sich über ihren Geist und so hörte sie den lauten Krach nicht mehr.

Der graue Mann musste sich sputen. Er wusste, dass die folgenden Aufgaben noch in dieser Nacht geschehen mussten, und es gab noch viel zu tun. Es war ihm nicht schwergefallen, die junge Frau nach ihrem Dienst abzufangen und ihr zu folgen. Sie schien derart tief in ihren Gedanken versunken gewesen zu sein, dass sie den Sammler selbst dann nicht bemerkt hätte, wenn er direkt hinter ihr hergelaufen wäre. *Sie ist wie viele junge Menschen*, hatte der graue Mann gedacht. *Große Sorgen plagen sie, sodass sie das Hier und Jetzt gar nicht recht wahrnimmt.*

Auch als die zierliche Pflegerin schließlich ihr Wohnhaus erreicht hatte, nahmen die Ereignisse für den Sammler einen mehr als günstigen Verlauf. Er schien doch noch Glück haben zu können. Die junge Frau hatte das mehrstöckige Gebäude betreten und kurz danach das Licht in ihrer Wohnung eingeschaltet. In der Dunkelheit hatte die Scheibe so hell wie ein Signalfeuer aufgeleuchtet und dem Sammler den Weg gewiesen.

Jetzt überquerte er die abschüssige Rasenfläche vor dem schmucklosen Betonbau mit zügigen Schritten. Inzwischen waren die Lichter in der Wohnung wieder erloschen. Mit Argusaugen schritt er an der Fassade entlang. Die Erdgeschosswohnung der jungen Frau befand sich hier wegen des abfallenden Geländes etwa zweieinhalb Meter über dem umliegenden Bodenniveau. Dennoch entdeckte der Sammler rasch das zweiflüglige Fenster über sich. Eine der beiden Glasfronten stand fast wie eine willkommene Einladung auf Kippe. Dort würde er einsteigen.

Noch einmal sah der graue Mann sich verstohlen um, dann trat er näher, strecke die Arme aus und stieß sich kraftvoll mit den Füßen ab. Seine Finger griffen beim Sprung zu und bekamen den breiten Fenstersims zu packen. Mit einem Keuchen spannte er die Muskeln der Unterarme an und schaffte es, sich ein Stück nach oben zu ziehen. Die Schulter schrie derweil laut auf und drohte zu versagen. Stück um Stück verlor der Sammler an Höhe. Gleich würde er abrutschen, doch dann fanden auch seine wild zappelnden Beine an der Fassade Halt. *Ich muss es schaffen.* Er versuchte die Schmerzen der Wunde zu ignorieren und stemmte sich entschlossen mit Armen und Beinen nach oben. Vermutlich war seine Klettereinlage keinesfalls unauffällig, aber das spielte keine Rolle mehr.

Sein Atem ging stoßweise, als er schließlich in seltsam gebeugter Haltung im Fensterrahmen zum Stehen kam. Das dünne Metallbrett ächzte unter ihm laut auf – und das bei jeder noch so kleinen Bewegung. Vorsichtig streckte der Sammler den rechten Arm aus und versuchte, den Fenstergriff durch die schmale Öffnung hindurch zu packen. Dann sackte das Brett plötzlich ein Stück herab, der linke Arm des grauen Mannes schnellte vor und seine Hand schloss sich um die obere Zierleiste des Rahmens, sodass er seinen Schwerpunkt neu ausbalancieren konnte.

Der Sammler atmete tief durch. Dann streckte er seinen rechten Arm aus und die Finger tasteten den Griff entlang. Es fehlten doch nur noch wenige Zentimeter! Er beugte seinen Oberkörper vor, um den Arm noch ein Stück weiter ausstrecken zu können. Wieder ächzte das Metallbrett und er bemerkte, dass diese Konstruktion keinesfalls dafür gedacht war, größeres Gewicht zu tragen. Obwohl er sich nun mit der Linken festhielt und das tragende Element entlastete, schien es sich bedrohlich abzusenken. *Es muss klappen,* schoss es dem grauen Mann durch den Kopf. Er streckte den Arm noch weiter hinein und bekam endlich den Griff zu packen, den er augenblicklich umdrehte. In einer fließenden Bewegung drückte er sich gegen die Scheibe, die nun nach innen aufschwang. Keine zwei Sekunden später klappte das Brett um. Der Sammler fiel vornüber, hinein in die Wohnung und schlug hart auf der Arbeitsfläche auf.

Dröhnend drang das Scheppern von Glas an seine Ohren, als zwei Flaschen hinunterfielen und zerbrachen. Noch aus seiner liegenden Position sah sich der Sammler um. In seinen Augen lag Resignation. Doch es geschah nichts. Er hatte fest damit gerechnet, dass die junge Frau hereingestürzt käme. Verwundert leckte er über seine schmalen Lippen, kletterte vorsichtig von der Anrichte hinunter und streckte sich. Seine Schulter brannte von der ganzen Anstrengung.

Die Wohnung lag dunkel vor ihm. Mit bedachten Schritten trat er aus der Küche in den Flur. Zu seiner Rechten sah er so etwas wie einen Wohnbereich. Selbst im Zwielicht erkannte er das Chaos auf dem Tisch. Er blickte nach links: Dort zweigten drei Türen ab. Er entschied sich für die erstbeste und schob sie sachte einen Spalt weit auf. Mit einem Auge spähte er hinein in die Dunkelheit. In dem kleinen quadratischen Raum herrschte ebenfalls Chaos. Kleidung lag verstreut auf dem Boden, auf einem Tisch standen diverse Gegenstände. Langsam drückte er die Tür weiter auf.

Gerade als der Sammler eintreten wollte, bemerkte er seinen Atem. In der Stille kam er sich selbst wie ein pfeifender Dampfkessel vor. Er kannte dies nicht. Er war bereits in unzählige Zimmer geschlichen und hatte bis heute noch nie körperliche Reaktionen gezeigt. Jetzt spürte er jedoch, dass sein Puls und seine Atmung deutlich schneller geworden waren. *Du musst dich konzentrieren!*

Er verharrte einen Moment und zwang sich zur Ruhe. Dann setzte er den ersten Fuß in den dunklen Raum und ging Schritt für Schritt auf das Bett zu. Mehr als einen hohen Berg aus Decken und Kissen konnte er dort noch nicht erkennen. Die Wulst aus Bettwäsche hob und senkte sich und ein schlanker Arm kam unter ihr zum Vorschein, als sich der darunter liegende Körper auf die Seite drehte.

Der Sammler blieb mitten in der Bewegung stehen, keine zwei Meter mehr vom Bett entfernt. Ein Seufzen und Murmeln entwich den Laken. *Soll ich umdrehen?* Kaum hatte sich der graue Mann die Frage gestellt, da verwarf er den Gedanken auch schon wieder, als das Gesicht der schlafenden Frau zum Vorschein kam. Zum einen erkannte er an den roten Haaren sofort, dass es nicht die Pflegerin war, in deren Träume er eigentlich eindringen wollte. Zum anderen bemerkte er aber auch den Grund, weswegen die Frau trotz des Krachs und ihres unruhigen Schlafes nicht aufgewacht war: Sie hatte eindeutig viel zu viel getrunken.

Eine Neugier überkam den Sammler. Wovon mochte sie nur gerade träumen? Er hatte in all den Jahren schnell erkannt, dass Menschen nach einer durchzechten Nacht oftmals die eigenartigsten Traumwelten erschufen, in denen das Vergangene und die Ängste der Zukunft eine surreale Note erhielten. Er streckte schon aus Gewohnheit die Hand aus, als ihm seine Mission wieder in den Sinn kam. Er hatte dafür keine Zeit.

Doch andererseits hatte er schon lange keine richtige Kost mehr zu sich genommen und dieser Mensch versprach raffinierte, ja sogar extravagante Genüsse. Womöglich wäre es sogar richtig, sich vor den weiteren Herausforderungen noch einmal zu stärken? Es könnte vieles leichter machen. Der Sammler beugte sich mit der ausgestreckten Hand vor.

Die Frau verzog im gleichen Moment das Gesicht. Ein leises Wimmern drang aus ihren geschwungenen Lippen hervor. Wieder wälzte sie sich auf die andere Seite und der Sammler glaubte ein flehendes »Nein, bitte nicht!« gehört zu haben.

Ein angewiderter Ausdruck legte sich auf seine Gesichtszüge. Er musste an all diese Albträume denken, die er über Jahrhunderte gesehen hatte – und statt der kalten Faszination, die sie in der Vergangenheit stets bei ihm hervorgerufen hatten, überkam ihn nun ein starkes Ekelgefühl. Er wusste nicht, wie ihm geschah, als er sanft mit der Hand über den Kopf der Frau strich und das samtige Haar auf seiner Haut spürte. »Wenn ich mehr Zeit hätte, würde ich dir beistehen. Ich kann aber nicht bleiben.«

Beistehen? Was geschieht nur mit mir!

Noch während der Sammler angestrengt versuchte, diese wirren Überlegungen zu ordnen, verließ er das Zimmer, um es mit dem gegenüberliegenden Raum zu versuchen. Wieder spähte er durch einen kleinen Spalt hinein. Auch dieser Raum lag im Dunkeln und keine Geräusche drangen aus ihm hervor. Anders als beim Nachtlager der rothaarigen Frau herrschte hier aber, soweit es sich mit den Lichtverhältnissen sagen ließ, Ordnung vor. Mit umsichtigen Schritten trat der graue Mann ein und schlich an das Bett heran. Selbst in der Finsternis konnte er die blonden Haare deutlich erkennen, die unter der weit hochgezogenen Decke hervorragten. Hier war er richtig.

Die junge Frau schien tief und fest zu schlafen, regte sich kaum und der Atem war ruhig. Das gab dem Sammler, der sich über die Schlafende beugte, endlich wieder ein Gefühl von Sicherheit. Langsam streckte er die Hand mit den langen, bleichen Fingern aus und schob diese unter die Bettdecke. Er erschrak. Die Haut der Frau war kalt, beinahe so eisig wie seine eigene. Zusammen mit diesem äußerst tiefen Schlaf kam ihm ein böser Verdacht.

Das darf nicht sein. Es würde jede Hoffnung zunichtemachen.

Er wusste um die Gefahr, als er die Hand trotzdem über ihrem Herzen platzierte und in den Traum eindrang.

Teil 5

Ein letzter Traum

20. Die Ödnis

Schwärze hüllte ihn ein und es war eisig. Nur langsam gewöhnten sich seine Augen an die Finsternis, sodass sich undeutlich die Konturen einiger Felsen hervorschälten. Er kniff die Augen zusammen und starrte angestrengt in alle Richtungen. Mehr als Düsternis und einige kleine Steine konnte er nicht sehen. Der Wind heulte auf.

»Nein, das darf nicht sein!« Sein Schrei klang schrill, aber verhallte in der Unendlichkeit dieser kargen Traumlandschaft ungehört. Wieder und wieder erhob der Sammler seine Stimme, bis keine Luft mehr in seinen Lungen war, bis sein Hals schon vor Anstrengung brannte.

»Ich wollte meinen Fehler gutmachen. Ich will nicht, dass er dafür leiden muss, dass ich ihn ausgewählt habe! Ich wusste nicht, was ich ihm und den anderen damit angetan habe!« Hoffte der Sammler auf eine Antwort? Doch von wem? Hier war nichts außer Staub und Finsternis, und so blieb auch jede Reaktion aus.

Es war ein Fehler, hierhergekommen zu sein. Erkenne dein Scheitern doch einfach! Du verschwendest die inzwischen so kostbare Zeit, in der du hättest versuchen können, einen anderen Weg zu Walter Dobrindt zu finden. Vielleicht hättest du es sogar riskieren und wieder wie gewohnt den Vordereingang nehmen sollen? Der Sammler dachte kurz darüber nach, dann verwarf er den Gedanken. Seitdem er geblutet hatte, traute er vielen seiner Kräfte nicht mehr. Zudem zeigte die Tatsache, dass die Fenster ausgewechselt worden waren, dass die Mitarbeiter des Heims inzwischen misstrauisch wurden. Doch in dieser Schlafwelt gab es nur Leere und Kälte. Sein Plan war damit gescheitert.

Er schloss die Augen und konzentrierte sich auf seinen Körper, der immer noch in diesem Zimmer über die junge Frau gebeugt stand. Doch obwohl damit die mentale Präsenz des Sammlers und seine fleischliche Hülle nur wenige Zentimeter voneinander getrennt waren, schien es ihm, als lägen eigentlich ganze Galaxien dazwischen. Er spürte sich selbst nicht, sondern nahm nur die bittere Kälte wahr, die grimmig auf seiner bereits tauben Haut lag. Er rieb sich die steifen Fingerglieder.

Kann es sein, dass diese Frau stirbt? Kann es sein, dass ich hier in einem sterbenden Geist gefangen bin? Welch bittere Ironie das doch war! Kaum hatte er den Wunsch zum Leben für sich entdeckt, kaum spürte er, was es bedeutete, Angst und Furcht, aber auch unbändige Freude über die eigene Existenz zu empfinden, da schien ihm alles und jeder nur noch nach diesem neuen Leben trachten zu wollen.

Drohend reckte er die Faust empor. Der Gedankengang hatte ihn wütend gemacht. Er hatte sich nicht selbst erschaffen, er hatte nicht entschieden, als emotionsloses Wesen durch die Nacht streifen und sich von Erinnerungen ernähren zu müssen. Er hatte nicht entschieden, in diesen Strudel aus Ereignissen gerissen zu werden, die letztlich ein Martyrium aus einem Wechselspiel von Furcht und Freude nach sich gezogen hatten. Das brodelnde Gefühl, dieser Feuerstrom unter seiner Haut, schwoll beständig an und entlud sich in einem einzigen gewaltigen Schrei. Und dieser Schrei verhallte nicht. Er wurde gehört. Über der Ödnis erstrahlte nun ein mattes Licht, unschuldig wie der Morgen. Der Sammler musste blinzeln, da selbst dieses schwache Licht ihn nach der vorherigen Dunkelheit blendete.

Die aufkeimende Hoffnung wurde jäh im Staub erstickt. Auch nun, da er sich an die neuen Sichtverhältnisse gewöhnt hatte, konnte er nichts anderes als Brachland sehen. Scheinbar endlos setzte sich das karge Land in alle Himmelsrichtungen fort.

Der Sammler legte die Hände an den Mund und formte einen Trichter. »Hallo!« Keine Reaktion.

Steif machte er einige Schritte. Seine Stiefel knirschten in dem Gemisch aus Sand und Kies, das hier auf Kilometer den gesamten Boden bedeckte. »Es tut mir leid! Ich wollte das alles nicht!« Seine Worte gingen in unartikulierte Schreie und lautes Wimmern über. Es durfte nicht sein!

Doch außer einem Windstoß, der dem Sammler Sand entgegenwehte, ignorierte die Ödnis sein Aufbegehren. Erschöpft sackte er zusammen, ließ sich einfach auf den kargen Boden fallen und sah gen Himmel. Ein zartes Purpurrot überzog das Firmament. *Ein guter Ort, um eine Niederlage auszukosten, ein guter Ort, um zu vergehen,* dachte der graue Mann und schloss die Augen. Was könnte er auch sonst noch tun?

War es ein kurzer Moment, eine volle Stunde oder doch ein ganzer Tag? Er hätte nicht sagen können, wie lange er die Lider geschlossen hatte. Das Konzept *Zeit* schien ihm vollkommen zu entgleiten. Er wusste nur, dass es ihm wie eine gefühlte Ewigkeit vorgekommen war, ehe er erneut die Augen öffnete. Kaum ein Anblick hätte ihn mehr überraschen können.

Durch seine liegende Perspektive sah er spiegelverkehrt über sich ein Regal aufragen. Auf drei Ablagen reihten sich dort diverse Bücher aneinander. Er zögerte einen Moment, dann war seine Neugier entfacht und er richtete sich eilig auf.

Skeptisch ließ er den Finger über die Buchrücken gleiten und rechnete fast damit, dass diese sich wieder in Luft auflösen würden. Auf ihnen waren keine Titel abgedruckt. Mit Ausnahme eines einzigen Buches, dessen roter Karton aus der bunten Abfolge der anderen mit seiner kräftigen Farbe deutlich hervorstach. Der Sammler nahm es heraus.

To do stand auf dem Einband.

»Was ist das?«, fragte er sich kopfschüttelnd und schlug den dicken Wälzer auf. Er entdeckte unzählige Notizen, die allesamt durchgestrichen waren. Von simplen Aufgaben wie *Für die Grundlagenklausur in Linguistik lernen* über *Das Bett frisch beziehen* bis hin zu *Den Müll rausbringen* schien es sich um eine schier endlose Aufzählung von geradezu banalen Tätigkeiten zu handeln. Hastig blätterte der graue Mann weiter. Hier musste doch auch etwas von Belang stehen!

Schließlich surrten die Seiten nur so dahin, als er sie zwischen seinen Fingern wie ein Daumenkino dahingleiten ließ. Da, wieder ein paar Seiten zurück! Ja, da war etwas! In großen Buchstaben, die beinahe eine gesamte Seite einnahmen, stand dort geschrieben *Walter helfen.* Der Sammler klemmte einen Finger als Lesezeichen zwischen die Seiten und ließ das Buch sinken.

Konnte es tatsächlich sein, dass die junge Frau hier Dinge mental notierte, um sich daran zu erinnern? Der Sammler kniff die Augen zusammen. Er wusste doch eigentlich am besten, dass in Träumen wahre Wunder möglich waren. In ihnen konnten längst vergangene Ereignisse erneut aufleben und die Gesetze von Raum und Zeit galten nicht mehr. War es also so abwegig, dass er hier eine Art Zugriff auf das Gedächtnis der Frau gefunden hatte?

»Bis vor wenigen Tagen hättest du auch nicht angenommen, dass du bluten könntest.« Er legte den Kopf schief, als er diese Worte laut aussprach. Dann lachte er wieder auf. Was könnte er schon verlieren? Schnell schlug er eine leere Seite auf und sah sich mit dem nächsten Problem konfrontiert. Wie sollte er eine Nachricht hinterlassen? Dieser Geist war viel zu betäubt, als dass er den Traum hätte beliebig nach seinen Wünschen formen können. Andernfalls hätte er sich nur konzentrieren müssen und hätte auf irgendein Schreibutensil aus der Erinnerung der Frau zurückgreifen können.

Doch er hatte neue Fähigkeiten dazugewonnen. Er sollte sie nutzen. Fest biss er sich auf die Unterlippe und schmeckte schnell das warme Blut. Es kam ihm ein wenig dramatisch vor, als er seinen Finger in die rote Flüssigkeit tauchte, aber was spielte das für eine Rolle? Er überlegte nur kurz, dann formten sich Buchtstaben und Worte in Scharlachrot auf dem weißen Blatt.

Die Botschaft war simpel, aber das sollte genügen. Er ließ das Blut noch einen Moment auf der Seite trocknen, dann stellte er das Buch wieder zurück in das Regal und strich beinahe zärtlich über den roten Karton. Schließlich wandte sich der Sammler ab. Es wurde Zeit, einen Weg zurück zu seiner Körperhülle zu finden.

Der graue Mann wusste nicht, wohin er gehen sollte, doch es war in dieser Wüste ohnehin nicht von Belang. Die Ödnis sah überall gleich aus. Meter um Meter legte er stoisch in die erstbeste Richtung zurück. Zuerst waren seine Schritte noch zögerlich, da ihnen ein Ziel fehlte, doch dann verdrängte er die Gedanken an diesen Umstand und beschleunigte sein Tempo. Er wollte fest daran glauben, dass es eine

Möglichkeit für ihn gab, um zurückzukehren. Zwar hatte sich inzwischen seine Sorge gelegt, dass dieser Geist im Sterben lag, dennoch spürte der Sammler einen Drang zur Eile. Er wollte wieder in seine fleischliche Hülle gelangen, bevor die Frau aufwachen und ihn entdecken konnte.

Nachdem die trostlose Landschaft zunächst unverändert an ihm vorbeigezogen war, wandelte sich schließlich das Bild. Zu seiner Rechten erspähte er am Horizont ein gewaltiges Gebirge. Schneeweiß funkelten die Gipfel. Der graue Mann musste an das Bergdorf denken, von dem Walter Dobrindt geträumt hatte. Hatte er dieser Frau davon erzählt? Falls dem so war, wäre es die erste Traumaktivität, die der Sammler feststellen konnte.

Während er weiter und weiter voranging, wandelte sich die öde Landschaft um ihn herum immer rascher. Zunächst sprossen nur vereinzelte Grashalme aus dem kargen Boden, doch schon bald gesellten sich Büsche, Bäume und Blumen dazu. Ihr Grün leuchtete satt im hellen Tageslicht, denn inzwischen stand auch die Sonne hoch am Firmament. Die Reise fiel dem Sammler nun leichter und er kam gut voran.

Direkt vor sich entdeckte er eine gepflasterte Straße. In sanften Bögen verlief diese hinüber zu den Bergen. Der Weg war angenehm und die Schritte wurden dem grauen Mann noch einmal leichter. Um ihn herum erhoben sich die geschwungenen Formen von kleinen Hügeln, auf denen hohes Gras wuchs. Kühe weideten dort.

Der Sammler merkte, dass er schon längst zu einem leichten Trab übergegangen war. Die Hügel ragten derweil immer höher auf, versperrten ihm zunächst den Blick in die Ferne. Doch die Straße führte auf eine der Anhöhen hinauf und dort eröffnete sich ein gewaltiges Panorama vor seinen Augen.

Majestätisch ragten vor ihm die Berge auf, einer wie der andere zackig und ehrfurchtsgebietend. Davor schmiegte sich, umgeben von diesen steinernen Wächtern, ein kleines Dorf an die unüberwindlichen Felswände. Rauchschwaden kräuselten sich aus den vielen Schornsteinen empor. Das Lachen von Kindern drang an seine Ohren und eine milde Brise trieb den Duft von frischgebackenem Brot an seine Nase heran.

Während er dort noch stand und geradezu jedes Detail gierig in sich aufsog, fühlte er auch wieder die Verbindung zu seinem Körper. Er könnte nun gleich zurückkehren. Bei diesem Gedanken verfinsterte sich seine Miene und er streckte die Hand in Richtung des Dorfes aus.

»Ich werde dich finden.« Mit diesen Worten verließ er den fremden Traum.

21. Eine Entscheidung

Öffne Walters Fenster!

Alexandra schüttelte den Kopf, während sie wie in Trance hinüber zu der Wanduhr starrte. Seit fast zwei Stunden saß sie nun schon am Küchentisch und versuchte, diesen vollkommen abstrusen Gedanken zu vertreiben. Doch er war hartnäckig, auch wenn er keinerlei Sinn ergab.

Vielleicht habe ich wegen der Medikamente schlecht geschlafen und das ist nun der Preis?

Alex kannte die Wirkung der Präparate gut genug, um zu wissen, dass diese Überlegung Unsinn war. Streng genommen musste sie wie ein Stein geschlafen haben – und Steine träumen nicht. Tatsächlich war sie erst am Nachmittag erwacht und hatte sich wie gerädert gefühlt, so als hätte sie vollkommen schief und verdreht im Bett gelegen, aber wäre wegen der Medikamente nicht erwacht. Doch ungeachtet der Schmerzen in Rücken und Nacken war dies ihr erster Gedanke gewesen.

Sie hatte mit Jacky über diese eigenwillige Eingebung reden wollen, aber ihre Mitbewohnerin hatte bereits das Haus verlassen gehabt und ihr eine kurze Nachricht auf der Küchenzeile hinterlassen. »Liebe Alex, wenn du heimkommst und Flaschen in der Küche runterfallenlässt, dann kehr doch bitte die Scherben auf.« Alexandra hatte sich über die Notiz gewundert, aber ihr keine weitere Beachtung geschenkt. Andere Dinge spukten ihr im Kopf herum. *Ich werde sicherlich nicht auf so einen seltsamen Gedanken hören. Vermutlich hat mich das ganze Gerede über neue Fenster und Einbrüche einfach zu stark mitgenommen.*

Die junge Frau stand auf und zog sich Straßenschuhe und Jacke an. Es war an der Zeit, zur Pflegeeinrichtung zu gehen, ob sie wollte oder nicht. Sie war in diesem Hamsterrad gefangen und ihr hatte es den ganzen Tag davor gegraust, dass dieser Moment kommen würde. Zwar wollte sie unbedingt nach Walter sehen, aber sie hatte auch Angst davor, was in der Zwischenzeit schon wieder geschehen sein könnte. Mit einem flauen Gefühl in der Magengegend verließ sie die Wohnung.

Draußen war es bereits dämmrig und dichter Abendnebel lag einmal mehr wie ein bleiches Tuch über der Stadt. Die bittere Kälte kroch Alexandra tief in die Glieder und ließ sie frösteln. Doch sie fror keinesfalls nur wegen des scheußlichen Wetters. Sie fühlte eine unterschwellige Angst. Es war das bedrohliche Gefühl, dass etwas bevorstand. Sie konnte es nicht genauer beschreiben und wusste nicht einmal, was diese Furcht ausgelöst hatte, aber sie war da und wurde immer intensiver. *Öffne Walters Fenster!*

Der Gedanke verfolgte sie. Auch jetzt, da sie in der Kälte zitterte, ließ er nicht von ihr ab. Wie in einem alten Gruselstreifen, der noch mit Schwarzweißfilm gedreht worden war, erspähte Alexandra schließlich das Satteldach des Heims. Es stach als gräulicher Umriss zackig aus dem Nebel hervor. Ihre Schritte wurden langsamer. Dann blieb sie stehen.

Du kannst auch einfach umkehren und dich krankmelden. Es sind nur noch wenige Tage, dann wäre deine Dienstzeit hier vorbei und du wärst wieder ganz normal auf Station. Hier will dich doch niemand!

Doch Walter will mich sehen und braucht mich.

Sie lassen nicht zu, dass du ihm hilfst!

Dennoch muss ich es versuchen.

… und daran scheitern? Alles riskieren? Alles verlieren?

Alexandra warf über ihre Schulter hinweg einen Blick zurück. Es wäre in der Tat so leicht, die Angelegenheit einfach auszusitzen. Vermutlich würde es Frau Dr. Koch und Klaus – ja vielleicht sogar Jörg und die anderen Kollegen – freuen, wenn die Unruhestifterin nicht noch einmal zu ihrem Dienst anträte.

Öffne Walters Fenster!

Der schlichte Befehl raste wie ein glühendes Schwert mitten hinein in ihre Gedankenkette.

Öffne Walters Fenster!

Die drei Worte nahmen inzwischen all ihr Denken ein. Wie von selbst wanderten Alexandras Hände hinauf zu ihren Ohren, so als könnte sie diese zuhalten, um die eigenartige Anweisung einfach zu ignorieren. Doch es half nicht. Der Gedanke hatte sich tief in sie eingebrannt und wütete in ihr.

Öffne …

Sie konnte nicht einfach in das Heim zurückkehren und entgegen aller Vernunft dieses Fenster öffnen.

… Walters …

So zu handeln, das wäre doch vollkommen unlogisch. Es war ja durchaus möglich, dass jemand bei ihm im Zimmer gewesen war und ihn angegriffen hatte. Wieso sollte sie dann ausgerechnet …?

… FENSTER!

Der Gedanke schien längst nicht mehr ihr eigener zu sein. Es kam ihr vor, als hörte sie den Befehl einer fremden Stimme in ihrem Kopf. »Bitte, sei still.« Ihr Flüstern ging im Mantra der unbekannten Stimme unter, die noch immer ohne Unterlass diesen einen Befehl wiederholte. Die Worte brachen sich in ihrem Kopf wie Donnerhall.

»Ja, ich werde es tun!« Alexandras Atem ging schwer und stoßweise. Schüchtern sah sie sich um und musste an die Situation an der Fußgängerampel vor einigen Tagen zurückdenken. Heute schien sie Glück gehabt zu haben und konnte weit und breit keine Passanten entdecken. Sie schüttelte den Kopf und ging mit hochrotem Kopf weiter.

Als Alexandra das Heim betrat, fühlte sie sich wie im Tropenhaus des städtischen Zoos. Auch im Inneren der alten Villa hatte sich die Luftfeuchtigkeit gesammelt. Im Zusammenspiel mit den unzähligen Heizkörpern ergab sich eine stickige, warme und vor Nässe stehende Luft. Alexandra atmete schwer ein, als sie am Empfang vorbei zu den Mitarbeiterumkleiden ging. Beim Umziehen stellte sie fest, dass ihr Top durchgeschwitzt war. Doch obwohl es hier im Gebäude so schrecklich warm und stickig war, fühlte sie immer noch dieses innere Frösteln. Ja, etwas stand bevor. Auch der Weg hinauf zu den Unterkünften der Bewohner kam ihr ungewöhnlich lang vor und das Treppenhaus wirkte dunkler als sonst. Ihr kam heute alles so falsch vor.

Sie hatte gerade den Flur betreten und ging auf das Stationszimmer zu, da ließ sie eine Stimme zusammenzucken.

»Alles gut bei dir, Liebes?« Alexandra drehte den Kopf zur Seite und erblickte Frau Ludwig, die mit gekrümmten Rücken vor ihr stand. »Das feuchte Wetter macht meinen alten Knochen jedes Jahr mehr zu schaffen.«

»Guten Abend, Frau Ludwig! Mir geht es gut. Es tut mir leid, dass das Wetter Ihnen so arg zusetzt.« Alexandra hoffte, die alte Dame würde ihr den Schreck nicht ansehen.

»Das ist schon in Ordnung. Meine Tochter kommt immer vorbei und kümmert sich um mich. Wenn sie mich besucht, dann ist das besser als jede Medizin.« Frau Ludwig hatte ein breites Lächeln aufgesetzt.

Warum hat sie ausgerechnet jetzt einen ihrer guten Tage? Alexandra hatte Mühe, sich auf die Worte der Bewohnerin zu konzentrieren. Mehrmals wanderten ihre Augen sorgenvoll hinüber zum Stationszimmer und dann an diesem vorbei, weiter zu Zimmer 03.

Öffne Walters Fenster!

»… nicht in Ordnung? Du siehst furchtbar blass aus.«

»Ich habe nur schlecht geschlafen und muss erst einmal munter werden, Frau Ludwig. Es ist aber wirklich lieb von Ihnen, dass Sie mich danach fragen. Ich muss jetzt, aber …«

»Da könnte doch Zucker helfen! Komm, ich habe noch Pralinen!« Sichtlich erfreut von der Aussicht, etwas von ihren Süßigkeiten teilen zu können, wollte die alte Dame bereits losgehen, als sie mitten in der Bewegung verharrte.

»Ach, die habe ich ja doch gegessen. Ich wollte eben schon dieser schwarzhaarigen Frau welche anbieten, aber da war die Schachtel weg. Ich werde wirklich immer vergesslicher.« Sie machte eine Pause und zuckte mit den Achseln. »Nun, da kann man nichts machen. Ich sollte vielleicht einfach schon mal schlafen gehen. Womöglich tut es meinem Rücken ja gut, wenn ich mich etwas hinlege.«

Kaum hatte sie den Satz beendet, da ging Frau Ludwig auch schon mit schlurfenden Schritten davon. Alexandra wunderte sich nur kurz über das abrupte Ende des Gesprächs und ließ die Bewohnerin ziehen. Sie hatte eine Mission und war froh, diese ungestört fortsetzen zu können.

Sie eilte hinüber zu Walters Zimmer. Im Vorbeigehen warf sie einen Blick ins Stationszimmer. Ihre Kollegen schienen irgendwo unterwegs zu sein. *Umso besser, dann kann ich direkt den Schlüssel für die Fenster holen. Zumindest wenn er vorschriftsmäßig im Schlüsselkasten bei den anderen hängt.*

Sie durchquerte den kleinen Raum und ging ganz nach hinten durch. Dort führte eine geöffnete Tür in ein weiteres Zimmer. In diesem hatte sich das Personal einen kleinen Aufenthaltsbereich eingerichtet. Rechts daneben gab es einen weiteren Raum, der noch kleiner ausfiel und kaum mehr als eine Besenkammer war. Dort lagerte unterschiedlicher Bürobedarf. Zudem war an einer der Wände ein unscheinbarer grüner Metallkasten angebracht, in dessen Innerem sich verschiedene Schlüssel befanden: für die Türen der Bewohner, aber auch für weniger wichtige Dinge wie etwa die Kaffeekasse.

Hastig öffnete Alexandra den Schlüsselkasten und suchte die Aufhängungen nach einem neuen Exemplar ab. *Das muss er sein!* Ein blanker Schlüssel stach ihr direkt ins Auge, da er zwischen seinen in die Jahre gekommenen Brüdern und Schwestern geradezu hell aufleuchtete. Die Frau verstaute ihn in der Tasche ihres Kasacks, als sie ein langes Seufzen aus dem Nebenraum zusammenzucken ließ. Schnell richtete sie sich mit zwei kurzen Bewegungen die Haare, dann trat sie hinaus. Sie durfte sich nur nichts anmerken lassen.

Ihr Blick fiel auf Klaus, der wohl heute länger gearbeitet und sich am Tisch niedergelassen hatte. Der Pfleger schaufelte irgendein Essen in sich rein und musterte Alexandra mit feindseliger Miene. Keiner der beiden sagte auch nur einen Ton. Sie ging aufreizend langsam an ihm vorbei. Seit der vergangenen Nacht hatte sich ihre Abneigung gegen den Kerl ins Unermessliche gesteigert. Seinem Gesichtsausdruck nach zu urteilen, beruhte dies auf Gegenseitigkeit.

Alexandra war schon fast wieder im Flur, als ihr bewusst wurde, was sie da gesehen hatte. Klaus hatte nicht einfach irgendein Essen mechanisch in seinen Mund geschoben und wie in Trance kurz gekaut, bevor er es eilig runtergeschluckt hatte. Es waren Pralinen. Alexandra machte so plötzlich kehrt, dass ihre langen Haare herumwirbelten.

»Frisst du etwa ernsthaft die Pralinen von der armen Frau Ludwig?«

Die Mimik des älteren Kollegen entgleiste, als ihn die Worte unvorbereitet trafen. Er starrte der Pflegeschülerin ungläubig entgegen, die Augen weit aufgerissen, der Mund halboffen.

»Ich habe dich was gefragt, Klaus!« Alexandras Stimme war schneidend. Sie blieb in etwa zwei Metern Entfernung zu ihrem Kollegen stehen, die Beine hüftbreit auseinander und die Arme verschränkt.

Klaus schluckte. Dann änderten sich seine Gesichtszüge. Dort wo eben noch Verwunderung zu sehen gewesen war, zeichnete sich inzwischen Zorn ab. Die Augen waren zu Schlitzen verengt. »Ich weiß nicht, was dir einfällt, mich aus heiterem Himmel dermaßen frech anzupflaumen. Hast du deine Tage oder was ist in dich gefahren?«

»Klaus, ich habe dich gefragt, ob du hier sitzt und einfach so Frau Ludwigs Pralinen frisst!«

Der rundliche Mann schnaubte und stand auf. Dabei stützte er die Hände auf der Tischplatte ab und beugte seinen massigen Körper vor, sodass sein Gesicht näher an

Alexandra heranreichte. Eine dünne Schokoladenschicht überzog seine Oberlippe. Er legte den Kopf schief. »Nein.«

Beide starrten sich wortlos an. Ein Grinsen erschien auf Klaus' Gesicht. »Und selbst wenn ich das getan hätte, dann geht es dich einen Scheiß an! Du hast hier nichts zu suchen! Du bist nur auf der Durchreise und bringst doch alles durcheinander! Denkst du echt, dass du hier irgendwas zu melden hast, nur weil du mal kurz studiert hast?«

»Ich bringe hier alles durcheinander? Du nimmst einer armen, alten Frau die Pralinen weg und meinst, dass es mich nichts angeht?« Alexandra war fassungslos. »Und hör auf, dich auf mein Studium einzuschießen!«

»Ist das etwa dein wunder Punkt? Wirst du nicht gerne daran erinnert, dass du nur klugscheißen kannst, aber sonst scheinbar nichts auf die Reihe bekommst?« Jedes einzelne Wort war voller Häme. »Hier bist du auch gescheitert. Geh doch einfach!«

Alexandra machte einen Schritt auf Klaus zu. Obwohl dieser gebeugt stand, überragte er die zierliche Schülerin immer noch um einen halben Kopf. Auch die junge Frau lehnte sich nun über die Tischplatte. Nur noch wenige Zentimeter trennten die beiden voneinander. Alex konnte seinen unangenehmen Atem und den beißenden Gestank von altem Schweiß riechen. Sie sah die roten Äderchen in seinen gelben Augen, die von zu viel Alkohol zeugten.

»Nichts wäre mir lieber, als endlich zu gehen und dieses Loch hier hinter mir zu lassen. Aber ich kann nicht weiter wegsehen, wenn die Bewohner unter so einem ignoranten, gierigen und bösen Scheißkerl wie dir leiden. Am liebsten würde ich …«

»Was würdest du am liebsten?«, fiel ihr Klaus ins Wort und lachte spöttisch. »Ich bin ganz Ohr! Oder kannst du nur große Reden schwingen und mir Märchengeschichten davon erzählen, wie toll du deine Bewohner schützen möchtest?«

»Klaus, es reicht. Halt die Klappe!«

»Ich lasse mir ganz sicher nicht von so einer kleinen Fotze wie dir …«

Ein Zischen erfüllte die Luft, als Alexandra ihre Hand vorschnellen ließ und Klaus eine saftige Ohrfeige verpasste. Ihre Haut prickelte an der Stelle, wo sie die weiche Wange getroffen hatte.

Der Mann schob mit wütender Fratze die Oberlippe vor, was ihm ein bedrohliches und primitives, ja regelrecht tierisches Aussehen verlieh. »Das war ein schwerer Fehler, du kleines Miststück!«

Er stürzte plötzlich vor, aber seine Hände griffen ins Leere, da Alexandra geistesgegenwärtig reagiert und einen Ausfallschritt nach hinten gemacht hatte. Klaus ließ keinen Zweifel daran, dass er nicht nur im Affekt gehandelt hatte. Er wollte sie erwischen. Schon schob er sich wenig elegant um die Tischplatte herum. Die schmächtige Frau zögerte keine Sekunde und rannte hinaus auf den Flur. Sie musste zu Walter und endlich dieses verdammte Fenster öffnen!

Alexandra ließ kurz den Blick über den Korridor schweifen. Hier war niemand, der ihr helfen könnte. Das Geräusch schwerer Schritte ließ sie aufhorchen. Sie musste weiter. Es kam ihr vor, als würden ihre Füße kaum den Boden berühren, während sie panisch auf Walters Zimmer zuraste. In einer einzigen fließenden Bewegung drückte sie die Türklinke hinunter und rannte hinein.

»Was ist denn hier los?« Walter saß aufrecht in seinem Bett und sah verstört zu Alex hinüber, die immer noch wie von Sinnen rannte. »Er kommt!«, raunte sie ihm zu und blieb erst an der Fensterfront stehen. Dort drehte sie sich um und starrte hinüber zur Tür, durch die Klaus im gleichen Moment hereinstürzte.

»Was soll das alles?« Walter war inzwischen aus dem Bett aufgestanden und hatte sich einige Schritte zur Tür bewegt. Klaus, der wie ein wütender Stier herangewalzt war, blieb stehen. Sein Gesicht war noch immer vor Wut zu einer riesigen Fratze entstellt. »Sie hat mir eine gescheuert. Der hat man doch ins Hirn geschissen!«

»Alex wird das kaum ohne einen guten Grund getan haben!« Wie beiläufig griff der alte Mann nach seiner Gehstütze und fixierte sein Gegenüber abfällig.

»Grund hin oder her, das war ein großer Fehler! Ich lasse mir nicht von so einer …«

»Was soll das heißen?« Walters Ton klang lauernd.

Alexandra nutzte die Ablenkung. Während sie den Blick fest auf die beiden Männer gerichtet hatte, wanderte ihre Hand, in der sie den Schlüssel hinter ihrem Rücken verborgen hielt, heimlich zum Fenster. Es gelang ihr nicht auf Anhieb, aber bereits beim dritten Versuch hatte sie es geschafft, den Schlüssel blindlings ins Schloss einzufädeln. Sie drehte ihn und das Schloss gab einen kurzen schnappenden Laut von sich. Das Fenster war nun offen. Man musste es nur noch aufdrücken.

Es kam Alexandra so vor, als fiele eine zentnerschwere Last von ihr. Doch noch konnte sie nicht aufatmen. Sie sah hinüber zu Klaus, der sich inzwischen bedrohlich vor Walter aufbaute, weil dieser sich schützend in der Mitte des kleinen Zimmers vor Alex postiert hatte.

Der Schülerin reichte es. Sie würde sich nicht weiter von diesem Kerl einschüchtern lassen. »Es war ein Fehler, dir eine zu scheuern. Ich habe Rot gesehen, als du mich Fotze genannt hast. Ich wäre besser direkt zu einem Kollegen gelaufen – und das werde ich jetzt auch tun. Nimm du in der Zwischenzeit noch ein paar von Frau Ludwigs Pralinen, die scheinen dir ja so gut zu schmecken!« Furchtlos schritt Alexandra auf den massigen Mann zu.

Walter sah verblüfft zu ihr hinüber, dann wandte er sich wieder an Klaus. »Wie hast du sie genannt?« Seine Finger schlossen sich fester um den Gehstock. Dann hob er diesen an und versetzte Klaus mit der Spitze einen leichten Stoß gegen die rechte Schulter. Der rundliche Mann war viel zu überrascht, um rechtzeitig zu reagieren und geriet kurz ins Straucheln. Kaum hatte er das Gleichgewicht zurückerlangt, da packte er auch schon das dünne Holz und riss daran, sodass Walter bedrohlich schwankte.

»Alter Mann, geh aus dem Weg!« In Klaus' Augen lag ein glasiger Ausdruck.

Alexandra stürzte vor und gab dem Bewohner Halt, der zurückgestolpert war und sich nur mühsam an der Wand hatte abfangen können. »Walter, es tut mir leid. Ich musste herkommen«, sagte sie. »Ich wollte ihn nicht herführen.«

»Wie niedlich.« Klaus lachte laut los, bis ihm das Lachen jäh im Halse stecken blieb. Alexandra hatte plötzlich einen Satz gemacht, um ihm einen weiteren Stoß zu verpassen. Die schnelle Attacke traf ihn wieder unerwartet und er verlor nun endgültig sein Gleichgewicht. Wie in einer grotesken

Zeitlupe sackte er nach hinten weg und fiel auf seinen Hintern.

»Hey! Was ist hier los?« Jörgs Stimme gellte über den Flur. Keine zwei Sekunden später – Klaus stand gerade auf und rieb sich das schmerzende Gesäß – erreichte der Pfleger Walters Zimmer. »Was zum Teufel macht ihr hier?« Ungläubig schaute er von einem zum anderen. »Alexandra, warum musst du Herrn Dobrindt stützen?«

»Weil Klaus ihn angegriffen hat!« Alex sah voller Abscheu auf den Übeltäter. Jörg folgte ihrem Beispiel. Auf seinem Gesicht erschien ein ratloser Ausdruck.

»Als ob ich einfach so alte Männer angreife! Die dumme Kuh hat mir ohne Vorwarnung eine gescheuert und ist dann hierhin gelaufen, um sich bei dem Alten zu verstecken. Und der ist mit seinem blöden Stock auf mich losgegangen!«

Jörg hob die Arme und winkte wild. »Auszeit! Stopp! Es wird wohl seinen Grund gehabt haben, dass sie dir eine gescheuert hat, oder?« Er sah fragend zu Alexandra, die von den Pralinen und der Beleidigung berichtete.

»Dachte ich es mir doch, dass sie das nicht einfach so gemacht hat«, sagte Jörg. Seine Miene wurde finster.

»Ach, und deswegen darf sie mir einfach eine tafeln und der Alte darf mir mit seinem verdammten Stock vor die Schulter schlagen?«

Jörg, der inzwischen mitten im Raum stand, um beide Parteien voneinander zu trennen, schlug mit der Faust gegen die Wand. »Kannst du nicht einmal deine Klappe halten, Klaus? Nur einmal! Das dürfen die beiden natürlich nicht! Vor allem bin ich tief enttäuscht, dass Alexandra sich nicht beherrschen konnte und dir eine gelangt hat.«

Klaus reckte das Kinn vor und wollte etwas sagen, als Jörg ihm das Wort abschnitt. »Ich weiß aber auch, wie schwer es ist, dir keine zu verpassen! Gerade würde ich das am liebsten auch machen. Mir reicht es! Geh einfach nach Hause, Klaus. Deine Schicht ist eh um. Wir werden noch über die Sache reden.«

Klaus schaute ungläubig drein und setzte mehrmals zu Erwiderungen an. Jede dieser Antworten erstickte Jörg mit einem schneidenden Wort im Keim. Beim dritten Mal gab Klaus es auf und verließ, begleitet von einigen gemurmelten Flüchen, das Zimmer.

»Was dich angeht, Alexandra, so möchte ich, dass auch du gehst.« Jörgs Stimme klang kalt.

»Sie hat aber nichts gemacht!«, protestierte Walter.

»Doch, sie hat Öl ins Feuer gegossen und hätte es besser wissen müssen. Jetzt haben wir den Salat, eine weitere Nacht, die bereits ganz verquer anfängt. Es gibt hier auch Menschen, die einfach nur versorgt werden wollen, ohne Schlägereien oder Geschichten von Monstern.«

Jörg blickte Alexandra tief in die Augen und damit mitten hinein in einen Spiegel aus purem Trotz. »Alex, ich meine es ernst. Es ist in den vergangenen Tagen genug passiert. Ich bin froh, dass dir die Bewohner so viel bedeuten und ich denke, dass sich insbesondere Herr Dobrindt darüber sicher sehr freut.« Er machte eine Pause und legte sich die folgenden Worte zurecht. Es fiel ihm sichtlich schwer. »Wenn du jetzt aber nicht gehst und dafür sorgst, dass sich alle Gemüter abkühlen können, werde ich dafür sorgen, dass du Hausverbot bekommst. Dann war es das und ich will dich auch nach deiner Einsatzzeit hier nie mehr sehen!«

»Das hier ist kein Gefängnis! Ich kann doch wohl sehen, wen ich will!« Walter konnte sich kaum beherrschen. Seine Stimme überschlug sich.

»Das stimmt. Es ist kein Gefängnis und Sie beziehungsweise Ihre Tochter haben hier Ihr Zimmer angemietet. Dennoch gehört das Grundstück uns und wir können Alexandra Hausverbot erteilen.« Jörg fuhr sich mit der Hand über die rechte Schläfe. »Ich habe so furchtbare Kopfschmerzen. Seit Tagen kann ich nicht richtig schlafen. Ich will nur noch diese eine Schicht hinter mich bringen, dann habe ich erst einmal frei. Alex, bitte geh jetzt und lass mich zur Ruhe kommen. Ich bin einfach nur noch fertig und kann dich gerade genauso wenig ertragen wie Klaus.«

Alexandra sagte nichts. Stumm schaute sie zu Walter hinüber. Er nickte zaghaft. Als er sah, dass die junge Frau noch immer zögerte, lächelte er kurz. Sie verstand und ging auf die Tür zu. Jörg machte ihr Platz, seine Miene war unverändert hart. *Ich konnte Walter nicht einmal erklären, was ich getan habe,* dachte Alexandra, die sich noch einmal umdrehen wollte, um zum Abschied ein letztes Mal zu winken. Doch Jörg hatte bereits die Tür geschlossen. Gedämpft klang seine Stimme an ihre Ohren. Er entschuldigte sich bei Walter und versprach, dass derartige Dinge nie wieder vorkommen würden.

22. Ein letzter Traum

Der Bratenduft zirkulierte als würziges Aroma durch die gesamte Wohnung und erreichte Walter selbst im Wohnzimmer. Wenn es eine Sache gab, die der Senior auf den Tod verabscheute, dann war es eine Störung beim Kochen. Heute schien er diesbezüglich, obwohl es ein Sonntag war, besonders großes Pech zu haben. Bereits zweimal hatte das Telefon geklingelt – und der Akku des tückischen Geräts war natürlich wieder so weit entladen, dass er das Mobilteil nach jedem der kurzen Gespräche wieder zurück zur Ladestation hatte bringen müssen.

»Dobrindt«, meldete sich Walter beim nunmehr dritten Anruf kurzatmig, da er von der Küche aus wieder quer durch die Wohnung zum Telefon hatte eilen müssen. Derweil schielte er beiläufig zu den Wohnzimmerfenstern. Es war ein schöner Tag im Februar, der Himmel war klar und das hereinfallende Licht zeigte deutlich die Schmutzschlieren auf der Scheibe. *So viel sinnlose und zeitraubende Arbeit,* dachte er und wartete auf ein Lebenszeichen aus dem Hörer.

»Hallo? Dobrindt ist hier, wen habe ich da am Apparat?«

»Mit wem spreche ich denn da?«, fragte ein kratzige Frauenstimme.

»Mensch, Hannelore, ich bin es, Walter! Warum sagst du denn nichts?«

»Ach, da war ein ganz seltsames Knacken in der Leitung und sonst habe ich nichts gehört.«

Walter seufzte. »Das muss dieses dämliche Telefon sein. Luisa hat vergangenen Monat alles umstellen lassen. Ich telefoniere nun übers Internet. Das sei besser und günstiger, hat sie gesagt. Von besser habe ich noch nicht viel gemerkt. Meist streikt das Teil. Und wenn ich mal an die ganzen Nerven denke, die das Ding gekostet hat, ist es auch nicht wirklich günstiger.«

»Ich wusste gar nicht, dass man übers Internet telefonieren kann. Was es nicht alles gibt.« Hannelore klang verblüfft. »Aber deswegen rufe ich natürlich nicht an. Ich wollte dich fragen, wie es mit unserer Bergischen Kaffeetafel nächste Woche aussieht? Du hast bisher noch nichts dazu gesagt und wir müssten langsam reservieren. Sonst bekommen wir nachher keinen Tisch mehr für so viele Leute.«

Walter zögerte einen Moment. Er hatte schon gar nicht mehr an die Einladung gedacht. Vor zwei Wochen hatte er den Brief seiner alten Schulfreundin erhalten. Sie hatte ihm mitgeteilt, dass sie gemeinsam mit ein paar Freunden von früher eine Art Jubiläumstreffen plant. Walter wusste nicht, was es für ein Jubiläum zu feiern gab. Außerdem war es ihm auch ganz egal. Er wusste aber ganz genau, dass Hannelore ihn nur einladen wollte, um etwas gegen seine Einsamkeit zu tun. Mit ihm, diesem alten Griesgram, wollte doch schon seit Jahren niemand mehr etwas zu tun haben.

Natürlich hatte Walter sie nicht darum gebeten, sich Sorgen um ihn zu machen. Seine langjährige Freundin hatte wohl von allein bemerkt, dass er sich immer weiter zurückgezogen hatte und immer seltener vor die Tür gegangen war. Sie kannte Walter so gut, wie es ansonsten wohl nur Anna getan hatte. Als Hannelores Mann Bernd noch gelebt hatte, hatten die beiden Paare viel Zeit miteinander verbracht, um die Welt zu bereisen und andere Dinge gemeinsam zu erleben. Walter und Hannelore hätten sich sehr gut gegenseitig

Kraft spenden können, doch Walter ertrug die Anwesenheit der alten Freundin immer weniger. Sie erinnerte ihn einfach zu sehr an seinen Verlust, auch wenn dieser schon so viele Jahre zurücklag. Doch manche Wunden heilten wohl nie vollständig.

Zwar hatte Hannelores Einladung Walter zunächst gerührt, aber seine Ängste hatten gesiegt. Die bloße Vorstellung, eingepfercht zwischen seiner alten Freundin und vielen fremden Menschen eine Kaffeetafel über sich ergehen lassen zu müssen, hatte ihn panisch werden lassen. Er hatte es über Tage vor sich hergeschoben, ihr abzusagen, bis er es schließlich vergessen hatte. Nun hatte er den Schlamassel.

Ich werde immer mehr zum Eigenbrötler, dachte Walter und nahm im Sessel Platz. Er wusste, dass das folgende Gespräch Zeit in Anspruch nehmen würde. Hannelore war stur, fast so stur wie er selbst. Ein ums andere Mal hatte diese Eigenschaft dafür gesorgt, dass beide über Monate in Wut auf den anderen den Kontakt abgebrochen hatten. Aber wie das so mit besonders guten Freundschaften ist, sie überstehen auch solche Phasen.

»Hannelore, ich habe gerade recht viel zu tun. Ich bin oft mit Luisa unterwegs und von daher würde ich diesen Sonntag gerne nur für mich haben. Zum Beispiel habe ich eben erst gesehen, dass ich dringend die Fenster putzen muss. Es sieht hier inzwischen richtig furchtbar aus. Es soll keiner im Haus dem alten Walter Dobrindt etwas Schlechtes nachsagen!« Er lachte, obwohl ihm nicht danach zumute war und hoffte, dass es wenigstens halbwegs aufrichtig klang.

»Deine Fenster werden auch dann noch schrecklich aussehen, wenn du sie geputzt hast, mein Lieber. Das wissen wir doch beide.« Sie lachte ebenfalls. »Ich will dich ja nur aufziehen. Was ist denn der wirkliche Grund für die Absage? Einer alten Freundin kannst du so schnell nichts vormachen.«

»Wie gesagt, ich habe derzeit viel zu tun. Das ist der einzige Grund. Beim nächsten Mal bin ich gerne dabei.«

Einen Moment herrschte Stille in der Leitung. Walter war bereits kurz davor, aufzulegen und seinerseits anzurufen, da er dachte, die Verbindung wäre einmal mehr unterbrochen worden. Dann folgte ein Zischen.

»Walter, ich kenne dich jetzt seit über fünfzig Jahren.« Sie machte eine kunstvolle Pause. »Und in all diesen Jahren habe ich immer nur erlebt, dass du keine Gelegenheit ausgelassen hast, um unter Menschen zu kommen und neue Kontakte zu knüpfen. Sag mir also bitte, was der eigentliche Grund für die Absage ist.«

»Hannelore …« Walter wusste nicht, was er sagen sollte. Selbst bei dieser Freundin, die über all die Jahre für ihn dagewesen war und ihn auch nach Annas Tod umsorgt hatte, fiel es ihm schwer, über seine Gefühle zu sprechen. Er hatte Angst, sie ließen ihn schwach erscheinen. »Ich möchte nicht darüber reden, akzeptier das einfach.«

»Es wird nur noch schlimmer, das weißt du, oder?«

»Was wird schlimmer?«

»Deine Angst …«

Walter fühlte sich ertappt und schreckte auf. »Ich habe doch keine Angst!« Seine Stimme klang weit mehr erzürnt, als er beabsichtigt hatte.

»Na, gut«, erwiderte Hannelore. Im milden Tonfall fuhr sie fort: »Dann wird eben deine Abneigung immer schlimmer. Doch eines liegt auf der Hand. Du willst nicht mehr rausgehen und andere Menschen sehen und das ist falsch. Jeden Tag wird es dir schwerer fallen.«

Walter sah nachdenklich aus dem Fenster. Konnte sie recht haben? Doch selbst wenn, was ging es sie an, wie er seinen Lebensabend verbrachte?

»Ich werde darüber nachdenken und mich melden. Einverstanden?«

Es dauerte einen Moment, bis seine Freundin antwortete. »Ich bin einverstanden. Bitte, Walter, enttäusch mich nicht. Melde dich wirklich bei mir.«

Sie verabschiedeten sich und er legte auf. Warum hatte er ihr nicht einfach endgültig abgesagt? Er hatte die Einladung längst weggeworfen, um nicht weiter darüber nachdenken zu müssen, was sein könnte. Hoffnung war wie ein schleichendes Gift, das wusste er doch! Sie konnte jeden Moment zur Qual machen. Jetzt hing er wieder in der Schwebe und musste sich mit der Möglichkeit herumärgern, dass er doch noch zu diesem vermaledeiten Kaffeetrinken gehen würde. Er sah es schon bildlich vor sich: viele fremde, neugierige Gesichter, die ihn wie einen Ausgestoßenen musterten und ihm beständig Fragen stellten.

Du hast doch in Wahrheit nur Angst vor einer Frage.

Das stimmte.

Er sah nach rechts. Dort standen auf einem Regal zahlreiche eingerahmte Fotografien von ihm und Anna, von gemeinsamen Erlebnissen, als sie noch ein junges Paar gewesen waren. Die Farben waren inzwischen ausgeblichen, doch der Anblick reichte immer noch aus, damit sein Herz schneller schlug und ihm die Knie weich wurden. Was waren das doch für goldene Zeiten gewesen!

Neben diesen Bildern standen viele weitere, auf denen sie zu dritt als kleine Familie mit Luisa zu sehen waren. Walter lächelte, obwohl ihm die Erinnerungen keinesfalls nur Freude bereiteten.

Er schloss die Augen.

Dann stieg der Brandgeruch in seine Nase.

»Scheiße!«

Er stand ruckartig auf und eilte in die Küche, aus der ihm bereits pechschwarze Wolken entgegenströmten. Kaum hatte er den schmalen Raum betreten, fiel sein Blick auf die Pfanne, aus der hohe Flammenzungen emporloderten. Die umliegenden Schränke hatten sich unter der Hitze schon verformt. Die Lamelle der Dunstabzugshaube war zum Teil geschmolzen und hing zitternd herab.

Walter schlug die Hände über dem Kopf zusammen. *Und das alles nur wegen dieses verdammten Telefons!* Ohne weiter darüber nachzudenken, schnappte er sich aus dem Schrank den Putzeimer und füllte ihn mit Wasser. Die Flammenzungen breiteten sich rasend aus und leckten inzwischen gierig über die Schrankfurniere.

Walter holte gerade aus, um das Wasser im hohen Bogen aus dem Eimer über den Brandherd zu kippen, als ihn eine Hand am Arm packte. Der Griff war kalt und kräftig. Erschrocken fuhr er herum und sah in die Albtraumfratze dieses bleichen Kerls.

»Das ist alles nur ein Traum! Du bist genauso wenig real, wie dieses verdammte Feuer!« Der alte Mann trat einen Schritt zurück, um so viel Platz wie möglich zwischen sich, die Erscheinung und die Flammen zu bringen. Plötzlich hatte er die Wand in seinem Rücken.

»Walter, du hast recht. Das Feuer ist nicht real. Ich bin es allerdings schon, auch wenn dies hier nicht mein richtiger Körper ist.« Die rätselhafte Erscheinung seufzte. »Sagen wir mal, es ist kompliziert. Du solltest jedenfalls froh sein, dass ich dich daran gehindert habe, das Wasser über die Pfanne zu kippen. Es muss ein schlimmes Erlebnis gewesen sein, als du es damals tatsächlich getan hast. Doch du scheinst Glück gehabt zu haben. Ich habe bereits Träume gesehen, in denen Menschen ähnlich gehandelt und dafür einen hohen Preis gezahlt haben. Brandwunden sind nicht schön.«

Während der bleiche Mann sprach, durchlief Walters Gesichtsausdruck eine eindrucksvolle Metamorphose. Waren auf seinen Zügen zunächst vor allem Furcht und Schrecken zu sehen gewesen, zeigten sie nun pure Verwunderung. Wovon redete der Kerl nur?

»Da du jetzt weißt, dass du nur träumst, wäre ich dir sehr verbunden, wenn du dich ein wenig konzentrieren und das Feuer löschen könntest.« Der Fremde schielte mit seinen dunklen Augen auf den Eimer. »Und bitte ohne Wasser.«

»Was soll ich denn machen? Ihm einfach befehlen, dass es ausgehen soll?« Walter klang verärgert.

»Wenn es dir hilft, den Gedanken laut auszusprechen, dann tu dies gerne.«

Walter schüttelte ungläubig den Kopf. Doch kurz darauf schrumpften die Flammen in sich zusammen, bis sie schließlich erstarben. Der Fremde klatschte in die Hände. »Sehr gut. Würdest du mich bitte ins Wohnzimmer begleiten?« Auf den dünnen Lippen erschien ein breites Lächeln.

»Einen Scheiß werde ich tun. Wenn ich die Flammen löschen konnte, dann kann ich dich auch vertreiben.«

Kummer erschien auf dem bleichen Gesicht. »Ja, Walter, das könntest du. Du hast es ja bereits einmal geschafft und mich damals beinahe getötet.« Der Fremde stieß ein kehliges Lachen aus. »Das muss dich sicher überraschen, oder? Nun, ich bin kein schlichter Albtraum, falls du das gedacht hast. Ich besitze einen Körper, recht ähnlich dem deinen. Doch ich konnte weder träumen noch eigene Gefühle empfinden. Das kann keiner von uns.«

»Von euch?« Walter zog eine Augenbraue hoch. Seine angespannte Körperhaltung legte sich. »Was bist du?«

»Da wir menschliche Träume sammeln, nennen wir uns Sammler. Es ist erschreckend naheliegend, oder? Allerdings machen wir uns nicht viel aus Namen. Das mag unseren Mangel an Kreativität vielleicht entschuldigen. Übrigens, da wir schon so munter miteinander plaudern, können wir unser Gespräch auch hier fortsetzen.«

Der Sammler deutete nach rechts. Dort standen ein kleiner Esstisch und zwei Stühle bereit. Als er sah, dass Walter zögerte, sprach er: »Ich kann dein Misstrauen verstehen. Doch sei versichert, ich werde dir nichts antun und unser Gespräch wird nicht viel Zeit in Anspruch nehmen.« Er setzte sich und Walter folgte seinem Beispiel.

»Du sagtest, ihr sammelt menschliche Träume. Was bringt es dir, so ein Elend wie dieses hier zu sehen? Weißt du, was damals passiert ist, nachdem ich das Feuer in meiner Panik mit Wasser löschen wollte und um ein Haar das gesamte Haus abgefackelt hätte? Man hat mir, allen voran meine eigene Tochter, eingebläut, ich müsse ins Heim. Sie hat immer wieder auf mich eingeredet und gesagt, ich sei eine Gefahr für mich und andere. Und nun sitze ich in diesem schrecklichen Bau fest. Wenn du diesen Traum und diese verdammte Erinnerung willst, dann nimm sie dir. Ich habe dafür keine Verwendung.«

»Walter, ich kann verstehen, dass dich das alles wundert.« Auf dem Gesicht des Sammlers war Mitgefühl zu sehen.

Kann diese Kreatur etwa fühlen? Walter war verwirrt. »Warum machst du so ein langes Gesicht? Das letzte Mal, als wir uns gesehen haben, hast du nicht den Eindruck gemacht, als könntest du ein Gewissen besitzen.«

»Damals hat deine Gegenwehr etwas in mir verändert, da durch deine Traumattacke auch meine fleischliche Hülle verletzt wurde. Ich habe nie zuvor Angst empfunden, also echte Angst, die in mir selbst geboren wurde. Seit diesem Erlebnis fühle ich zwar auch andere Dinge, aber alles wird von dieser einen Emotion, der Angst, in den Schatten gestellt.«

»Glückwunsch«, schnaubte Walter. »Dann weißt du ja jetzt, was es heißt, ein Mensch zu sein! Du kannst dich also dahin verziehen, wo du hergekommen bist.«

»So einfach ist es aber leider nicht. Ich sagte dir ja bereits, dass es noch andere wie mich gibt und es ist ein Frevel, dass du mich dabei gesehen hast, wie ich deinen Traum extrahiert habe.«

»Extrahiert?«

»Wie ich ihn mir einverleibt habe. In aller Regel bemerkt ihr Menschen nicht einmal, dass wir in euren Träumen sind und uns an ihnen laben. Ihr vergesst sie einfach am nächsten Morgen und habt allenfalls ab und an das Gefühl, schlecht geschlafen zu haben. Wenn der Traum eine erlebte Erinnerung wiedergibt, dann vergesst ihr diese oftmals vollständig. Es kommt immer darauf an, wie viel wir euch nehmen.«

»Mal angenommen, ich glaube das alles und denke nicht, dass ich heute wohl besonders wirr träume. Dann habe ich noch eine Frage: Warum bist du zurückgekehrt und wolltest … dir diesen elendigen Traum einverleiben, in dem es um dieses furchtbare Weihnachten bei meinen Eltern ging?«

»Nun zum einen können wir uns nicht aussuchen, welche Träume wir extrahieren. Es ist auch einerlei. Wir brauchen diese Emotionen, um existieren zu können. Es ist ein natürlicher Vorgang, dem wir uns nicht entziehen können. Für euch Menschen hat dies oftmals sogar Vorteile. Ihr vergesst viele der Alltagsplagen, wenn ihr von ihnen träumt und wir dadurch die Gelegenheit haben, diese aufzunehmen.«

Der Sammler hielt inne.

Walter räusperte sich. »Und was noch?«

»Zum anderen«, fuhr der graue Mann fort und sah reumütig drein, »bin ich damals zurückgekehrt, um deine Erinnerungen an mich zu tilgen. Ihr dürft nicht von der Existenz unseres Volkes wissen.«

»Dann verstehe ich erst recht nicht, wieso wir dieses Gespräch führen.« Walter klang genervt. »Vielleicht sollte ich dich doch noch vertreiben. Wer weiß, womöglich ist das alles nur eine List und du willst meine Erinnerungen immer noch auslöschen.«

»Nein, Walter, das möchte ich nicht. Meine Brüder und auch mein Vater Kronos werden es aber versuchen und am Ende erfolgreich sein, wenn du mir jetzt nicht glaubst und mir gut zuhörst!«

Walter lachte lauthals los. »Es wird ja immer besser!«

»Das ist kein Spaß. Mit jeder Minute, die ich mich mit dir unterhalte, befinde ich mich selbst in Gefahr. Sie werden kommen und dort weitermachen, wo ich gescheitert bin. Sie werden auf deine Gegenwehr vorbereitet sein, sodass du noch stärker sein musst. Doch ich werde dir dabei helfen.«

»Warum solltest du mir helfen? Bisher scheint deine Sippe nicht viel Mitgefühl für uns aufzubringen.«

Der Sammler atmete tief ein und blickte hinab auf die Tischplatte. »Als Kronos erfahren wollte, was geschehen ist, hat er meine eigenen Erinnerungen extrahiert. Ich habe gespürt, wie sich das Vergessen anfühlt. Ich hatte Angst, dass er mir alles rauben würde. Doch er verschonte mich zumindest vorerst, da er andere Pläne hatte. Noch am selben Abend hat einer meiner Brüder versucht, mich umzubringen. Ich musste ihn in Notwehr erwürgen.«

»Also geht es dir um Rache?« Walter lehnte sich über die Tischplatte vor. Seine Stimme hatte einen verschwörerischen Ton angenommen.

»Es freut mich zwar, dass du mir langsam Glauben schenkst, aber mein Motiv verstehst du noch immer nicht. Es geht mir nicht um Rache. Ich habe einen Eindruck davon erhalten, was dir bevorsteht. Seitdem mich die Klinge deiner Traumwächterin durchbohrt hat, fürchte ich den Tod und habe meine Existenz richtig zu schätzen gelernt. Ich weiß nun, was die Lebenden verlieren können. Ich habe meine Lektion gelernt und so ist es schlicht Mitleid, das mich antreibt. Ich möchte nicht, dass dir das blüht, vor dem ich mich fürchte. Sollten sie Erfolg haben, dann wirst du *alles* vergessen. Du wirst nicht einmal mehr reden können und als leere Körperhülse dahinsiechen.«

Während der Sammler gesprochen hatte, hatte Walter keine Miene verzogen. Nun lag ein grimmiger Ausdruck auf seinen kantigen Zügen. »Also schön. Und wie können wir deine Sippe aufhalten?«

»Das wirst du verstehen, wenn du gleich aufwachst. Jetzt muss ich allerdings gehen. Mir tut es leid, dieses Gespräch so jäh beenden zu müssen, aber ich muss noch etwas Wichtiges erledigen und die Zeit drängt.«

»Warte!«, rief Walter und wollte den Kerl am Kragen packen, doch es war bereits zu spät. Unter seinen Fingern löste sich die bleiche Gestalt in grauen Nebel auf. Dann verlor sich der Raum in der Dunkelheit. Untermalt von einem lauten Wimmern wachte Walter Dobrindt aus seinem Traum auf und fand sich in seinem Bett im Pflegeheim wieder.

Es dauerte einen Moment, bis seine zittrige Hand den Schalter der Nachttischlampe zu greifen bekommen und diesen umgelegt hatte. Er schaute hinüber zum Fenster. Es war geschlossen. *Habe ich das nur geträumt?* Walter gab ein undefinierbares Brummen von sich und sah sich weiter um. Auf dem kleinen Küchentisch entdeckte er etwas, das dort nicht hingehörte. Obwohl sein gesunder Menschenverstand die Idee, näher an das fremde Objekt heranzugehen, keinesfalls für gut befunden hatte, konnte er nicht widerstehen. Rasch stieg er aus dem Bett und hatte das Gefühl, seine Beine bestünden aus Pudding. Langsam ging er auf den kleinen Tisch zu, während sein Atem rasselnd im Zimmer widerhallte.

Schließlich war er nahe genug, um einen schlichten Papierumschlag zu erkennen, der unverschlossen auf der Tischplatte ruhte. Zaghaft streckte Walter die Hand aus und hob den Umschlag hoch. Was auch immer sich in seinem Inneren befand, war relativ schwer und besaß eine feste Oberfläche. Es kostete ihn etwas Überwindung, als er die

Hand durch die Öffnung schob. Seine Finger wanderten über ein glattes, hartes Material. Dann zog er das unbekannte Objekt daraus hervor. Nachdenklich betrachtete Walter das edle Notizbuch mit dem geschmackvollen Kartoneinband. Dann holte er aus dem Umschlag einen nicht minder wertvollen Kugelschreiber hervor. Es war ausgeschlossen, dass eine der Pflegekräfte die Schreibutensilien hier vergessen hatte. Jemand hatte sie ihm mit Absicht dagelassen.

Walter schlug das dünne Buch auf, der Karton knarrte. In kunstvoller Schrift stand auf der ersten Seite: *Von einem Freund.* Gedankenverloren schlug Walter das Büchlein wieder zu. Plötzlich verstand er und griff nach dem Stift.

Es gab viel zu tun.

Er musste sich sputen. Sie waren ihm sicherlich längst auf den Fersen und die Traumunterredung mit Walter Dobrindt hatte weit mehr Zeit in Anspruch genommen, als der Sammler eingeplant hatte. Vielleicht sollte er seinen ursprünglichen Plan verwerfen und sofort zum Bahnhof gehen? Die Frage war durchaus berechtigt. Er hatte sein Glück lange genug herausgefordert und sollte er diesen Zug verpassen, dann würden sie ihn früher oder später aufspüren. Die Nachricht vom Tod des Ältesten musste Kronos längst erreicht und seinen Zorn weiter angefacht haben.

Als der Sammler in einiger Entfernung die Umrisse der halb zerfallenen Villa zwischen den Bäumen aufragen sah, zögerte er. Er war seinem Zwischenziel schon so nahe. Konnte er nun wirklich kehrt machen? Es würde doch allenfalls nur noch wenige Minuten in Anspruch nehmen, um seine wertvollsten Schätze zu holen.

Eilig bog er um die nächste Ecke und der Blick auf den einstmals so prachtvollen Bau öffnete sich. Nebelschwaden hingen in der nassen Luft und schienen lauernd um das zugewucherte Grundstück zu kreisen. Fahles Licht der nahen Straßenlaternen hüllte die Szene in einen matten Schein. Ein ungutes Gefühl machte sich in der Magengegend des Sammlers breit, als dieser das rostige Gartentor passierte und sich dem Eingang näherte. Rasch schob er das Stück Holz beiseite, das die ehemalige Haustür ersetzte. Er machte sich nicht mehr die Mühe, seine Anwesenheit zu verbergen und den Durchgang wieder zu verschließen. Jetzt zählte nur noch Eile, um den Frühexpress nicht zu verpassen.

Und schon morgen Abend werde ich mich auf die Suche nach diesem Bergdorf machen.

Der Gedanke nahm ihm etwas von seiner Anspannung, doch noch durfte er nicht verschnaufen. Von dem vorherigen Stechschritt brannten ihm die Lungen, als er immer noch in größter Eile auf das ehemalige Wohnzimmer zuging. Er kannte den Grundriss des Gebäudes gut genug, sodass er hierfür kein Licht benötigte. Der schwache Schein der Straßenlaternen, der durch die mit Holzbrettern verrammelten Fenster hereinfiel, reichte ihm vollkommen aus.

Vor der ramponierten Couch stand sein Koffer bereit, den er hastig hinter sich herzog. Dann ging er auf das Gemälde zu, das in dieser Düsternis nicht mehr als ein dunkler rechteckiger Umriss war. Er blieb stehen. Auch ohne das Bildnis richtig sehen zu können, hatte er die kräftigen Farben seines Werkes vor Augen.

Er streckte die Hand aus, doch seine Finger sollten das Bild nie wieder berühren. Ein kräftiger Schlag traf ihn mitten zwischen die Schulterblätter und wie eine Puppe sackte der Sammler nach vorne weg und fiel hart auf die Knie. Im ersten Moment tanzten bunte Punkte vor seinen Augen. Er schüttelte den Kopf, so als könnte er das Trugbild damit vertreiben. Zumindest gelang es ihm dadurch, nicht die Besinnung zu verlieren. Er nahm einen tiefen Atemzug, seine Lungen brannten. Als er versuchte, sich aufzurichten, drückten ihn kräftige Hände nieder, hielten ihn auf den Knien.

»Denkst du wirklich, ich hätte nicht gewusst, wo sich dein neuer Unterschlupf befindet? Ich habe mehr in deinen Erinnerungen gesehen, als du bemerkt hast. Ich wusste genau, wo du dich verkriechen würdest. Und siehe da, der verlorene

Sohn kehrt tatsächlich heim.« Der Sammler hörte die Stimme dumpf und leise wie aus großer Ferne und doch wusste er, dass Kronos direkt hinter ihm stehen musste. Er wollte den Kopf drehen, aber mehrere Hände fixierten diesen in völliger Bewegungslosigkeit. Der Druck auf seinen Schädel war so stark, dass er dachte, sie würden ihn jede Sekunde durchstoßen. Er hätte mit seinem Kopf genauso gut in einem Schraubstock feststecken können.

»Nachdem dein ältester Bruder nicht zurückkehrte, haben wir ihn gesucht, aber konnten ihn nicht finden. Es gibt nur eine Erklärung, warum er nicht von seinem Auftrag wiedergekehrt ist. Ich denke, ich muss nicht aussprechen, was du getan hast.« Kronos gab einen verächtlichen Laut von sich. »Umso größer war meine Enttäuschung, als ich mit deinen Brüdern hier eintraf und du nicht zu finden warst, mein Sohn.«

Kronos' Stimme schien bei den letzten Worten nähergekommen zu sein. »Nachdem ich jedoch dieses frevelhafte Bild entdeckt hatte, wusste ich, dass du hierhin zurückkehren würdest. Du bist inzwischen genauso berechenbar wie die Menschen – und genauso ein Narr wie sie. Es war töricht, für dieses wertlose Stück Leinwand ein solches Risiko einzugehen.«

»Es ist nicht nur Leinwand!« Kaum hatte der Sammler die Worte gerufen, da raubte ihm ein Schlag in die Seite die Luft. Bellender Husten bahnte sich einen Weg aus seinem Leib.

»Aber, aber, mein Sohn! Du hast schon so viele meiner Regeln gebrochen, kannst du nicht wenigstens jetzt folgsam sein? Solange ich rede, wirst du schweigen. Es spielt keine Rolle, ob es nun eine simple Leinwand ist, oder für dich größeren Wert besitzt. Das Bild ist ein Verbrechen und du gibst deine Schuld in dieser Sache auch noch großspurig zu! Du verhältst dich wie sie, diese unsäglichen Menschen! Deswegen hast du sogar getötet! Denke bloß nicht, dass mir nicht bewusst ist, was du getan hast! Du wirst die Konsequenzen deiner Taten noch zu spüren bekommen!«

Der Sammler holte Luft, um zu protestieren. Doch bevor er seine Stimme erheben konnte, traf ihn ein weiterer Schlag in die ungeschützte Flanke. »Lass unseren Vater sprechen!«, zischte es gehässig in sein Ohr.

»Dein Bruder hat recht«, sagte Kronos, der inzwischen so nahe an den Sammler herangetreten war, dass dieser bei jeder einzelnen Silbe einen eisigen Lufthauch im Nacken spürte. »Du hast gesündigt und dafür wirst du büßen. Sage mir, Sohn, weißt du, wie die Menschen über Jahrhunderte mit denen verfahren sind, die sie als widernatürliche Laune der Natur erachtet haben?«

Der Sammler schwieg. Er wollte diese Worte, die pures Gift waren, nicht mehr hören müssen. Gab es noch einen Ausweg? Konnte er sich womöglich, wenn er nur entschlossen genug alle Muskeln anspannte, irgendwie losreißen? Die Finger, die sich tief in seinen Schultern festgekrallt hatten und seinen Kopf fixierten, sprachen nicht dafür. Mindestens drei seiner Brüder mussten ihn gepackt halten, zwei von den Seiten und ein weiterer stand direkt hinter seinem Rücken.

»Kennst du deine geliebten Menschen nicht gut genug, um mir diese einfache Frage zu beantworten? Dabei hast du doch deine Kreativität entdeckt und dich selbst zum Schöpfer gemacht! Sage mir, welches Ende malt sich dein Genius für diese Geschichte aus?«

Kronos lachte. Es klang so emotionslos und kratzig wie ein defektes Tonband. »Ich kann dir gerne verraten, was die Menschen mit jenen getan haben. Sie haben sie verbrannt. Und genauso haben sie deren Bücher und Kunstwerke verbrannt. Sie dulden das Fremde nicht!«

Hinter dem Sammler flammte plötzlich ein rötliches Licht auf. Dann konnte er aus den Augenwinkeln erkennen, wie eine hochgewachsene Gestalt in einem großen Bogen um ihn herumging. Es war Kronos, gehüllt in seinen grauen Mantel, die Haare wallten in langen Bahnen über die breiten Schultern. In seiner Rechten hielt er eine Fackel wie ein Schwert von sich gestreckt. Ohne sich auch nur einmal zu seinem gefallenen Sohn umzudrehen, durchschritt er den Raum. Er schien es nicht eilig zu haben. Obwohl sein Ziel offenkundig war, erkannte der Sammler selbiges erst jetzt, als er den Blick von seinem Vater abgewandt und auf sein Gemälde gerichtet hatte.

»Nein!« Der Schrei wurde mit weiteren Schlägen erstickt. Ihre Wucht hatte dem Sammler alle Luft aus den Lungen gepresst. Keuchend schnappte er nach Sauerstoff. Sein Atem brannte heiß und die Tränen trübten seine Sicht. Der Raum schien sich zu drehen, größer und kleiner zu werden.

Durch dieses Chaos drang Kronos' Stimme an seine Ohren. »Die Zeit kennt keine Gnade. Sie frisst letztendlich alles. Am Ende dieser so schlichten wie auch unabänderbaren Tatsache bleibt nicht mehr als Staub und Asche.«

Er setzte die Fackel an die Leinwand.

Der Schreck genügte, damit der Sammler sich noch einmal wütend aufbäumte, doch seine Gegenwehr wurde sofort unterbunden. Durch seinen Tränenvorhang sah er, wie die ersten Flammenzungen über das dünne Baumwollgewebe leckten. Gierig breitete sich der Feuergürtel aus und hinterließ nur verkohlte Reste, die langsam zerfielen.

»Bitte, rette es! Bitte!« Der Sammler wimmerte. Inzwischen hatten die Flammen weite Teile der Leinwand verzehrt. Dort, wo eben noch die mächtigen Berge imposant hinter dem Dorf aufgeragt hatten, waren nunmehr nur noch verrußte Überreste zu sehen. Rauch kräuselte sich von der Leinwand empor, sammelte sich unter der Decke und breitete sich von dort langsam aus. Derweil fraß sich das Feuer unaufhaltsam voran, hatte schon bald das Dorf erreicht und ließ nur noch kleine Aschehäufchen zurück.

Wie eine Albtraumfratze schob sich plötzlich Kronos' Gesicht in das Blickfeld des Sammlers. Der Feuerschein hüllte die kantigen Züge in einen rötlichen Schimmer. Ein süffisantes Lächeln lag auf seinen Lippen. Lediglich die pechschwarzen Augen blieben weiterhin eine kalte, dunkle und makellose Fläche.

»Ihr sammelt für mich. Ihr seid die Flamme. Ihr bringt das Vergessen. Doch du hast für dich gesammelt! Du hast die Flamme erstickt! Du hast Erinnerungen erschaffen! Aber dein blasphemisches Werk war vergebens. Niemand wird sich jemals daran erinnern!« Als das letzte Wort verklungen war, funkelte im Feuerschein ein langes Stück Metall auf. Der Stoß war entschlossen und doch ohne die Absicht, einen schnellen und gnädigen Tod herbeizuführen, sodass sich die Klinge am Herzen vorbei tief in den zitternden Leib des Sammlers bohrte.

»Niemand wird sich deiner erinnern«, sagte Kronos und zog das Messer mit einem Ruck wieder heraus. Blut spritzte auf den Boden und dem Sammler entwich ein langes Stöhnen. Dann fiel er zur Seite um. Einen Moment schien es ihm, als stünde die Zeit still. Ein Surren war zu hören, als alle anderen Geräusche verstummten. Lediglich das laute Pochen seines Herzens nahm der Sammler noch wahr. Er japste nach Luft und die Welt gewann wieder an Schärfe.

Dumpf konnte er hören, wie seine Brüder und Kronos noch miteinander sprachen. Dann entfernten sich ihre Stimmen. Er versuchte sich zu konzentrieren, um verstehen zu können, worüber sie redeten. Doch es misslang ihm. Ein tosendes Rauschen hallte wie schwerer Wellengang unaufhörlich in seinen Ohren wider.

Schon breitete sich eine Kälte in ihm aus, die rein gar nicht zu dem lodernden Feuer passen wollte, das längst die Grenzen der kleinen Leinwand hinter sich gelassen hatte und nun rasch auf die angrenzenden Möbel übersprang. Der verblasste Lack der Wandvertäfelung warf erste Blasen, die alsbald aufplatzten. Schließlich fing das Holz unter der dünnen Farbschicht selbst Feuer. Die Rauchschwaden wurden immer dichter.

Ich muss hier weg, raunte ihm sein Verstand zu und der neugewonnene Überlebenstrieb entsandte Wogen von Adrenalin. Doch es reichte nicht einmal mehr dafür aus, dass der graue Mann den Arm heben konnte.

Ich werde hier sterben. Die Erkenntnis war schrecklich. Wofür hatte er das alles getan? Er hatte versagt.

Mühsam drehte er den Kopf und konnte drei schlanke Umrisse sowie eine besonders hochgewachsene Gestalt sehen. Sie durchschritten den langen Flur, um zum Ausgang zu gelangen.

Sie werden zu Walter gehen und … scheitern. Ich habe ihn gewarnt. Er ist stark genug, um Widerstand zu leisten.

Doch würde er sie wirklich bezwingen können? Hatte der alte Mensch verstanden, was zu tun war?

Ja, er wird es wissen. Er wird wehrhaft sein. Sie werden scheitern. Es muss einfach so sein. Alles andere wäre falsch!

Ein schwaches Lächeln erschien auf dem Gesicht des Sammlers. Er hätte beinahe vergessen, dass nicht alles vergebens gewesen war. Es war ihm ein kleiner Trost.

Verzweifelt rang er nach Luft. Einmal, zweimal, immer und immer wieder riss er den Mund weit auf. Doch er hatte das Gefühl, kaum noch atmen zu können. Ein letztes Mal zwang er seinen Brustkorb dazu, sich zu heben. Dann schrie er, bis seine Worte in einem lauten Husten untergingen: »Er wird sich an alles erinnern! Du wirst verlieren!« Er wusste nicht, ob seine Brüder und Kronos ihn noch gehört hatten. Doch er war stolz, noch ein allerletztes Mal seine Stimme erhoben zu haben.

Danach verlor die Welt rasch an Schärfe. Die lodernden Flammen, die wabernden Rauchschwaden, das Knistern des Holzes – all diese Eindrücke verschwammen und Dunkelheit nahm ihren Platz ein. Doch diese Dunkelheit war keinesfalls bedrohlich. Sie war vielmehr ruhig und friedlich.

Plötzlich flackerte ein Licht in der Schwärze auf, ein sattes, warmes Rot in weiter Ferne. Seine Strahlen trafen auf ein stolzes Bergmassiv. Die Szene gewann an Details: Wolkenschleier zogen um die kühn aufragenden Gipfel, Vögel kreisten in der Höhe. Weiter unten rauschten Gebirgsbäche mit kaltem, klarem Wasser dahin. Sattes Grün säumte die steilen Hänge, die am Fuß der Berge in sanft geschwungene

Felder übergingen. Es überraschte den Sammler nicht, dass er dort ein kleines Dorf entdeckte. Die roten Dachziegel der windschiefen Häuser schimmerten hell in der ersten Morgensonne.

Träume ich? Der Sammler war verwundert. *Ich habe immer geglaubt, dass mit dem Ende unserer Existenz auch jedes Sein beendet wäre, dass es dann außer der Schwärze nichts mehr gäbe.* Er kostete den Traum einen Moment aus. Frische Luft durchströmte seine Lungen, das Licht ließ seine Augen blinzeln. *Wenn dies der Tod ist, dann ist er vielleicht nicht so schlimm*, dachte er und ließ es geschehen.

Alexandra konnte ihre Blicke beinahe als ein Brennen auf der Haut spüren, während sie den Flur entlangschritt. Mehr als ein knappes Nicken tauschten sie und die Kollegen der Frühschicht zur Begrüßung nicht aus. Die junge Frau störte es nicht. Sollten sie nur gaffen, sollten sie sich nur ihren Teil denken.

Ihr Herz pochte laut, als sie die Hand hob, um an Walters Tür zu klopfen. Hatte sie gestern Nacht die richtige Entscheidung getroffen? Was war geschehen, nachdem sie das Fenster geöffnet hatte? Ihre Hand näherte sich der Tür, als diese unerwartet geöffnet wurde. Alexandra schaute in das Gesicht einer Frau, die Ende dreißig, Anfang vierzig sein musste. Halblange glatte Haare fielen ihr adrett gekämmt bis knapp auf die Schultern. Unter den feinen Brauen lagen wache Augen, die Alexandra sehr vertraut vorkamen. Sie fühlte sich an Walter erinnert.

»Sie müssen Luisa sein?«, fragte Alexandra und schenkte ihrem Gegenüber ein breites Lächeln.

Die Miene der Frau nahm verwunderte Züge an.

»Ja, das bin ich. Und Sie sind?«

»Ich heiße Alexandra und habe mich hier um Ihren Vater gekümmert. Ich hoffe, mit ihm ist alles in Ordnung?«

»Sollten Sie als Pflegerin nicht besser wissen, wie es um den Gesundheitszustand meines Vaters bestellt ist? Und wo ist eigentlich Ihre Arbeitskleidung? Sie können alle froh sein, wenn ich Sie nicht verklage. Die Inkompetenz hier ist erschreckend. Was ist das nur für ein Saftladen? So langsam kann ich viele Dinge besser verstehen, wenn ich …«

Weiter kam sie nicht. Walter schien das Gespräch an der Tür inzwischen wahrgenommen zu haben. »Luisa, was ist denn da los? Wolltest du nicht schon mal ein paar Sachen in den Wagen bringen? Ich muss nur noch kurz diese Nachricht schreiben, dann helfe ich dir!«

»Ist gut, Vater. Hier ist nur jemand von diesem nutzlosen Personal.« Bei diesen Worten warf sie Alexandra einen feindseligen Blick zu und schob sich an dieser vorbei auf den Flur, eine große Reisetasche im Schlepptau. Hätte Alexandra nicht schnell genug reagiert und den Weg frei gemacht, hätte Luisa sie vermutlich einfach umgerannt. Sie sah Walters Tochter noch kurz nach, als diese über den Flur davoneilte. Dann steckte sie den Kopf ins Zimmer.

»Hallo, Walter!«

Der alte Mann saß am Esstisch und war über einen kleinen Notizzettel gebeugt. Daneben lag ein dünnes Büchlein. Als er Alexandra hörte, sah er auf und ein Lächeln erschien auf seinem eben noch hochkonzentrierten Gesicht.

»Alex, es ist schön dich zu sehen! Komm doch herein! Was machst du denn so früh hier?« Walter lachte und seine Stimme klang froh.

»Wie sehr ich mich freue, dass es dir gut geht!«, erwiderte Alex überschwänglich. »Was ist seit gestern geschehen? Das eben war doch deine Tochter Luisa, oder?«

Walter lehnte sich zurück und streckte die Beine aus. »Ich habe beschlossen, dass ich von hier fort möchte. Deswegen habe ich sie noch gestern Nacht angerufen und sie mit äußerstem Nachdruck davon überzeugt, mich hier herauszuholen. Ich musste ihr nur deutlich machen, welche Geldverschwendung das alles ist und dass man mich obendrein für all das Geld auch noch schlecht behandelt. Natürlich hat sie mir erst nicht geglaubt, aber schließlich hat sie eingelenkt. Vielleicht liegt ihr ja doch noch etwas an mir?«

»Besonders glücklich scheint sie darüber aber trotzdem nicht gewesen zu sein.« Alexandra spähte über ihre Schulter hinweg zur Tür, so als hätte sie befürchtet, Luisa könnte bereits zurückgekehrt sein.

»Nein, das war sie keinesfalls. Vermutlich habe ich die Pläne für einen Brunch oder anderen Firlefanz durchkreuzt. Aber nun ja, sie ist hergekommen, um mich abzuholen. Das ist das Wichtigste.«

»Und was hast du nun vor? Willst du zu ihr ziehen?«

Walter lachte laut auf. »Gott bewahre! Wir würden es keinen Tag unter einem gemeinsamen Dach aushalten. Aber für das Geld, was hier hineinfließt, kann ich ein paar Tage in einem Hotel wohnen, bis ich eine kleine ebenerdige Wohnung gefunden habe. Ich glaube, ich habe mir einreden lassen, dass ich hierhin gehöre. Doch das tue ich nicht.«

Alexandra nickte nachdenklich. »Möchtest du dann mobile Pflege? Das könnte dir helfen …«

Walter winkte ab. »Ich möchte keine Pflege mehr. Ich möchte wieder leben und das wird schon irgendwie funktionieren. Und wenn ich mal Hilfe brauche, dann werde ich Freunde danach fragen. Darum habe ich dir übrigens diese Karte geschrieben.«

Er senkte verlegen den Blick und schob den zusammengefalteten Zettel langsam über den Tisch zu Alexandra. »Ich dachte, wir würden uns vielleicht nicht mehr sehen, wenn ich so überstürzt aufbreche. Dort unten ist meine Mobilnummer notiert. Ich mache das verfluchte Ding zwar nur alle paar

Tage mal an, aber ich werde antworten, wenn ich etwas von dir hören sollte.« Er wurde leiser. »Also für den Fall, dass du dich wirklich einmal bei mir meldest.«

Alexandra nahm den Zettel an sich und verstaute ihn sorgfältig in ihrer Jackentasche. »Liebend gerne werde ich mich melden. Ich bin übrigens aus einer ähnlichen Sorge hier. Ich wollte vorbeikommen und dir sagen, dass ich hier nicht mehr als Pflegeschülerin arbeiten kann. Ich wollte mit dir darüber reden, wie es nun weitergeht und wer sich um dich in Zukunft kümmert.«

Walter schaute verblüfft drein. »Du willst hier nicht mehr arbeiten? Wieso das denn?«

»Es sind so viele Dinge in den letzten Tagen passiert, die so nicht hätten geschehen dürfen. Ich weiß aber auch, dass ich hier nichts daran ändern kann. Ich bin heute Morgen aufgewacht und hatte diese Eingebung. Ich habe das nicht oft, aber ich war euphorisch und wusste, was ich möchte – selbst wenn der Weg dahin lang und schwer ist. Ich habe direkt meine Kündigung geschrieben und bei der Post abgegeben, als ich mich hierhin auf den Weg gemacht habe. Mit meiner Freundin Jacky werde ich gleich noch an der Uni vorbeigehen und mich dort über den NC für Rechtswissenschaften informieren.«

Walter nickte zufrieden. »Weil du denkst, du könntest dann etwas ändern?«

»Es mag naiv sein. Doch es ist allemal besser, als die Hände in den Schoß zu legen und täglich alle Ungerechtigkeiten hinnehmen zu müssen. So kann ich anderen wenigstens helfen.« Alex seufzte. »Es wird ein langer Weg, aber ich möchte ihn gehen.«

Beide schwiegen einen Moment und die Stille war keinesfalls unangenehm.

»Du wirst mal eine gute Juristin, Alex. Ich bin mir da ziemlich sicher«, sagte Walter und sah ihr mit festem Blick in die Augen.

»Wenn ich die ersten schlechten Noten bekomme, weiß ich nun immerhin, mit wem ich darüber reden kann!« Die junge Frau musste laut lachen.

»Meinst du, die da draußen halten uns für bescheuert?«, fragte Walter und gab einen verächtlichen Laut von sich.

»Das mag sehr gut sein. Es sollte uns aber nicht stören. Hier wurde in den letzten Tagen genug Dreck unter den Teppich gekehrt. Ich glaube nicht, dass sich hier irgendwer das Recht herausnehmen sollte, über andere zu urteilen.«

»Das stimmt, sie wollten mir nicht einmal richtig zuhören. Wenn ich nur an diesen verdammten Klaus denke!« Walter ballte unwillkürlich die Faust und musste tief durchatmen, um sich zu beruhigen. »Es sollte uns wirklich vollkommen egal sein, was die womöglich denken. Vielleicht sind wir tatsächlich so etwas wie Freunde geworden. So ungewöhnlich das auch sein mag. Das Leben schreibt wohl einfach die verrücktesten Geschichten.«

»Ich hätte nichts dagegen, einen grummeligen, alten Mann zum Freund zu haben. Immerhin hört er meinen Nerd-Geschichten gespannt zu und lacht über meine Witze.« Beide sahen sich stumm an und nickten.

»Apropos schreiben, was hat es hiermit auf sich?« Alexandra sah hinüber zu dem Büchlein.

»Als ich mitten in der Nacht aufgewacht bin und wusste, dass ich hier endlich verschwinden muss, hatte ich plötzlich einen unbändigen Wunsch. Ich dachte, dass ich unbedingt ein wenig schreiben muss. Ich hoffe, es hält die alte Birne fit.« Walter tippte sich an die Stirn.

»Und was schreibst du?«

»Das weiß ich noch nicht so genau. Die Idee dazu kam mir gestern sozusagen im Schlaf. Es wird eine Geschichte, so viel steht fest. Manches weiß ich schon, andere Dinge muss ich mir noch überlegen.«

»Worum soll es in dieser Geschichte gehen?«

Walter machte große Augen und schlug einen theatralischen Tonfall an. »Um Monster in Menschengestalt, wackere Heldinnen und um Träume. Um viele Träume.«

Alexandra strich sich die Haare aus der Stirn. »Puh, das klingt spannend. Hast du denn schon ein Ende für deine Geschichte? Also ich hoffe, es wird ein Happy End.«

Walter zögerte einen Moment. »Nein, das habe ich noch nicht. Und irgendwie möchte ich dieser Geschichte auch kein Ende aufzwingen.« Er musste grinsen. »Enden sind immer so … nun ja … sie sind so endgültig.«

»Ich verstehe«, sagte Alexandra, nachdem sie einen Moment über die Worte nachgedacht hatte. »Darf ich denn den Anfang einmal lesen?«

»Aber sicher. Nur zu!« Der alte Mann machte eine auffordernde Geste und Alexandra schlug das Buch auf. Dann las sie den ersten Satz:

Die Welt lag im Schlafe, war voller Träume und Gefühle – und der Sammler ging umher.

Von Hagen Thiele ebenfalls erschienen:

Bluttinte

Autor Markus Krüger hat seinem Verleger im Streit über ein neues Buch das Auge ausgestochen und sitzt dafür in der Psychiatrie. Von dort berichtet er von den Ereignissen, die zu der Tat geführt haben. Angeblich soll ein mysteriöser Fremder seine Finger im Spiel haben, der Krüger an seine eigenen Horror-Geschichten erinnert. Ist der Autor in Wahrheit das Opfer oder doch schlichtweg ein Wahnsinniger? Bluttinte bietet düstere Unterhaltung für Freunde anspruchsvoller Horror-Literatur.

Die Pflicht

Der 18-jährige Erik Lehmann gilt an seiner neuen Schule schnell als verschrobener Außenseiter. Trotzdem weckt er das Interesse seiner Mitschülerin Laura und die beiden kommen sich näher. Doch Erik hütet in seinem Keller ein schreckliches Geheimnis: seine Pflicht. Kann die junge Liebe diese Zerreißprobe überstehen oder kommt es zu einer Katastrophe, die nicht nur Erik und Laura ins Verderben stürzen würde?

Thiele ist Krüger. Krüger ist Thiele.

Unsere Empfehlungen:

Geschichten aus dem Unteren Reich. Band I.

Selbst der Aufenthalt in der Psychiatrie kann Erfolgsautor Markus Krüger nicht davon abhalten, schaurige Geschichten zu veröffentlichen. Mit sieben brandneuen Kurzwerken führt der Meister des Makabren seine Leser hinab ins Untere Reich. Seien auch Sie dabei, wenn ein junger Arzt bei einem Patienten eine unerklärliche Krankheit diagnostiziert, eine alte Dame besser niemals aus dem Fenster heraus die Vögel gefüttert hätte und ein Hausverwalter im Keller seines Auftraggebers eine grausige Entdeckung macht!

Geschichten aus dem Unteren Reich. Band II.

Selbst der Aufenthalt in der Psychiatrie kann Autor Markus Krüger nicht davon abhalten, Horror-Geschichten zu veröffentlichen. Mit fünf brandneuen Kurzwerken führt der Meister des Makabren seine Leser wieder hinab ins Untere Reich. Werden Sie Zeuge, wenn die Experimente an einer Laborratte grauenhafte Folgen nach sich ziehen, ein Paketbote eine unheimliche Lieferung durchführt und ein Mann von den Geräuschen in seiner Wand in den Wahnsinn getrieben wird. Diese und weitere unheimliche Kurzgeschichten bietet Ihnen der zweite Band von Geschichten aus dem Unteren Reich.

Geschichten aus dem Unteren Reich. Band III.

Bereits zum dritten Mal entführt Markus Krüger seine Leser hinab ins Untere Reich. Werden Sie Zeuge, wenn ein junger Mann besser nicht der verführerischen Fremden in den Wald gefolgt wäre. Werden Sie Zeuge, wenn in einer einsamen Berghütte der Wahnsinn und ein Virus um sich greifen. Werden Sie Zeuge, wenn eine Mutter nach einem tragischen Unfall um das Leben ihrer Tochter kämpft. Diese und weitere gruselige, ekelhafte und morbide Ereignisse erwarten Sie bei Geschichten aus dem Unteren Reich Band 3.

Printed in Poland
by Amazon Fulfillment
Poland Sp. z o.o., Wrocław

61864494R00174